BESTSELLER

Mary Higgins Clark (1927-2020) nació en Nueva York y cursó estudios en la Universidad de Fordham. Está considerada una de las más destacadas autoras del género de intriga, y sus obras alcanzaron invariablemente los primeros puestos en las listas de best sellers internacionales. Algunos de sus últimos libros publicados en castellano son *Mentiras de sangre, Sé que volverás, Los años perdidos, Temor a la verdad, Asesinato en directo, El asesinato de Cenicienta, Fraude al descubierto, Legado mortal, Negro como el mar, Vestida de blanco, Cuando despiertes, El último baile, La reina del baile* y *Nunca seré tuya.*

Para más información, visita la página web de la autora:
www.maryhigginsclark.com

Alafair Burke nació en Florida en 1969. Después de graduarse con honores en la Stanford Law School de California, trabajó en la fiscalía del estado en Oregón. Actualmente, vive en Nueva York y combina su actividad como catedrática de derecho en la Universidad Hofstra con la de escritora de novelas policíacas. Junto a Mary Higgins Clark ha escrito la serie *Bajo sospecha*, protagonizada por Laurie Moran.

Para más información, visita la página web de la autora:
www.alafairburke.com

Biblioteca

MARY HIGGINS CLARK
y ALAFAIR BURKE

Nunca seré tuya

Traducción de
Nieves Nueno

S

DEBOLS!LLO

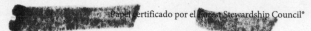

Título original: *You Don't Own Me*

Primera edición: julio de 2020

© 2018, Nora Durkin Enterprises, Inc.
Todos los derechos reservados
Publicado por acuerdo con el editor original Simon & Schuster, Inc.
© 2020, Penguin Random House Grupo Editorial, S. A. U.
Travessera de Gràcia, 47-49. 08021 Barcelona
© 2020, Nieves Nueno, por la traducción

Printed in Spain – Impreso en España

ISBN: 978-84-663-5131-7
Depósito legal: B-4265-2020

Fotocomposición gama, sl

Impreso en Black Print CPI Ibérica
Sant Andreu de la Barca (Barcelona)

Penguin
Random House
Grupo Editorial

AGRADECIMIENTOS

Una vez más compruebo que acerté al tomar la decisión de escribir en colaboración con mi colega, la novelista Alafair Burke. Hemos aunado nuestros esfuerzos para resolver un crimen más.

Marysue Rucci, directora de redacción de Simon & Schuster, ha vuelto a aportar sus valiosas sugerencias a lo largo de la narración de esta historia.

Mi equipo local sigue ocupando firmemente sus posiciones. Lo componen mi extraordinario esposo, John Conheeney, y el «Equipo Clark», miembros de mi familia que van leyendo el libro a medida que avanza y me ofrecen sus comentarios. Ellos iluminan la actividad de conseguir que las palabras aparezcan en la página.

Y vosotros, mis queridos lectores, volvéis a estar en mis pensamientos mientras escribo. Sois tan especiales para mí como aquellos que compraron mi primera novela de suspense en 1975 y me embarcaron en un viaje para toda la vida.

Un saludo muy cordial,

MARY

PRÓLOGO

Caroline Radcliffe, de sesenta años, estuvo a punto de tirar al suelo uno de los platos de postre que estaba apilando en el aparador cuando oyó un bramido procedente del estudio. Al instante se sintió culpable por haber apartado la vista de los niños, aunque solo fuera un momento, para mirar por la ventana y pensar que, ahora que estaban a finales de marzo, por fin podría pasar más tiempo fuera con ellos.

Echó a andar hacia el lugar del que venía el grito. Bobby, de cuatro años, pasó junto a ella dando saltitos mientras una risita excitada salía de su boca abierta. En el estudio halló a Mindy, de dos años, contemplando entre lágrimas con sus ojos azules los bloques de construcción derribados en torno a sus piernas.

A Caroline no le costó entender lo que había ocurrido. Bobby era un buen niño, pero le encantaba buscar formas de atormentar a su hermanita. A veces sentía la tentación de advertirle de que, con el tiempo, las chicas siempre acaban equilibrando la balanza. No obstante, imaginaba que serían los típicos hermanos que al final logran llevarse bien.

—No pasa nada, Mindy —dijo en tono tranquilizador—. Te ayudaré a ponerlas como estaban.

Mindy apartó de un empujón una pila de bloques, haciendo pucheros.

—¡No más! —gritó, y luego llamó a su madre.

Caroline suspiró, se agachó y cogió a Mindy para calmarla. Se la apoyó en la cadera y la abrazó hasta que su respiración rápida y alterada recuperó la normalidad.

—Mucho mejor —dijo Caroline—. Esta es mi Mindy.

Martin Bell, el padre de Mindy, había dejado muy claro que quería que Caroline dejara de «mimar a los críos». En su opinión, el simple hecho de coger en brazos a Mindy cuando lloraba era «mimar».

—Aprenden por medio de recompensas y castigos —le gustaba decir—. No es que quiera compararles con los perros, pero... bueno, así es como aprenden los animales. Quiere que la cojas en brazos; si lo haces cada vez que tiene un berrinche, se pasará el día y la noche llorando.

Para empezar, a Caroline no le gustaba comparar a los niños con los perros. Además, sabía un par de cosillas sobre cómo criarlos. Tenía dos hijos mayores y había ayudado a criar a otros seis en sus años de niñera. Los Bell eran su cuarta familia y, en su opinión, Bobby y Mindy merecían un poco de cariño. Su padre trabajaba todo el tiempo y tenía un montón de pequeñas normas para todos los habitantes de la casa, incluidos los niños. Y su madre... bueno, su madre pasaba por una mala racha. Ese era precisamente el motivo de que Caroline trabajara en un hogar donde la madre era ama de casa.

Caroline oyó que el niño subía corriendo las escaleras.

—Bobby —llamó—. ¡Bobby! —A esas alturas, había descubierto que los niños y ella podían hacer mucho ruido siempre que el doctor Bell no estuviese en casa—. Tú y yo tenemos que hablar. ¡Y sabes muy bien por qué, hombrecito!

Aunque Caroline sentía debilidad por esos pequeños, era perfectamente capaz de hacerse respetar.

Dejó a Mindy en el suelo para recibir a su hermano al pie de las escaleras. Bobby bajaba cada vez más despacio, tratando de aplazar lo inevitable. La mirada de Mindy oscilaba vacilante entre Caroline y Bobby mientras se preguntaba qué iba a ocurrir a continuación.

—¡Estoy enfadada! —dijo Caroline en tono severo, y añadió señalando a Mindy—: Te has portado muy mal, Bobby.

—Perdona, Mindy —murmuró el niño.

—Me parece que no te oye —dijo Caroline.

—Perdona por tirarte los bloques al suelo.

Caroline siguió aguardando hasta que Bobby le dio a su hermana un abrazo de mala gana. Mindy, todavía irritada, no quiso aceptar la disculpa.

—¡Eres malo, Bobby! —berreó.

El momento se vio interrumpido por el estrépito de la puerta mecánica al abrirse en el piso inferior. De todas las casas en las que había trabajado Caroline, esta era seguramente la más bonita. Se trataba de una antigua cochera de finales del siglo XIX que habían reformado con todas las comodidades del mundo moderno, incluido el máximo lujo posible en Manhattan: un garaje privado en la planta baja.

Papá estaba en casa.

—A ver si podéis recoger todo ese desorden del estudio antes de que lo vea vuestro padre.

¡Pum! ¡Pum! ¡Pum!

El grito de Caroline asustó a los niños, que se echaron a llorar.

—Petardos —dijo con calma mientras su corazón acelerado le indicaba que su primer instinto había sido acertado. Esos sonidos eran claramente disparos—. Subid hasta que me entere de quién está armando jaleo.

Cuando llegaron a la mitad de las escaleras, la mujer se apresuró hacia la puerta principal y bajó corriendo los peldaños que llevaban al camino de acceso. La luz del techo del BMW estaba encendida y la puerta del conductor se hallaba entreabierta. El doctor Bell se había derrumbado sobre el volante.

Caroline continuó avanzando hasta llegar a la puerta del coche. Vio la sangre. Vio suficiente para saber que el doctor Bell no saldría de esa.

Aterrada, entró corriendo en la casa y llamó a emergencias. De algún modo, logró dar la dirección. Solo después de colgar el teléfono pensó en Kendra, que se encontraba arriba en su habitual estado de aturdimiento.

«Por el amor de Dios, ¿quién va a decírselo a los niños?»

1

Cinco años después Caroline seguía trabajando en la misma casa, pero habían cambiado muchas cosas. Mindy y Bobby habían dejado de ser sus bebés y estaban a punto de finalizar el primer y el tercer curso de primaria respectivamente. Ya no lloraban casi nunca, ni siquiera cuando surgía el tema de su padre.

Y la señora Bell, o Kendra, como Caroline la llamaba ahora, era una mujer completamente distinta. Ya no se pasaba el día durmiendo. Era una buena madre. Y trabajaba, por lo que le correspondía a Caroline ir a recoger a los niños dos veces por semana al apartamento que tenían sus abuelos en el Upper East Side. Ninguno de los niños disfrutaba de esas visitas. En comparación con sus padres, el doctor Bell había sido un espíritu libre.

Caroline había salido del apartamento y estaba a medio camino del ascensor cuando oyó que la abuela de los niños la llamaba. Se volvió y vio a los abuelos uno junto a otro ante su puerta. El doctor Bell sénior era un hombre delgado, casi enjuto, que llevaba el pelo ralo peinado con cortinilla. Como jefe de cirugía vascular en el prestigioso hospital Mount Sinai, se había acostumbrado a salirse siempre con la suya. Nueve años después de jubilarse, el ceño fruncido con el que acudía al centro médico cada día no había disminuido lo más mínimo.

A sus más de ochenta años, Cynthia Bell apenas conservaba restos de su antigua belleza. Las muchas horas al sol le habían dejado la piel seca y arrugada. Tenía las comisuras de los labios inclinadas hacia abajo, como si no dejara de hacer pucheros.

—¿Sí? —inquirió Caroline.

—¿Sabes si Kendra ha intentado siquiera que esa productora de televisión se interesara por el caso de Martin? —preguntó el doctor Bell.

Caroline sonrió cortésmente.

—No me corresponde a mí decir con quién habla la señora Bell...

—Querrás decir Kendra —dijo él en tono severo—. Mi esposa es la única señora Bell. Esa mujer ya no está casada con mi hijo, porque a mi hijo lo mataron de un tiro en la puerta de su casa.

Caroline siguió forzando una expresión agradable. Recordaba muy bien el drama que se había desplegado en el salón seis meses atrás por el tema de esa productora. Robert y Cynthia acudieron a la casa tras la función de danza de Mindy y le hablaron a Kendra de *Bajo sospecha*, un programa de televisión que volvía a investigar casos archivados. Sin avisar a su nuera, habían enviado una carta a los estudios pidiéndoles que abordaran el crimen sin resolver de Martin.

Intervino Cynthia, la señora Bell oficial.

—Kendra dice que la productora, una mujer llamada Laurie Moran, no quiso aceptar el caso.

Caroline asintió.

—Eso es exactamente lo que pasó. Kendra se disgustó por lo menos tanto como ustedes. Ahora tengo que llevar a sus nietos a casa antes de que acabe mi horario —añadió, aunque nunca estaba pendiente del reloj.

Mientras el ascensor bajaba al vestíbulo desde el apartamento de los Bell, situado en el ático, tuvo la sensación de que la pareja no iba a dejar ese tema tan fácilmente. Sin duda, volvería a oír el nombre de Laurie Moran.

2

Laurie Moran hacía otra ronda de «arriba... y abajo... y arriba...
y abajo» al ritmo de una ensordecedora música tecno en una
sala iluminada como si fuese una discoteca de finales de los se-
tenta. El hombre que se encontraba frente a ella soltó otro entusiasta «¡Uaaauuu!» y Laurie tuvo la certeza de que su grito no
iba a proporcionarle ningún beneficio adicional para la salud.

A su derecha, su amiga Charlotte, que había sugerido esa
clase matinal de *spinning*, sonrió maliciosa mientras se secaba
la frente con una toalla pequeña. Su voz no podía superar el
ruido de la música, pero Laurie le leyó los labios: «¡Te encanta!». A su izquierda, Linda Webster-Cennerazzo parecía tan
agotada como ella.

A Laurie no le encantaba en absoluto. Tuvo un momento
de alivio al oír que empezaba a sonar una canción conocida,
pero el bronceado y tonificado instructor lo estropeó enseguida vociferando:

—¡Dad un giro más, gente! ¡Vamos a subir otra cuesta!

Laurie alargó el brazo hacia el bastidor de la bicicleta es-
tática, pero, en lugar de hacer lo que decía el instructor, dio
dos rápidos giros hacia la izquierda y no hacia la derecha. Lo
último que necesitaba era aumentar la resistencia.

Cuando por fin acabó la tortura, salió en fila con los demás alumnos mientras intentaba recobrar el aliento y siguió a

Charlotte y a Linda hasta el vestuario. El gimnasio, totalmente distinto de todos los que Laurie había visitado, contaba con toallas empapadas en eucalipto, albornoces esponjosos y una cascada cerca de las saunas.

Laurie tardó menos de diez minutos en arreglarse la media melena y aplicarse una hidratante con color y una capa de máscara de pestañas. Luego se tumbó a descansar en una silla reclinable de cedro mientras Charlotte se daba los últimos toques y dijo:

—Me cuesta mucho creer que aguantes este martirio cuatro veces a la semana.

—A mí también —dijo Linda.

—Y no olvidéis que hago *cross training* los otros tres —añadió Charlotte.

—Te estás chuleando —dijo Linda en tono agrio.

—Mirad, decidí hacer mucho ejercicio porque me paso casi todo el tiempo sentada en una silla en el despacho o saliendo a cenar con clientes. Vosotras dos vais siempre corriendo de un lado a otro.

—Es verdad —añadió Linda de camino a la ducha.

Laurie sabía también que Charlotte estaba prácticamente obligada por su trabajo a estar en perfecta forma física. Dirigía en Nueva York las actividades de la empresa familiar Ladyform, uno de los fabricantes más populares del país de ropa de deporte femenina de alta calidad.

—Si vuelvo aquí otra vez, me sentaré en la bañera caliente al lado de esa cascada y os dejaré las carreras a vosotras.

—Como quieras, Laurie. Creo que eres perfecta tal y como eres, pero fuiste tú quien dijo que quería ponerse en forma antes de la gran boda.

—No va a ser grande —protestó—. Y no sé en qué estaba pensando. Esas revistas de bodas contaminan el cerebro de las mujeres: ¡vestidos de diseño, miles de flores y un montón de tul! Es demasiado. He recuperado la cordura.

Al pensar en su inminente boda con Alex, Laurie se sintió

invadida por la alegría. Trató de mantener su voz serena concentrándose en lo que le estaba diciendo a Charlotte:

—Una vez que Timmy termine el curso, haremos una pequeña celebración y un viaje en familia.

Charlotte guardó un tubo de fijador en su mochila Prada de cuero negro y sacudió la cabeza con aire de reprobación.

—Hazme caso, Laurie. Olvídate del viaje en familia. ¡Alex y tú os vais de luna de miel! Tenéis que iros solos, brindar con champán. Leo estará encantado de cuidar de Timmy cuando estéis fuera.

Laurie se percató de que una mujer las escuchaba parada junto a una taquilla del otro pasillo y bajó la voz:

—Charlotte, tuve una gran boda cuando Greg y yo nos casamos. Esta vez quiero tener una tranquila. Lo que importa es que Alex y yo estamos juntos por fin. Para siempre.

Laurie conoció al abogado Alex Buckley cuando buscaba un presentador para *Bajo sospecha*. Se convirtió en su persona de confianza en el trabajo y llegó a ser mucho más que eso fuera de los estudios. Sin embargo, acabó dejando el programa para retomar su profesión a tiempo completo y, a partir de ese momento, Laurie no encontró el modo de encajarle en su vida. Después de vivir un gran amor con Greg y perderle, había seguido adelante haciendo malabarismos para poder compatibilizar su condición de madre sola con su carrera profesional. Se sentía satisfecha hasta que Alex dejó claro que quería de ella más de lo que parecía dispuesta a dar.

Tras un paréntesis de tres meses, Laurie comprendió que era tremendamente desdichada sin Alex. Fue ella quien lo llamó para invitarle a cenar. Nada más colgar el teléfono, supo que había tomado la decisión correcta. Ahora, llevaban dos meses prometidos. Laurie se había acostumbrado ya a llevar el anillo de platino con un diamante que había escogido Alex.

Francamente, no recordaba si le había preguntado a Alex aunque solo fuera una vez qué quería él.

Trató de imaginarse recorriendo un largo pasillo vestida de blanco, pero solo podía ver a Greg esperándola frente al altar. Cuando se imaginaba casándose con Alex se veía al aire libre, rodeada de flores, o incluso descalza en una playa. Deseaba que fuese especial y distinto de lo que ya había tenido. Aunque eso era lo que quería ella, claro.

Casi estaba en la puerta de su despacho cuando se percató de que su asistente, Grace Garcia, trataba de llamar su atención.

—Llamando a Laurie desde la Tierra. ¿Estás ahí?

Con un parpadeo, volvió al mundo real.

—Perdona, creo que aún estoy mareada por la clase de *spinning* a la que me ha arrastrado Charlotte.

Grace la miraba con sus grandes ojos oscuros, perfectamente perfilados al estilo felino. Llevaba el largo pelo negro recogido en un moño apretado y lucía un favorecedor vestido envolvente y botas hasta la rodilla con tacones de solo siete centímetros, prácticamente planos para ser ella.

—Los adictos al *spinning* son una secta —comentó Grace con desdén—. El instructor no para de chillar y dar voces. Y la gente lleva una ropa absurda, como si estuviese en el Tour de Francia. Por si eso fuera poco, has ido a un gimnasio de la Quinta Avenida.

—Desde luego, no es para mí. Decías algo, ¿verdad?

—Sí. Cuando he entrado esta mañana tenías unas visitas esperándote en el vestíbulo. Los de seguridad me han dicho que han llegado antes de las ocho y que se han empeñado en esperar a que llegaras.

Laurie estaba encantada con el éxito de su programa, pero habría podido prescindir de algunos de sus efectos, como los fans que querían «pasarse» por el estudio para pedir selfis y autógrafos.

—¿Seguro que no son admiradores de Ryan?

Por muy popular que fuese Alex entre los espectadores, la generación más joven parecía encontrar guapísimo al presentador actual, Ryan Nichols.

—Han venido a verte a ti. ¿Recuerdas el caso de Martin Bell?

—Por supuesto.

Unos meses atrás, Laurie pensó que aquel caso era perfecto para *Bajo sospecha*: habían asesinado de un disparo a un famoso médico en el camino de acceso a su casa mientras su mujer y sus hijos se hallaban a pocos metros, dentro del edificio.

—Sus padres están en la sala de reuniones B. Dicen que la esposa es una asesina y quieren que lo demuestres.

3

Lo que Grace había llamado «sala de reuniones B» se conocía ahora oficialmente como «sala de reuniones Bernard B. Holder». El director de los estudios, Brett Young, la había bautizado así el año anterior, cuando se jubiló Holder. Este llevaba en los estudios aún más tiempo que Brett y se ocupaba de programas tan variados como telenovelas, periodismo de investigación y un nuevo tipo de telerrealidad que parecía de todo menos realista.

Sin embargo, Grace continuaba llamando a la sala por su nombre original y genérico. En muchas ocasiones, Laurie había querido sermonear a Bernie por los chistes subidos de tono que solía hacer a costa de su asistente, pero Grace insistía en sonreír educadamente.

—Cuando él se vaya, yo seguiré aquí durante mucho tiempo —le gustaba decir. Y así fue.

Al aproximarse a la puerta de la sala de reuniones, Laurie oyó unas voces acaloradas procedentes del interior y se detuvo un instante antes de girar el pomo. Oyó que una mujer decía algo de pasar página y mantener la paz por el bien de los niños.

—No me gusta nada que el nombre de la familia se vea implicado en un escándalo.

La voz del hombre sonó más clara y amargamente airada:

—Me importa un pimiento preservar el nombre de la familia. Ella asesinó a nuestro hijo.

Laurie inspiró y espiró cuatro veces antes de entrar por fin en la sala. La señora Bell, que estaba sentada, enderezó la espalda. Su marido se hallaba ya de pie.

Laurie se presentó como la productora de *Bajo sospecha*.

—Doctor Robert Bell —se presentó el hombre, estrechándole la mano con un apretón firme aunque breve.

El de su esposa fue sumamente ligero.

—Llámeme Cynthia —dijo en voz baja.

Laurie vio que Grace les había atendido correctamente. Ambos tenían sendos vasos de papel con fundas de cartón para proteger sus manos del líquido caliente.

—Mi asistente me ha dicho que han llegado a primera hora de esta mañana.

La mirada del doctor Bell fue glacial.

—La verdad, señora Moran, es que hemos dado por sentado que era la única forma de poder reunirnos con usted.

Laurie comprendió que al menos la mitad de la pareja la trataba ya como a una enemiga, aunque ignoraba por completo cuál era el motivo. Lo único que sabía de Robert y Cynthia Bell era que habían perdido a su único hijo por culpa de un homicidio, así que haría cuanto estuviera en su mano para mostrarse amable con ellos.

—Llámenme Laurie, por favor —les pidió—. Tome asiento, doctor Bell. Estará más cómodo —añadió, indicando con un gesto la butaca libre que se hallaba junto a la de su mujer. Él la miró suspicaz, pero Laurie siempre había tenido la clase de actitud que hacía que la gente se sintiera a gusto. Casi pudo notar como empezaba a bajar la tensión arterial del hombre mientras se acomodaba en el sillón de cuero—. Supongo que están aquí por su hijo. Conozco bien el caso.

—¡Y tanto que lo conoce! —exclamó el doctor Bell en tono cortante, ganándose una mirada de reprobación de su esposa—. Disculpe, seguro que es una mujer muy ocupada.

Pero, desde luego, espero que al menos sepa cómo se llamaba mi hijo y las circunstancias que rodearon su espantosa muerte. Al fin y al cabo, fuimos nosotros los que la contactamos. Le escribimos la carta juntos, entre los dos. —Estiró el brazo y cogió la mano de su mujer encima de la mesa—. ¿Sabe? No fue fácil volver a hablar de aquella terrible noche. Tuvimos que identificar el cadáver de nuestro único hijo. Sobrevivir a la generación siguiente resulta antinatural.

—Tardamos años en tenerle —añadió Cynthia—. Dimos por sentado que nunca íbamos a ser padres. Pero me quedé embarazada a los cuarenta años. Fue nuestro milagro.

Laurie asintió con la cabeza sin decir nada. A veces, escuchar en silencio era el acto más compasivo que se podía hacer por los familiares de la víctima de un asesinato. Lo sabía por experiencia personal.

Cynthia carraspeó antes de hablar.

—Solo queríamos oírlo en persona: ¿por qué no quiere ayudarnos a encontrar al asesino de nuestro hijo? Ha ayudado a muchas familias. ¿Por qué considera que nuestro hijo no vale la pena?

Una de las partes más difíciles del trabajo de Laurie consistía en leer cartas, correos electrónicos, publicaciones de Facebook y tuits de los supervivientes. Había muchos homicidios sin resolver, muchas personas que desaparecían. Sus amigos y parientes le enviaban cronologías detalladas de los casos e historias conmovedoras sobre las vidas que se habían perdido: fotos de graduación, imágenes de bebés, descripciones de los sueños que ya no se cumplirían. Laurie lloraba en ocasiones. Había decidido que contactar con las familias hacía más mal que bien si no pensaba abordar sus casos. Pero a veces, como ahora, las familias querían oír el motivo directamente de sus labios.

—Lo lamento mucho. —Laurie había dado esa noticia muchas veces, pero no por ello le resultaba más fácil—. No se trata del valor de su hijo. Sé que tenía hijos pequeños y que era un médico muy respetado. Solo realizamos unas pocas investigaciones al año, y tenemos que centrarnos en aquellas en las que creemos realmente que tenemos una oportunidad de lograr avances allí donde la policía no los ha conseguido.

—La policía no ha hecho ningún avance —dijo Robert—. Ni siquiera ha encontrado a ningún sospechoso, y mucho menos ha realizado un arresto o una acusación. Mientras tanto, tenemos que ver a la asesina de Martin criando a sus hijos.

No fue necesario que el doctor mencionase el nombre del sospechoso para que Laurie supiera que estaba hablando de su antigua nuera. Ya no tenía presentes los detalles del caso, pero recordaba que la esposa era infeliz en su matrimonio y que, al parecer, estaba retirando dinero de la cuenta común con fines desconocidos.

—En realidad, eso es lo peor —añadió Cynthia—. Ya es bastante malo tener que aceptar que Kendra mató a nuestro hijo y ha salido impune. Pero es que, además, los abuelos no tenemos ningún derecho legal a ver a nuestros nietos. ¿Lo sabía? Hemos pagado a varios abogados para que estudien el tema en profundidad. Mientras ningún tribunal la responsabilice de la muerte de Martin, esa mujer tiene un control completo sobre los niños. Y eso significa que tenemos que mostrarnos agradables con ella solo para que Bobby y Mindy sigan formando parte de nuestra vida. Es indignante.

—Lo lamento mucho —volvió a decir Laurie, sintiéndose como si fuera un disco rayado—. Nunca es una decisión fácil para nosotros.

El correo que Laurie leía rutinariamente le había enseñado que había en todo el país miles y miles de casos sin resolver. Misterios en espera de aclararse. No obstante, muchos de ellos carecían de indicios. De cabos sueltos que atar. De hoyos en los que ahondar. Para hacer su trabajo, Laurie necesitaba pistas que seguir. Laurie había seleccionado la carta de los Bell acerca del caso de su hijo porque le pareció prometedor. Además, ofrecía la ventaja adicional de ser un caso local.

Por el bien de Timmy, trataba de viajar lo menos posible durante el curso escolar.

Sin embargo, por desgracia, el caso resultó inadecuado. *Bajo sospecha* requería la existencia de uno o varios sospechosos que estuvieran dispuestos a hablar ante la cámara y declarar su inocencia. En televisión no había policías, ni abogados defensores, ni obligación de informar de los derechos; solo preguntas directas. No todos los sospechosos estaban dispuestos a participar.

—Tal como sugiere el título del programa —trató de explicar Laurie—, no podemos avanzar mucho sin la colaboración de las personas que han vivido bajo la sombra de la sospecha en los años transcurridos desde el crimen.

—¿Qué otros sospechosos hay? —exigió saber Robert.

—Esa es la clase de detalle que exploramos una vez que creemos que hay posibilidades de llevar adelante la producción.

—Pero ha dicho que ese fue el motivo de que no pudieran abordar el caso de nuestro hijo. Necesitaban la colaboración de las personas bajo sospecha, por así decirlo.

—Sí.

—¿Y quiénes son las demás personas? Puede que podamos convencerlas.

—Me temo que nunca llegamos a ese punto.

Laurie tenía la sensación de que estaban hablando en círculos, como en una mala versión del gag de Abbott y Costello «Quién está en primera». Para Laurie, había resultado evidente, tras leer la carta de los Bell y revisar por encima la cobertura mediática, que cualquier nueva investigación del asesinato de Martin Bell requeriría la colaboración de Kendra, su viuda. Si esta hubiera estado dispuesta a participar, Laurie habría trabajado con ella, con la policía y con otros testigos para identificar a sospechosos alternativos e intentar obtener también su participación. Sin embargo, una vez que Kendra Bell dejó claro que se negaba rotundamente a aparecer en *Bajo sospecha*, Laurie pasó a otro caso. No entendía por qué a sus suegros les costaba tanto entenderlo.

—Kendra era nuestra única sospechosa —dijo Robert—. La policía nunca la acusó, pero, desde luego, nos hizo creer que era la principal candidata. ¿Qué más necesita?

La niebla se levantó de pronto y Laurie sintió un cosquilleo en el estómago al comprender la fuente de la confusión que invadía la sala.

—¿Y creen que Kendra sigue estando dispuesta a participar? —preguntó Laurie, poniendo a prueba su teoría.

—¡Por supuesto! —exclamó Cynthia, con los ojos brillantes por la esperanza—. Se disgustó mucho cuando, después de tardar tantos meses en tomar una decisión, usted acabó rechazando su oferta. Oh, por favor, díganos que lo reconsiderará.

Laurie sonrió educadamente.

—No puedo prometerles nada. Sin embargo, volveré a estudiar el caso para asegurarme de no haber pasado por alto ningún detalle.

Laurie no había tardado meses en tomar una decisión y, desde luego, nunca había rechazado el caso. Kendra Bell había mentido a Robert y a Cynthia, y ella estaba decidida a averiguar por qué.

4

Tras acompañar a los Bell hasta el ascensor, Laurie regresó a su despacho. Estaba deseando refrescar la memoria sobre los detalles del asesinato de Martin Bell. Recordaba lo mucho que le interesó la carta de sus padres cuando la encontró entre el correo acumulado: el caso parecía perfecto para el programa. Al parecer, Martin era un padre cariñoso y un brillante médico perteneciente a una conocida familia neoyorquina. Su padre había desempeñado el cargo de jefe de cirugía en el hospital Mount Sinai, mientras que su abuelo había sido fiscal general del estado. El apellido Bell daba nombre a un buen número de edificios del estado de Nueva York.

Y entonces mataron a Martin en la puerta de su magnífica casa de Greenwich Village.

Un brillante y joven doctor, un padre, asesinado a tiros de pronto en el centro de Manhattan. Por supuesto, Laurie había pensado en su marido, Greg. ¿Cómo no iba a hacerlo?

Sin embargo, las semejanzas con el caso de Greg terminaban ahí. El hijo de Laurie, Timmy, había presenciado la muerte de su padre. El niño, que entonces contaba solamente tres años, pudo dar una descripción basada en los ojos del atacante: «Ojos Azules ha disparado a papá... ¡Ojos Azules ha disparado a papá!». En cambio, los hijos del doctor Martin Bell se encontraban en el interior de la casa familiar, bajo la mirada vigilante de su niñera, y no hubo ningún otro testigo del tiroteo.

Además, a diferencia de lo que ocurrió con Kendra Bell, a Laurie nunca se la había considerado sospechosa del asesinato de Greg. Por supuesto, había notado alguna que otra mirada recelosa durante los cinco años que llevaba el crimen sin resolver. Para algunas personas, el marido o la mujer es automáticamente el presunto culpable. Sin embargo, el padre de Laurie, Leo, era el primer comisario adjunto de la policía de Nueva York en el momento del tiroteo, y ningún agente se habría atrevido a hablar de ella en tono acusador sin tener pruebas claras que lo respaldaran.

Por el contrario, Kendra se había visto muy zarandeada por los tabloides neoyorquinos de sucesos. Antes de que lo asesinaran, Martin Bell había alcanzado cierta fama. Era una joven promesa del departamento de Neurología de la Universidad de Nueva York cuando dejó su puesto para tener la osadía de abrir su propia consulta, especializada en el tratamiento del dolor. Había publicado un libro de éxito que recomendaba los remedios homeopáticos, la reducción del estrés y la fisioterapia para reducir el dolor físico, aconsejando los medicamentos y la cirugía solo como últimos recursos. Greg llegó a decir que tendría muchos menos pacientes en urgencias si hubiese más médicos que siguieran los consejos de Bell. A medida que la fama de este fue en aumento, hubo incluso quien empezó a pensar que era capaz de obrar milagros.

Después de su asesinato, el contraste entre su imagen pública y la mujer con la que estaba casado no habría podido ser más marcado. Surgieron fotografías de Kendra con aspecto confuso y desaliñado. Se supo que era clienta habitual de un antro del East Village y que había retirado grandes sumas de dinero de la cuenta de ahorro de la pareja. Se dijo que estaba tan profundamente inconsciente en el momento del tiroteo que la niñera no pudo despertarla tras llamar a emergencias.

Los titulares de las portadas la llamaron «Viuda Negra» y, más expresivamente, «Mamá Yonqui», pues se rumoreaba que sufría problemas de drogadicción.

Tras una investigación preliminar online, Laurie había contactado a Kendra con la esperanza de que agradeciera la oportunidad que le ofrecían unos importantes estudios de televisión de presentar su versión de los hechos. A Laurie le gustaba pensar que su programa ayudaba a los familiares y amigos de las víctimas de crímenes a aceptar su muerte. También ayudaba a recuperar su vida a aquellas personas que no habían sido detenidas ni acusadas de un crimen, pero eran el blanco de todas las sospechas. Cuando los hijos de Kendra fuesen mayores, ¿no querría que supieran quién mató a su padre? ¿No querría que tuviesen la absoluta certeza de que su madre tenía las manos limpias? La propia Laurie había ansiado desesperadamente tener respuestas acerca del asesinato de Greg.

Sin embargo, cuando Laurie llegó a casa de Kendra cuatro meses atrás con un contrato de participación en el maletín, la mujer dejó muy claro que no estaba interesada. Alegó todas las razones que Laurie estaba acostumbrada a oír. No quería molestar a la policía sugiriendo que un programa de televisión podía investigar mejor. Por fin había podido encontrar un empleo y una nueva vida sin Martin, y temía que una atención renovada desencadenara otra oleada de desprecio público. Y, tal vez el motivo más poderoso, sus hijos ya eran lo bastante mayores para saber si su madre salía en televisión.

—No quiero hacerles pasar por eso a no ser que pueda garantizarme absolutamente que encontrará al asesino de mi marido.

Por supuesto, Laurie no estaba segura de poder mantener esa promesa, por lo que no podía hacerla.

Todo parecía perfectamente razonable.

Pero ahora Laurie tenía información nueva.

Encontró a Grace dentro del despacho de Jerry Klein, adyacente al suyo. A veces, Laurie olvidaba que Jerry era un becario tímido y vergonzoso cuando empezó a trabajar en los estudios. Había visto crecer su confianza en sí mismo con cada nuevo logro. Ahora era su ayudante de producción, y a Laurie le costaba imaginarse trabajando sin él.

—Grace me estaba diciendo que esta mañana han venido los padres de Martin Bell —dijo Jerry.

Al parecer no era la única que recordaba el caso.

—Ha sido una reunión interesante, desde luego —dijo Laurie—. Creen que Kendra estaba ansiosa por participar en el programa. Al parecer, les dijo que fui yo quien rechazó el caso.

Jerry y Grace, que siempre eran sus mayores defensores, recordaron inmediatamente el entusiasmo de Laurie acerca de la investigación.

—¿Por qué diría tal cosa? —preguntó Jerry.

—Eso es exactamente lo que pretendo averiguar.

Laurie se percató entonces de que el presentador del programa, Ryan Nichols, rondaba por el pasillo. Tenía costumbre de aparecer justo a tiempo de entrometerse en cualquier situación. También tenía el hábito de irritar a Laurie.

Como era de esperar, demandó:

—¿Qué vamos a averiguar?

Laurie debía recordarse constantemente a sí misma las magníficas credenciales de Ryan: se había graduado en la facultad de Derecho de Harvard con las máximas calificaciones y a continuación había ocupado un puesto de secretario en el Tribunal Supremo; después había desempeñado un codiciado cargo de fiscal federal. Sin embargo, por desgracia para Laurie, Ryan había decidido que sus innegables capacidades legales le permitían iniciar una carrera en los medios sin ninguna experiencia. Laurie se había formado durante años como periodista de prensa escrita y luego había ido ascendiendo hasta llegar a ser productora de su propio programa. Ryan, en cambio, solo había presentado brevemente las noticias en una cadena de televisión por cable antes de conseguir un puesto a tiempo completo en los estudios. Además de desempeñar el cargo de presentador en *Bajo sospecha*, trabajaba como asesor legal en otros programas y ya estaba dando ideas para su propia programación. En el mundo de la televisión, su atractivo físico era sin duda una ventaja. Tenía el pelo rubio, unos grandes ojos verdes y una sonrisa deslumbrante, y, por supuesto, todas sus ideas requerían que fuera él quien se pusiera ante las cámaras. Pero lo que de verdad fastidiaba a Laurie era su incapacidad para ver que el principal impulso de su carrera procedía de la amistad entre su tío y el jefe de Laurie, Brett Young. Este solía mostrarse imposible de complacer, pero, a sus ojos, todo lo que Ryan tocaba se convertía en magia. Pese a que la descripción del puesto de Ryan era «presentador», Brett había dejado muy claro que esperaba que Laurie contase con la colaboración de este en todas las fases de la producción.

—Hablábamos del caso de Martin Bell —dijo Laurie—. El médico al que dispararon en el camino de acceso a su casa, en Greenwich Village.

Laurie no había solicitado la colaboración de Ryan durante la investigación preliminar del caso en otoño.

—Ah, sí. Tuvo que ser la mujer, ¿no es así? Ese caso sería perfecto para nosotros.

Lo dijo como si fuese el primero en pensarlo.

Laurie observó que Grace y Jerry intercambiaban una mirada de enojo. Su irritación hacia Ryan iba aumentando con el paso del tiempo, mientras que Laurie había aceptado poco a poco el papel del presentador, por muy excesivo que se hubiera vuelto.

—Tuve varias conversaciones con Kendra, la esposa, en torno al día de Acción de Gracias, pero se negó en redondo.

—Porque es culpable —dijo Ryan en tono arrogante.

A Laurie le entraron ganas de preguntarle cuántas veces tenía que equivocarse sobre uno de sus casos para empezar a mantener la mente abierta.

—Bueno, entonces me pareció que lo que más le interesaba era proteger la intimidad de sus hijos. Pero ahora he sabido que les dio a sus suegros una impresión distinta. —Laurie explicó rápidamente la conversación que había tenido con los Bell—. Mi plan es tratar de pillarla desprevenida cuando vuelva a casa de trabajar. ¿Quieres venir? Puedes hacer de poli bueno.

—¿A qué hora?

—Como máximo a las cinco. No quiero que se nos haga tarde.

El nombramiento oficial de Alex como juez federal estaba previsto para las seis y media, y Laurie no pensaba permitir que nada le robara un solo minuto.

—Me parece bien —dijo él—. Antes leeré lo que pueda sobre el caso.

Cuando Ryan se fue, Jerry y Grace miraban a Laurie como si la hubieran visto dar un abrazo a los mayores enemigos del mundo.

—¿Qué? —dijo Laurie, encogiéndose de hombros—. Si mi intuición es acertada, Kendra me mintió la última vez que nos vimos cara a cara. No me vendrá nada mal contar con la presencia de un antiguo fiscal.

Cuando Laurie volvió a su despacho, cayó en la cuenta de que había estado reprochándole otra cosa a Ryan: no era Alex Buckley, el presentador original del programa. Ahora que Alex y ella estaban prometidos, ya no le echaba de menos en el trabajo. Iba a pasar con él toda la vida. Podía soportar las imperfecciones de Ryan.

5

Caroline le dijo a Bobby que los cinco minutos de aviso habían llegado a su fin. El niño hizo unos cuantos movimientos más en el juego de carreras de coches al que estaba jugando, pero enseguida cumplió la orden implícita que representaba la mano tendida de su niñera.

Le entregó la tablet y después se reunió con su hermana, que se conformaba con sentarse en el sofá y trabajar en un puzle que había logrado montar docenas de veces. Siempre habían sido muy distintos. Siendo muy pequeña, Mindy ya parecía vivir dentro de sus propios pensamientos. En cambio, su hermano Bobby no paraba de buscar entretenimiento externo.

Al pasar por delante del ventanal que daba a la fachada, Caroline vio en la acera a un grupo de turistas que observaba con mucha atención el camino de acceso. El guía, un chico alto y delgado, llevaba el pelo largo y recogido en un moño masculino. Vestía su uniforme habitual, compuesto por ropa holgada de color negro y zapatillas de tenis de un naranja vivo. Hacía ya casi cuatro meses que pasaba por allí dos veces por semana. Llamaba a la excursión el «Tour de los Crímenes de la Gran Manzana».

Caroline había intentado razonar con él una vez, recordándole que una niña de siete años y un niño de nueve llamaban a ese sitio su hogar. Aquella vivienda no podía incluirse en la lista de escenarios tristemente célebres, como los lugares de encuentro de la mafia, el punto en el que una mujer había impactado contra el suelo después de arrojarse desde el Empire State Building o el hotel donde una estrella del punk había asesinado a su novia.

El guía había reaccionado recordándoles a los turistas que Caroline era la niñera que llamó a emergencias tras el asesinato de Martin Bell, momento en el que empezaron a pedirle autógrafos y selfis.

Ahora Caroline corría las cortinas cada vez que veía el tour. Se permitió sentir un placer minúsculo al comprobar que el tamaño de los grupos parecía estar disminuyendo. Una vez incluso entró en un popular sitio web sobre turismo para publicar una reseña devastadora.

«Tengo que ser leal a los niños», pensó para sus adentros, mirando cómo Bobby y Mindy desmontaban el puzle para volver a empezar.

Estaba preparando la merienda, una manzana en rodajas acompañada de queso, cuando sonó el teléfono.

Notó un escozor en la garganta cuando la persona que llamaba se identificó. Caroline ya sabía que volvería a tener noticias de Laurie Moran.

—¿Hablo con Kendra? —preguntó la productora.

—No. La señora Bell está en el trabajo.

—Ya. ¿No será usted Caroline Radcliffe?

—Pues sí, soy yo.

—Puede que no se acuerde de mí, pero nos vimos brevemente hace unos cuatro meses. Fui a hablar con Kendra.

«¿Cómo podría olvidarlo?», pensó Caroline. En aquella ocasión había estado escuchando a hurtadillas en la parte superior de las escaleras, con el corazón acelerado, en vez de vigilar a Bobby y Mindy mientras hacían los deberes.

«No lo hagas, no lo hagas.» Había repetido el mantra una y otra vez, con los dedos cruzados, como si pudiera enviarle a Kendra un mensaje telepático hasta el salón. Se había sentido tremendamente aliviada cuando Kendra dio todos sus motivos para no participar.

—Sí, la recuerdo. ¿Puedo ayudarla en algo? —preguntó Caroline.

—Me temo que no. ¿Sabe cómo puedo contactar con Kendra?

—No se puede molestar a la señora Bell mientras está trabajando. Ni siquiera yo la llamo, a no ser que haya una urgencia.

—Entonces ¿cuándo llegará a casa?

—Hoy trabaja hasta las cinco, pero querrá cenar con los niños y pasar un rato con ellos antes de que se acuesten. Está muy ocupada. Si me dice lo que necesita, veré si puedo ayudarla.

—No. Es importante que hable con Kendra directamente.

Los Bell nunca dejarían correr el asunto. Y era lógico, porque alguien había asesinado a su hijo. Caroline llevaba meses oyendo a Kendra eludir sus preguntas. «¿Van a hacer el programa o no?» «¿Por qué tardan tanto en decidirse?» Ganar tiempo durante las vacaciones había sido muy fácil, pero en los últimos dos meses se habían mostrado cada vez más insistentes. Finalmente, la semana anterior, Kendra les había mentido diciéndoles que los productores habían decidido que el caso no encajaba con el programa.

Ahora, la productora volvía a telefonear. Aquello no pintaba bien.

—Si me da usted su número, le diré que ha telefoneado —se ofreció Caroline.

Cuando Caroline colgó el teléfono, se asomó al ventanal. Los turistas se habían ido. Aun así, dejó las cortinas corridas. El terror de no poder evitar que el mundo exterior se colase en esa casa invadió su corazón.

«Kendra estaba fatal entonces. Por favor, Señor, dime que no lo hizo ella.»

6

La casa estaba tal como la recordaba Laurie del último otoño, aunque ahora había unas peonías rosa claro plantadas en las jardineras de las ventanas.

Cuando bajaron del todoterreno negro de Uber que habían contratado para que los llevara al centro, Ryan soltó un silbido.

—Bonita casa —declaró—. Con su garaje privado y todo. Si pudiera agenciarme un sitio tan chulo como este, a lo mejor me compraría el Porsche que siempre he querido. No tiene sentido tener un coche de ensueño cuando no paran de abollármelo en el aparcamiento de mi edificio.

Laurie sonrió para sus adentros. Ganaba un buen salario que bastaba para costear un apartamento de dos dormitorios ideal para Timmy y ella, y el seguro de vida de Greg le había ayudado a mantener un hogar en Nueva York. Sin embargo, ahora que Alex y ella iban a casarse, habían hablado de buscar una vivienda lo bastante grande para vivir juntos. Tenía la sensación de que lo que eligiesen podría calificarse como «chulo» según la definición de Ryan.

La niñera no ocultó su descontento cuando fue a abrir la puerta.

—Ya le he dicho que le daría el recado a la señora Bell —dijo muy seria.

Laurie se habría apostado algo a que, de hecho, Caroline no había transmitido el mensaje todavía. Le echaba a la mujer unos sesenta años, aunque aparentase más. Llevaba el pelo canoso peinado con bigudíes y ocultaba su corpulencia bajo una holgada bata azul.

—Vamos a servir la cena.

Un fantástico aroma a ajo y mantequilla salía de la casa.

—¡Qué bien huele! —dijo Laurie—. No quiero entretener mucho a la señora Bell. Pero, como le he dicho, es importante. He traído a mi colega, Ryan Nichols. Puede que lo reconozca de haberlo visto en nuestro programa.

Laurie esperaba que ver a Ryan dentro del hogar de los Bell pudiera impresionar a la protectora niñera de Kendra. La mayoría de las personas se comportaba de forma atolondrada en presencia de cualquiera que se considerara remotamente «famoso». Caroline Radcliffe no pertenecía a esa mayoría. Le dedicó a Ryan una mirada fría. Estaba claro que no se sentía impresionada.

—¿Va todo bien, Caroline? —preguntó una voz procedente del interior.

—No hay nada de qué preocuparse...

Caroline había empezado a cerrar la puerta cuando Laurie vio a Kendra Bell caminando hacia ellos.

—Kendra, soy Laurie Moran. Sus suegros han venido a verme hoy. Es evidente que ha habido un malentendido.

Caroline sacudió la cabeza cuando Kendra se situó junto a ella ante la puerta principal.

—Ya le dije que no me interesaba —replicó Kendra.

—Lo sé —dijo Laurie—, y acepté su decisión. Pero, al parecer, usted les dijo a los padres de Martin que fui yo quien rechazó abordar su caso en nuestro programa. No tengo ningún inconveniente en contarles la verdad, es decir, que usted se negó categóricamente hace unos meses, pero pensé que le debía una oportunidad de explicarse.

Laurie vio que Kendra se ponía a calcular rápidamente.

No quería a Laurie y a Ryan en su salón. Sin embargo, no deseaba de ningún modo que Laurie volviera a hablar con los padres de Martin y les dijera la verdad.

Abrió la puerta para dejarlos pasar.

Kendra vestía aún el uniforme del trabajo: pijama sanitario sobre un cuello de cisne negro. Se había recogido en una pulcra cola de caballo la media melena castaña. Tenía treinta y cuatro años cuando asesinaron a su marido, así que ahora contaba treinta y nueve. No obstante, parecía mayor, como si hubiera vivido otras dos vidas antes que esta. Había estrés en las líneas de expresión de su frente y la tristeza acechaba tras sus ojos oscuros. Aun así, resultaba mucho más atractiva que la figura desaliñada que habían mostrado los medios de comunicación. Laurie se preguntaba si ella misma había tenido el mismo aspecto en los años que siguieron a la muerte de Greg, antes de que por fin se permitiera volver a ser feliz.

Cuando Laurie presentó a Ryan, Kendra los acompañó al salón y le pidió a Caroline que acabase de preparar la cena en la cocina. Laurie supo que la niñera estaría escuchando desde allí.

—¿Le ha dado alguien un puesto de doctora? —le soltó Ryan.

Laurie y Ryan habían repasado los principales datos del asesinato de Martin Bell durante el trayecto hasta el Village, pero la productora no le había informado de la situación de su viuda.

—Desde luego que no —dijo ella a la defensiva—, probablemente porque la gente reacciona como ha hecho usted. Aunque le agradezco que recuerde que asistí a la facultad de Medicina. La cobertura informativa después de que muriera Martin... Bueno, seguro que tiene presente el tono. Hablaron de mí como si fuese una especie de drogadicta y él me hubiese sacado de la calle.

Laurie le dedicó a Ryan una mirada apremiante. Se suponía que tenía que hacer de poli bueno y no había empezado con buen pie.

—Se conocieron en la facultad, ¿verdad? —preguntó él, más amable.

—En efecto —dijo Kendra, sonriendo con tristeza—. A Martin le encantaba contarle a todo el mundo nuestro encuentro «de película», como él lo llamaba.

Laurie sabía que a Kendra también le gustaba la historia, porque se la había contado a ella la primera vez que hablaron por teléfono. Por eso le había sugerido a Ryan que le preguntase, aunque esperaba que introdujera el tema de forma más suave.

—Sucedió durante mi último curso en la facultad de Medicina de la Universidad de Stony Brook —siguió diciendo Kendra—, en Long Island. Martin vino como profesor invitado para dar una clase de medicina física y rehabilitación. En mitad de la clase, ¡pam!, sus diapositivas de PowerPoint dejaron de funcionar. De repente, el famoso médico que tenía respuestas para todo en el programa *Today* y en *Good Morning America* se quedó sin palabras. El profesor titular y él se pusieron a trastear con el ordenador. Como decía Martin, le entró el pánico al pensar que casi no le quedaba tiempo para dar el resto de la clase y necesitaba unos datos complejos que había resumido en dos tablas que le eran imprescindibles. Según él, aunque yo tengo serias dudas acerca de esa parte, me acerqué por el pasillo central del aula, «llena de elegancia y confianza en mí misma», le quité con calma el mando y cambié las pilas por otras nuevas. Sabía que se guardaban en el armario. Luego volví a mi asiento. En realidad, no fue nada del otro mundo, pero Martin decidió en ese momento que yo era especial.

De pronto, clavó la vista en la mesita baja como si estuviera viendo otra escena.

—Mire adónde me llevó eso —dijo con tristeza—. No, no soy médico. Terminé mis estudios, eso sí. Y empecé el período de prácticas en un buen sitio, el departamento de Pediatría de la Universidad de Nueva York. Sin embargo, Martin tenía muchas ganas de fundar una familia y yo estaba a punto de cumplir los treinta. Debería haber escuchado a las personas que me dijeron que sería demasiado. En aquel momento tuve una especie de subidón, pero ahora me doy cuenta de lo joven que era. Una vez que nació Bobby, me sentí... agotada. Constantemente. Y distraída. Se me debía de notar en el trabajo, porque, antes de que me diera cuenta, mis supervisores me «animaron» —Kendra dibujó unas comillas con los dedos— a tomarme un año de excedencia. Y luego volví a quedarme embarazada. Cuando llegó Mindy después de Bobby, Martin decidió que a los niños les iría mejor si yo me quedaba en casa. Tal como le gustaba decir a mi suegra: «Un médico muy ocupado es más que suficiente para una familia».

Laurie sabía por sus conversaciones anteriores que Kendra atribuía su posterior decaimiento a la decisión de renunciar a su carrera médica, pero nada de eso importaba si no cambiaba de idea acerca de su posible colaboración con *Bajo sospecha*.

Laurie echó un vistazo a su reloj de pulsera. Ya llevaban allí casi diez minutos y ni siquiera habían entrado en materia. No podía llegar tarde al nombramiento de Alex.

—Entonces ¿sigue trabajando en la consulta de su amigo? —preguntó Laurie para acelerar las cosas.

—Sí —dijo Kendra—. Dudo de que encuentre alguna vez a alguien dispuesto a aceptarme como residente, lo que me permitiría llegar a ejercer, pero doy gracias a Dios por el único amigo que me queda de la facultad de Medicina, Steven Carter. Los demás se comportan como si yo no existiera, pero él se la jugó por mí y me contrató como asistente. Tener un puesto al que acudir cada día me hace mucho bien. También es bueno para los niños verme trabajar.

Cuando Martin murió, Kendra apenas había trabajado. Según Martin, sus padres e incluso los propios amigos de ella,

Kendra «nunca fue la misma» después de renunciar a sus planes de volver a trabajar. Lo que parecía un parón temporal mientras se adaptaba a la maternidad se convirtió en un completo cambio de personalidad, sobre todo desde el accidente de tráfico que le costó la vida a su madre una noche que regresaba a Long Island tras ayudar con los niños a una Kendra muy agobiada. Kendra dejó de acudir con su marido a actos sociales y académicos. Las pocas veces que aparecía en público, se mostraba confusa, irritable y desaliñada. Entre las amistades de la pareja, corría el rumor de que Kendra se había vuelto alcohólica. «Pobre Martin» y «Tiene que aguantarla por los niños» eran frases que solían pronunciarse cuando surgía el tema de Kendra.

De hecho, la noche que asesinaron a Martin, la niñera dijo que había tenido que zarandear a Kendra para despertarla mientras llamaba desesperada a emergencias.

—Sé que tiene ganas de servir la cena —dijo Laurie, cada vez más impaciente—. Le diré sin rodeos por qué estamos aquí. Les contó a los padres de Martin que fui yo quien rechazó el caso de su marido. Eso es absolutamente falso. Da la sensación de que tiene algo que ocultar, Kendra.

—No es así, y usted lo sabe. Solo trato de seguir adelante con mi vida. Criar a mis hijos. Ir a trabajar. Volver a sacar a la luz todo eso delante de las cámaras es más de lo que mis hijos y yo podemos soportar. Ya se lo expliqué.

—¿Y por qué no puede decírselo a sus suegros?

—Nunca lo entenderían. Tardaron muchos años en tener a Martin, así que siempre fue un milagro para ellos, y luego desapareció. No sienten ninguna empatía hacia mí. Me miran y ven a una asesina. ¿Tiene idea de lo horrible que es eso? Mis padres murieron. Martin y sus padres eran la única familia que yo tenía. Y ahora me odian. Además, están obsesionados con conseguir la custodia de mis hijos. Son incansables.

Empezaban a temblarle los hombros. Estaba a punto de llorar.

—Por favor —imploró—, no les diga que no he querido participar en el programa.

«Poli malo —se recordó Laurie a sí misma—. Haces de poli malo. Y no puedes llegar tarde a la noche más importante de la carrera de tu prometido.»

—No puedo evitar decírselo —contestó Laurie—. Para empezar, fueron ellos quienes me escribieron esa carta sobre el caso de Martin. Respeto sus deseos, Kendra, pero también tengo que respetar los de ellos.

—Les engañé, y lo usarán contra mí. Se mueren de ganas de conseguir la custodia de mis hijos —explicó Kendra, bajando la voz—. Tienen dinero e influencias. Encontrarán a algún juez que les favorezca. Dígame qué puedo hacer, por favor.

—Eso no me corresponde a mí —dijo Laurie—, pero usted me involucró en el engaño. Les mentiría si no aclarara el malentendido. Les llamaré mañana por la mañana para explicarles por qué no seguimos adelante.

—O podría usted participar en el programa —dijo Ryan.

Kendra lo miró, parpadeando.

—Si participa en el programa —explicó él—, no tienen por qué saber jamás que les engañó. Seguiremos adelante con la producción y se acabará el asunto.

Kendra se quedó con la mirada perdida, sopesando sus opciones. Luego dijo de mala gana:

—Lo haré. Les he dicho que no tengo nada que ocultar. Pero no quiero que mis hijos aparezcan ante las cámaras.

—Por supuesto que no —dijo Ryan, apoyándole sobre el hombro una mano reconfortante.

—Ni tampoco el lugar donde trabajo —añadió ella—. Steven se arriesgó a contratarme. No quiero que reciba llamadas de acoso o algo peor.

Laurie y Ryan le aseguraron que eso no supondría un problema, pero Kendra pidió que se comprometieran por escrito. Laurie anotó ambas promesas al pie del acuerdo de participación estándar y se lo dio a Kendra para que lo firmara antes de que pudiera cambiar de opinión.

—Ah, por cierto —dijo Kendra, devolviendo el documento—. Acabo de leer en la prensa que han nombrado a un nuevo juez federal. El artículo mencionaba que acaba de prometerse y daba su nombre. Enhorabuena.

—Gracias —dijo Laurie, sorprendida por el comentario—. De hecho, ahora mismo me voy al palacio de Justicia. Jura el cargo esta noche.

Mientras subía al Uber, Laurie sintió una punzada de culpabilidad. ¿Y si Kendra quería de verdad preservar la intimidad de sus hijos? Sin embargo, se recordó a sí misma que la viuda había demostrado saber mentir si le convenía.

Además, Kendra no era la única que había perdido a un miembro de su familia. Cynthia y Robert Bell habían perdido a su único hijo y le habían rogado a Laurie que les ayudara a hacer justicia.

Laurie solo podía ayudar de un modo: averiguando de una vez por todas quién había matado a Martin Bell y por qué.

7

Kendra acababa de cerrar la puerta cuando oyó las pisadas de Caroline tras ella.

Cuánto le había molestado la presencia de la niñera cuando Martin la contrató. Era como si la decisión de que Kendra dejase el trabajo y se quedara en casa todo el día con sus hijos se hubiese tomado sin su participación. Ni siquiera fue una decisión significativa. Simplemente... sucedió. Un día dejó su puesto con contracciones; en ese momento pensó que lo más probable era que se tratase de una falsa alarma. De pronto, estaba recibiendo flores de sus compañeros en la sala de maternidad. «¡Nos vemos en doce semanas, mamá!», decía la tarjeta. Regresó tal como estaba previsto, pero no duró ni un mes. Se dijo a sí misma que solo estaría ausente el resto del curso y que volvería en otoño con la siguiente promoción de residentes. Y entonces se quedó embarazada de Mindy. A partir de ese momento, la idea de practicar la medicina pareció imposible.

Cuando Mindy cumplió año y medio, llamó al coordinador de las prácticas y solicitó volver. A aquellas alturas, pensaba que los agotadores horarios de un médico en prácticas no serían nada en comparación con las demandas de dos niños pequeños. Sin embargo, resultó que su formación ya estaba anticuada. Tendría que asistir a más clases para reingresar en el programa de prácticas. Mientras tanto, Martin y sus padres le recordaban sin cesar que el «bebé milagro» había sido criado por una madre que no trabajaba. No soportaba ver a Cynthia darle a Martin una palmadita en el brazo, mirarle con adoración y decir: «Un médico muy ocupado es más que suficiente para una familia».

«No me extraña que esperaras que yo te idolatrase», pensaba Kendra. Se había esforzado mucho en complacerle.

Al principio, su vida con Martin había sido como un cuento de hadas hecho realidad. Salía del aula con Steven después de la clase de Martin cuando este se acercó a ella para darle las gracias por solucionar el problema informático.

—Creo que a ese médico se le cae la baba por ti —dijo Steven más tarde.

Le contestó a Steven que tenía demasiada imaginación, aunque sabía que estaba en lo cierto. Las palabras de Martin hacia ella habían sido totalmente apropiadas: mesuradas, agradecidas y profesionales. No obstante, las había pronunciado con un aire maravillado, como si supiera que ese encuentro cambiaría la vida de los dos.

Martin le contaría más tarde que llegó a hablar con el departamento de recursos humanos de la universidad para comprobar que no hubiese ninguna prohibición que le impidiera salir con una joven y brillante aspirante a pediatra que había conocido siendo un orador invitado. Cuando se puso en contacto con ella para pedirle que lo acompañase a una conferencia médica, Kendra ya esperaba la llamada. Esa misma noche, a los postres, él la convenció para que hiciera las prácticas en Nueva York.

—Será mucho más difícil conseguir que te enamores de mí si te vas a la otra punta del país —le dijo.

Kendra había intentado por todos los medios hacerle feliz. Él quiso casarse en cuanto ella se graduara y fundar una familia, y luego tener un segundo hijo. Ella hizo lo que él deseaba, paso a paso. Y después él quiso que su joven y brillante aspirante a pediatra se quedara en casa.

Ella esperaba que su propia madre se pusiera de su parte. El padre de Kendra había sido fontanero. Se ganaba bien la vida según los niveles del condado de Suffolk, pero su madre trabajaba como peluquera para contribuir a pagar las facturas. El hombre murió de un infarto cuando Kendra estaba finalizando su primer curso en la universidad, dejando atrás a su hija, a su esposa y una montaña de préstamos para estudiantes. La madre había doblado su jornada laboral trabajando en dos peluquerías distintas para asegurarse de que Kendra acabara sus estudios.

En vez de decirle que debía perseguir su sueño de ejercer la medicina, su madre le aconsejó que actuara como mejor le pareciera.

—¿No ves la suerte que tienes de poder elegir? —dijo—. Yo no la tuve. Me habría encantado quedarme en casa contigo. Solo se vive una vez, cariño. Escojas lo que escojas, seguro que acertarás.

Kendra cedió. Se dijo a sí misma que en realidad no tenía motivos para trabajar. Bobby y Mindy disfrutarían de todas las ventajas que ella nunca había tenido: colegios privados, crecer en Nueva York, los excelentes contactos de los padres de Martin... Ella solo debía quedarse en casa y criarlos.

«Lo intenté —pensó Kendra ahora—. Intenté ser lo que Martin quería que fuera. Pero resultó que la elegancia y la confianza en mí misma que creyó ver en mí en esa aula no se trasladó a esta casa, a mi función de esposa y madre.»

Los niños la agotaron mucho más que la facultad de Medicina. Volviendo la vista atrás, comprendía que había tenido una depresión posparto. Su madre hacía un trayecto en coche de dos horas y media para intentar ayudarla cada vez que tenía un día libre. Y entonces se produjo el accidente de tráfico. Al menos, así lo llamaron. Un accidente. Pero Kendra sabía lo que había ocurrido: su fatigada madre, falta de sueño por tratar de ayudar a una hija agotada, se había dormido al volante.

Kendra se sumió más aún en la oscuridad. Martin ni siquiera le dio la oportunidad de participar en las entrevistas antes de traer a Caroline a su hogar.

—Así son las cosas —anunció—. Tienes los nervios destrozados. La gente con los nervios destrozados no tiene voz ni voto.

Cómo quiso matarlo en ese momento. Le habría gustado librarse de él.

Ahora, cinco años después, la mujer que tanto rencor le había causado era prácticamente un miembro de la familia.

—Esa mujer se ha aprovechado de tus peores miedos —dijo Caroline—. Lo siento, no he podido evitar oírlo.

Kendra sabía que las paredes de la casa eran muy gruesas. Naturalmente, Caroline había escuchado a hurtadillas.

—A lo mejor Bobby y Mindy pueden empezar a llevarles a sus abuelos algún que otro regalito poco saludable —dijo Kendra—. Esos dos fósiles no pueden durar toda la vida.

No habría hecho un chiste tan macabro delante de nadie más, pero Caroline había visto en persona lo mal que se portaban los Bell con ella. Además, la canguro estaba acostumbrada a su hosco sentido del humor.

—No hace falta que te preocupes por nada, Caroline. Solo es un programa de la tele. Voy a quitarme la ropa del trabajo y enseguida bajo a cenar.

Arriba, a solas en su habitación, cerró la puerta, entró en el cuarto de baño y abrió el grifo. No quería que nadie la oyera, ni siquiera Caroline.

Buscó en el móvil un número de teléfono guardado a nombre de «Mike». Aquel nombre no era el verdadero, al menos que ella supiese. Y sabía que ese no era su número real, sino uno temporal que él le había dado. Le daba uno nuevo cada vez que se veían. Era demasiado listo para tener un móvil localizable.

No debería haberle mencionado el programa de televisión en noviembre. Sin embargo, le aterraba la posibilidad de que se enterase de la carta que los Bell habían escrito a los estudios y la castigara por no contárselo. Parecía saber siempre más de lo debido. Ella le había prometido que se libraría de la productora y lo había hecho. Hasta hoy.

Cogieron la llamada después de dos timbrazos, pero nadie contestó.

—¿Hola? —dijo Kendra, nerviosa.

—¿Qué pasa? —preguntó él.

Le contó que la productora se había presentado en su casa sin avisar y la había presionado para que firmase un acuerdo.

—Llámala mañana y dile que has cambiado de opinión. No puedes salir en el programa.

Ella le dijo que los Bell no iban a dejar el tema. Que, si no participaba en el programa, cumplirían sus amenazas de llevarla ante los tribunales.

—Si vamos a juicio, podrían enterarse de tu existencia.

—No me amenaces. No te conviene —replicó él, con voz siniestra.

—Eso no es lo que quería decir —contestó Kendra. Él era la persona más aterradora que había conocido jamás, alguien que se controlaba por completo, pero al mismo tiempo resultaba absolutamente impredecible—. Solo digo que puedo salir en el programa y no mencionarte en ningún momento. Lo juro por mi vida.

—¿Por la vida de tus hijos?

Ella sintió una daga de hielo en la base del cuello.

—Han pasado cinco años. Si fuera a hablar de ti, ¿no lo habría hecho ya? Por favor, no quiero causar problemas.

—Bueno. Sal en el programa. Pero recuerda lo que te juegas. Sería una pena que les pasara algo a Bobby y a Mindy. Ahora dime todo lo que sepas de esa productora de televisión.

Kendra hizo lo que él le pedía. Le temblaba la mano cuando colgó el teléfono.

Martin llevaba muerto cinco años.

Nunca se libraría de él del todo. Desde que Kendra comprendió que él la había estado drogando, tenía una duda constante. Un médico experto como él debería haber reconocido los síntomas de una depresión posparto. Al drogarla, no la ayudaba a recuperarse. ¿Y si sus padres y él querían que tuviera hijos y, una vez que nacieron, dejaron de necesitarla?

8

Dentro de su taxi, Laurie avanzaba despacio hacia el palacio de Justicia. Miró su reloj de pulsera y comprobó que tenía tiempo de sobras.

Como aquella era una ocasión especial, había optado por lucir una ropa que Alex nunca había visto. Era un traje pantalón azul marino. Ese color le favorecía, algo que Alex siempre le había comentado.

Laurie comprobó su maquillaje y se retocó el lápiz de labios. Obedeciendo a un impulso, se deshizo la cola de caballo y se dejó el pelo suelto sobre los hombros. Sabía que a Alex le gustaba más así.

Llevaba el collar de perlas de su madre y los pequeños pendientes de diamantes que también fueron suyos. «Cuánto se alegraría por mí», pensó Laurie mientras el taxi paraba delante del palacio de Justicia. Por culpa del tráfico, había llegado solo diez minutos antes de la ceremonia. Estaba segura de que Timmy y su padre estarían ya allí.

Como Laurie esperaba, los dos estaban sentados en un banco situado junto a la puerta de la sala de la juez del Tribunal de Distrito, Maureen Russell. Al verla, Timmy se levantó de un salto.

—El abuelo tenía miedo de que llegaras tarde.

—Hoy nunca lo haría —dijo ella, sonriéndole a su padre.

A Leo siempre le había preocupado muchísimo llegar tarde. Había una expresión avergonzada en su rostro.

—Solo me preocupaba el tráfico.

—Ajá —dijo Laurie—. Bueno, ¿dónde está Alex?

—Dentro. La sala se está llenando de gente. Ramon ha traído para la fiesta de la sala de prensa aperitivos suficientes para alimentar al ejército del papa.

Ramon, asistente, cocinero y persona de confianza de Alex, insistía en llamarse a sí mismo el «mayordomo». También era un hábil planificador de fiestas que reventaba de orgullo ante el nombramiento de Alex. Laurie había presenciado el torbellino de actividad que había desplegado en la cocina la noche anterior e imaginaba la amplia variedad de canapés que habría preparado para la recepción.

—Pobre de aquel que intente interponerse entre Ramon y la fiesta perfecta —dijo Laurie.

—Una vez testifiqué ante la juez Russell en un caso que pasó a ser del ámbito federal y es formidable —comentó Leo—. Será interesante verla en acción hoy. Viene a la recepción.

En la sala ya solo quedaba espacio para estar de pie cuando la juez Russell salió de su despacho. Laurie sabía que muchos de los presentes eran abogados compañeros de Alex. Echaría de menos la relación cotidiana con ellos.

Andrew, hermano menor de Alex, había venido de Washington. Le habían escogido para dar la bienvenida a todos los asistentes al acto principal. Laurie sabía lo unidos que estaban Alex y él. Los padres de ambos habían muerto en un accidente de tráfico cuando Andrew tenía diecinueve años y Alex veintiuno. Alex se había convertido en el tutor legal de Andrew y se había tomado en serio esa responsabilidad. Laurie sabía que los comentarios de Andrew serían afectuosos y personales. Y lo fueron.

Cuando llegó la hora del juramento, Laurie se adelantó para sostener la Biblia mientras Alex, con voz clara y solemne, juraba el cargo y se convertía en juez federal. Cuando acabó, se inclinó hacia delante y besó a Laurie. Después de dar las gracias a la juez, dijo:

—Estoy muy agradecido por este honor. Pero debo aclararles que ningún honor tendría significado alguno si no lo compartiese con mi prometida y futura esposa, Laurie Moran.

Cinco minutos después de abandonar la sala, los miembros de la familia y amigos más íntimos que estaban invitados a la recepción habían entrado en fila en la sala de prensa. El cóctel estaba en pleno apogeo.

Laurie charlaba con varios abogados que habían compartido las oficinas con Alex cuando uno de ellos, Grant Smith, sacó un tema delicado.

—He de admitir que me sorprendió mucho que un abogado defensor superase el proceso de confirmación. Supongo que ninguno de los senadores perdió dinero en el escándalo Newman —dijo Grant.

Laurie sabía que a su prometido le preocupaba que la persistente ira del público sobre el caso pudiera frustrar su confirmación judicial. Alex lamentaba un poco haber conseguido la absolución de Carl Newman, juzgado por estafar millones de dólares a los inversores. Sin embargo, los detectives habían llevado mal la investigación. Él estaba haciendo su labor de abogado cuando se desestimaron pruebas clave. Hasta él se extrañó cuando el jurado absolvió a Newman. En cualquier caso, Laurie pensó que era innecesario que Smith sacara el asunto a colación en ese momento.

«Tiene envidia de Alex», pensó Laurie. Después le preguntaría si él opinaba lo mismo.

9

Aunque la juez Russell había exigido que sus secretarios despejasen la sala al cabo de una hora, Laurie observó que, cuando dieron las siete y media, parecía estar pasándolo muy bien. Había dedicado casi toda la velada a hablar con Leo, y Laurie no pudo dejar de observar que este también parecía estar disfrutando de la conversación. Además, se dio cuenta de que su padre se volvía a mirar a la juez mientras todos se despedían al final de la fiesta.

«Es muy atractiva, la verdad», pensó Laurie. La juez debía de rondar los sesenta años. Cuando sonreía, su pelo blanco y su rostro juvenil contradecían su habitual expresión severa.

—¿Una nueva amiga? —preguntó Laurie cuando Leo y ella se reunieron en la antesala—. Me ha dicho un pajarito que es formidable.

—Para.

—Ahora ya sabes cómo me he sentido durante el último año.

Tenía la sensación de que él le había estado preguntando por Alex casi cada día.

—Pero tenía razón, ¿no?

—¿Y quién dice que no tengo yo razón ahora?

—Para —repitió él, pero Laurie se fijó en su leve sonrisa.

Vio que Alex caminaba hacia ellos junto a Timmy.

—¿Adónde vamos ahora? —preguntó Alex, frotándose las palmas de las manos.

Laurie vio que el nombramiento le había llenado de energía.

—Este aún tiene que hacer deberes —comentó Laurie, agarrando a Timmy y haciéndole unas ligeras cosquillas en el hombro.

—Ahora que Alex es juez, puede escribirles a mis maestros una carta diciéndoles que no se pasen conmigo.

—Será mejor que te reserves esa opción para el día en que tengas problemas de verdad —bromeó Leo.

Timmy asintió con la cabeza.

—Bien pensado, abuelo.

Andrew no podía cenar con ellos porque a la mañana siguiente tenía un juicio. Leo se ofreció a llevar a Timmy de vuelta al apartamento para que terminase los deberes. Así, Laurie podría salir a cenar con Alex. Al observar cómo subían a un taxi, Laurie se dio cuenta de lo mucho que deseaba encontrar un apartamento adecuado para toda la familia. El piso de Alex en Beekman Place era lo bastante grande para que Timmy y ella se mudasen allí, pero el colegio estaba a media hora y su padre también tendría que trasladarse si quería continuar viviendo a pocas manzanas de distancia. Además, le gustaba la idea de iniciar una nueva vida juntos en un lugar completamente nuevo.

Cuando estuvieron en el coche, Alex le preguntó adónde quería ir a cenar y comentó que Ramon tenía mucha comida esperando en el apartamento. Ramon se apresuró a descartar la última opción:

—Me temo que no han terminado de instalar el equipo de seguridad. Con tantos cables y cámaras, todo está hecho un desastre.

En su calidad de juez federal, Alex debía contar ahora con un sistema de máxima seguridad conectado directamente con la policía federal. Les había pedido que se ahorraran el dinero y esperasen porque, de todas formas, se mudaría al cabo de pocos meses, pero, al parecer, era así como funcionaba el sistema.

—Entonces ¿qué te parece si vamos a Gotham? —sugirió.

—Lo que desee el juez —dijo Laurie mientras Ramon arrancaba—. Tienes un nombramiento de por vida para el puesto de tus sueños. ¿Te sientes distinto ahora que es oficial?

—¿Quieres que te sea sincero? —Alex cogió su mano y tocó el anillo que lucía en el dedo—. Ya tengo el nombramiento de por vida que de verdad me importa.

10

Al otro lado de Pearl Street, un hombre observaba el palacio de Justicia sentado al volante de un todoterreno blanco. Tenía cuarenta y cinco años y unos ojos hundidos en una cara rolliza. Vio al grupo que estaba esperando en cuanto salió del edificio.

Los cinco parecían sentirse muy cómodos juntos, pensó con rabia. El hombre mayor y el niño pararon un taxi. El hombre más bajo le abrió a la mujer la puerta del Mercedes negro. Sabía que era la productora de televisión. Se llamaba Laurie Moran. Había perdido a su primer marido en circunstancias muy trágicas.

No obstante, ahora parecía feliz. El nuevo juez subió al asiento trasero y se acomodó junto a ella. A la luz de la farola, vio que miraban el anillo de compromiso que ella lucía en el dedo.

«Es una chica preciosa —se dijo el hombre mientras se incorporaba al tráfico para seguirles—. Estoy seguro de que la echarán de menos.»

11

Cuando Laurie entró en el vestíbulo de su edificio de apartamentos de la calle Noventa y cuatro, saludó a Ron, el portero de noche, con un breve gesto.

—¿Cómo está, Primo? —preguntó, utilizando el apodo afectuoso del hombre.

—Primo está muy bien. Espero que no haya estado trabajando todo este tiempo. No suele llegar tan tarde.

Laurie se había mudado a ese edificio poco después de que mataran a Greg. Era lógico que estuviera cerca de su padre, ya que este le ayudaba mucho con Timmy, pero además estaba deseando dejar el centro de la ciudad, donde tenía la sensación de pasar todos los días por delante del parque donde habían matado a su marido.

—No ha sido una noche de trabajo —dijo Laurie alegremente—. He salido con mi prometido. Ha tenido buenas noticias.

—Prometido —repitió Ron con una sonrisa complacida—. Me gusta cómo suena eso. Me he dado cuenta de que últimamente está más contenta. Aunque espero que Timmy y usted no se vayan. Les echaríamos de menos.

—No hay cambios de momento —prometió ella, dándose cuenta de cuánto echaría a faltar a las personas que la habían ayudado a convertir esa vivienda en un hogar después de quedarse sola de forma inesperada.

Nada más entrar en el piso, se quitó los tacones de una patada y se despojó de la americana, que colgó en un gancho libre del perchero del recibidor. Supo por el silencio que Timmy debía de haberse acostado ya.

Encontró a su padre en su lugar favorito: sentado en el sillón reclinable de cuero, con la revista *Time* sobre el regazo y el televisor sin volumen en un canal de deportes. Tuvo la impresión de que Timmy no era el único que se había dormido.

El hombre debió de notar su presencia, porque de pronto enderezó el respaldo del sillón.

—¿Qué tal la cena? —preguntó.

—No me guardes rencor, pero he pedido tus platos favoritos: la ensalada de marisco y el filete.

—¿Poco hecho?

—Como a ti te gusta.

Él sonrió, levantando los pulgares.

—Qué buena vida llevas, niña. Hablando de eso, ha venido la agente inmobiliaria. —Leo señaló una carpeta de más de dos centímetros de grosor que descansaba sobre la mesita baja. Laurie vio que se trataba de otro lote de anuncios inmobiliarios—. Ha dicho que andaba por el barrio. Supongo que suele ir por ahí con anuncios especiales para ti —añadió en tono sarcástico.

Charlotte había puesto en contacto a Laurie con Rhoda Carmichael.

—Es como el conejito de las pilas del sector inmobiliario —le había dicho Charlotte—. No parará hasta encontrar una vivienda que sea perfecta para ti, Alex y Timmy.

Charlotte no le había contado que Rhoda esperaba de sus clientes el mismo nivel de compromiso. La semana anterior había llamado a Laurie a las cinco de la mañana para hablarle de un piso horas antes de que saliera al mercado.

Laurie pensaba hojear los documentos al día siguiente en su despacho, aunque sabía que Rhoda telefonearía a primera hora de la mañana para conocer su opinión. Ya tenía que satisfacer las expectativas irreales de Brett Young en el trabajo. No necesitaba un segundo jefe en su vida personal.

Su padre empezó a levantarse, dispuesto a recorrer la distancia de tres manzanas hasta su propio apartamento.

—¿Tienes un momento? —preguntó Laurie.

—Por supuesto —contestó él, volviendo a sentarse.

Su hija le habló de la visita que había recibido de Robert y Cynthia Bell, seguida de su paso por la casa de Kendra.

—Me he pasado casi todo el día releyendo los detalles del caso. La prensa se mostró muy cáustica. No he podido encontrar ni un solo artículo favorable a la esposa del fallecido. Pero no he visto ninguna información oficial del departamento de policía que indique que era sospechosa.

—Déjame adivinar: el departamento de policía de Nueva York tampoco dijo nada que limpiara su nombre.

Ella negó con la cabeza.

—No digas que te lo he dicho, pero voy a enseñarte a leer entre líneas. En el caso de Martin Bell, los periódicos hicieron lo suficiente por su cuenta para despertar interés por la investigación.

—No hizo falta que la policía celebrara ruedas de prensa y demás —dijo Laurie, siguiendo su lógica.

—Sí, pero no se trata solo de la cantidad de cobertura informativa, sino también del enfoque. Cuando trabajaba en homicidios me ocupé de un caso muy feo, el asesinato de unos críos. —Leo frunció el ceño al recordarlo. Era una persona muy positiva que había disfrutado mucho con su trabajo, pero ciertos crímenes le trastornaban sobremanera, robándole la sonrisa—. A uno de los periodistas se le metió en la cabeza que había sido la niñera, celosa por no tener hijos propios. Sin embargo, nosotros sabíamos que tenía una coartada a toda prueba y veíamos con nuestros propios ojos que quería de verdad a esos niños. Por eso, emitimos un comunicado dejando claro que la considerábamos otra víctima del crimen. Los ataques contra ella terminaron al instante —añadió, chasqueando los dedos.

—Pero la policía de Nueva York no hizo lo mismo por Kendra Bell.

—Exacto.

—Así que es sospechosa.

Leo se encogió de hombros.

—Oí cosas.

—¿Por ejemplo?

—¿Recuerdas que la prensa decía que era drogadicta o algo así?

Aunque el público parecía convencido de que Kendra había matado a su marido, la cobertura sensacionalista no parecía estar respaldada por hechos. Todos los artículos se reducían a una observación básica: Martin era una superestrella con una gran carrera médica cuya esposa, que vivía recluida, no había desarrollado el potencial que su marido vio un día en ella. Había anécdotas en las que la mujer había aparecido ebria las pocas veces que acudió a eventos sociales en los meses que precedieron al crimen. Además, dos fuentes anónimas afirmaron que había retirado más dinero de la cuenta corriente del que podía gastar una madre que no trabajaba. Sin embargo, Laurie no había visto ninguna prueba que se acercara ni por asomo a la existencia de un arma humeante.

—«Mamá Yonqui» —dijo Laurie, recordando uno de los titulares—. Uno de los vecinos, de forma anónima, por supuesto, dijo que a veces Kendra parecía atontada. Pero otras personas dieron a entender más bien que quizá tuviera tendencia a beber demasiado. Si bebía mucho, tal vez tuviera resaca a veces.

—Creo que era más que eso —dijo Leo, mirando hacia el techo—. Nunca se divulgó a la prensa, pero corrió un rumor por el departamento. Al parecer, su comportamiento fue muy extraño la noche del asesinato. Se condujo como si estuviera aturdida. Los agentes que acudieron al domicilio ni siquiera tuvieron la certeza de que asimilase lo que estaba pasando. Para abreviar, le preguntaron si podían hacerle un análisis de sangre para asegurarse de que no hubiese consumido ninguna sustancia. Acababan de matar a su marido a sangre fría y ella cogió una rabieta porque querían hacerle un test de drogas sin orden judicial.

—Querer intimidad no convierte a nadie en un asesino —le recordó Laurie.

—Ya, pero luego empezaron a analizar sus finanzas.

—Las retiradas de dinero —dijo Laurie. Kendra había estado usando su tarjeta bancaria para hacer frecuentes retiradas del cajero automático de la cuenta de ahorro de la pareja—. Me pregunto si la policía filtraría ese dato a la prensa.

—No era solo el dinero —replicó Leo, animándose por momentos—. Tras la muerte de Martin, la policía recibió el soplo de que Kendra acudía con frecuencia a un bareto del East Village.

—Supongo que es lógico si tenía un problema con la bebida. Pero no me parece de las que van a baretos...

—Exacto. Eso plantea la pregunta de por qué iba allí. Resulta que, en los días que precedieron a la muerte de Martin, Kendra quedó con un tipo con pinta de duro tres o cuatro veces en el mismo sitio. Y, lo que fue aún más sospechoso, ninguno de ellos volvió a ese elegante establecimiento después de que dispararan al marido.

—¿Y quién era el tipo?

Leo negó con la cabeza.

—No pudieron localizarle. Como Kendra, siempre pagaba en efectivo. Y, por lo que me han contado, ella no se mostró demasiado colaboradora cuando la policía le preguntó por él.

Laurie frunció el ceño, asimilando la nueva información. Kendra estaba acostada en el momento del crimen, así que estaba claro que no lo había cometido en persona. Sus detractores especulaban con la posibilidad de que hubiera ido acumulando el dinero que sacaba del cajero para pagar a un sicario. Si Laurie podía probar que Kendra se había estado viendo con un hombre extraño antes del asesinato, tendría algo más que meras especulaciones para su programa de televisión.

—¿Recuerdas el nombre del bar?

—No estoy seguro siquiera de haberlo sabido alguna vez. Pero creo que puedo averiguarlo.

—Claro que puedes —dijo ella.

Leo Farley se había retirado del departamento de policía de Nueva York después de que mataran a Greg para poder ayudar a Laurie a criar a Timmy, pero, años después, hasta los agentes novatos enderezaban la espalda cuando entraba en una habitación. El año anterior había aceptado una invitación para incorporarse a tiempo parcial al grupo antiterrorista del departamento. Mientras Leo estuviera allí, podría mover muchos hilos.

Laurie acompañó a su padre hasta la puerta y le dio un abrazo de despedida.

—¿Entiendes a qué me refería cuando he dicho lo de leer entre líneas?

—Sí. Gracias por la lección, profesor. Puede que al juez del Tribunal del Distrito Sur de Nueva York le parezca un tema interesante que abordar durante la cena.

—Oh, no te hagas ilusiones. Pero hablo en serio: que Kendra nunca fuese oficialmente sospechosa no significa que el departamento de policía de Nueva York no crea que es culpable. —De pronto, su tono se volvió triste—: Mataron a su marido cuando tenía niños pequeños. Es muy natural que te identifiques con ella, pero es probable que sea una asesina. Ten cuidado, Laurie.

12

Agotada tras la jornada, Laurie entreabrió la puerta del dormitorio de Timmy después de que Leo se fuera. A oscuras, apenas pudo distinguir su silueta en la cama. Su pequeño ya no necesitaba un piloto que le quitara el miedo por las noches. Ni siquiera era pequeño, supuso, pero de momento prefería verlo así.

Después de acostarse encendió el móvil, que había tenido apagado durante la cena, para enviarle a Charlotte un breve mensaje de texto: «Aún tengo agujetas por culpa del *spinning* de esta mañana. ¿Por qué no me avisaste?». Abrió el menú de emoticonos y añadió una bicicleta y una cara contenta con cuernos de demonio.

Charlotte respondió rápidamente con un bíceps flexionado seguido de un beso, seguido a su vez de un «Zzzz» para indicarle que tenía sueño.

Laurie seguía sonriendo por la respuesta cuando apareció en la pantalla la alerta de un mensaje de voz. Aunque el número de teléfono le resultaba vagamente familiar, no acababa de situarlo. Pulsó el botón de reproducción.

—Señora Moran, soy Kendra Bell. Cuando ha venido antes a mi casa, me ha pillado desprevenida. Ni siquiera he tenido la oportunidad de contarle mi versión de los hechos. ¿Podemos vernos mañana por la tarde? He mirado la agenda y puedo salir del trabajo un poco antes. ¿Le vendría bien que quedáramos a las tres en punto? Y, por favor, tiene que cumplir su promesa de no meter a mis hijos en esto —dijo con voz temblorosa.

Laurie reprodujo el mensaje para asegurarse de que no eran imaginaciones suyas.

No, estaba segura. Las preocupaciones de Kendra habían sido evidentes esa tarde, pero ahora parecía distinta. No estaba solo inquieta o nerviosa. Parecía alterada. Perturbada. Absolutamente aterrada. No obstante, aceptaba participar en el programa.

«¿Por qué estás tan asustada? —se preguntó Laurie—. ¿Qué temes que encuentre?»

13

Al llegar al trabajo a la mañana siguiente, Laurie encontró a Grace en el despacho de Jerry. Los dos, muy juntos, miraban el teléfono que ella tenía en la mano.

—¿Odia los perros? —decía Jerry.

—¿Qué clase de persona odia los perros? ¿Qué le pasa? *Unmatch*.

Laurie oyó un leve pitido cuando Grace pasó por la pantalla el dedo índice, con una manicura perfecta.

—¿Otra vez buscando chicos? —preguntó Laurie, interrumpiendo la última sesión online de búsqueda de pareja.

Se había ahorrado la práctica ya habitual de ligar por internet, pero sabía que hacer *unmatch* en el perfil de alguien era el equivalente virtual de cerrarle la puerta en las narices. Laurie se maravillaba ante la actitud despreocupada con la que Grace se enfrentaba a las aplicaciones de citas. Se sentía absolutamente satisfecha estando soltera, pero era evidente que le gustaba notar esas mariposas en el estómago que surgían al conocer personas nuevas.

Avergonzada, Grace se guardó el móvil en el bolsillo de su ajustada americana negra.

—Perdona. Hemos llegado temprano, pero supongo que ya es oficialmente hora de trabajar.

Laurie agitó una mano.

—No os preocupéis.

Aunque veía a Jerry y a Grace como su «familia laboral», se daba cuenta de que, al fin y al cabo, ellos la consideraban también su jefa.

Grace comentó:

—No todos tenemos tanta suerte como Alex y tú. Encontraste al hombre perfecto en el trabajo. Mientras tanto, yo me paso el tiempo besando a un montón de sapos que encuentro en internet.

—¿Y Ryan? —preguntó Jerry—. Cuando empezó a trabajar aquí, hablabas sin parar de lo fantástico que era.

—Ya, pero luego le conocí —dijo Grace, poniendo los ojos en blanco—. No, gracias. Por cierto, Laurie, el señor Nichols, siempre tan satisfecho de sí mismo, ha pasado por tu despacho hace solo unos minutos. Quería saber cuándo vendría Kendra Bell para hacer una primera entrevista. Perdona que me meta donde no me llaman, pero a veces creo que ese hombre olvida quién manda aquí.

—Para ser sincera —dijo Laurie—, fui yo quien le pidió que me acompañara ayer a casa de Kendra.

—¿Y cómo fue? —preguntó Jerry.

—Funcionó —dijo ella, metiendo la mano en su maletín para extraer el acuerdo de participación firmado por Kendra—. Accedió a salir en el programa. Aunque es raro. Anoche me llamó después de que saliéramos de su casa y parecía absolutamente petrificada.

Jerry cruzó los brazos, dándole vueltas a la observación.

—Bueno, la pusisteis entre la espada y la pared. O participaba en el programa, o sus suegros se habrían dado cuenta de que era ella la que no quería.

Laurie asintió con la cabeza.

—Pero eso ya era así cuando estuvimos en su casa. Cuando llamó estaba distinta, como si hubiera pasado algo desde entonces que la hubiera perturbado mucho.

—Puede que consultase nuestro historial —dijo Grace.

Hasta el momento, *Bajo sospecha* había resuelto cada caso que habían seleccionado para su producción.

—Puede ser —dijo Laurie, pensando otra vez en el hombre desconocido con el que Kendra se veía supuestamente en un bar poco antes del asesinato.

Si la viuda había contratado a un sicario para que matase a Martin, tenía motivos para temer un riesgo mucho mayor que la investigación de Laurie. El hombre que apretó el gatillo no querría que hablase con una productora de televisión. Recordando la advertencia que le había hecho su padre la noche anterior, Laurie se preguntó adónde la llevaría el caso.

Laurie encontró a Ryan en su despacho, practicando *putts* en una franja de césped artificial verde. Se disponía a golpear una pelota cuando ella dijo:

—Grace me ha dicho que me estabas buscando.

La pelota se desvió hacia la derecha y acabó rodando hasta la moqueta del despacho.

—Perdón —dijo ella.

—Menos mal que no contaba.

Ryan le tendió el palo para que probase, pero ella rechazó la oferta.

—Créeme, me las arreglaría para tirarla por la ventana.

Le contó que Kendra había telefoneado asustada la noche anterior.

—Hoy puede salir antes del trabajo y hemos quedado a las tres. Supongo que no querrá que vayamos a su casa por los niños, así que veré si está dispuesta a venir aquí.

—A las tres no me viene bien. Tengo cita con mi entrenador.

—Ya te contaré cómo va. Será interesante oír cualquier teoría alternativa que tenga sobre el asesinato. La prensa solo especuló con la culpabilidad de ella.

—¿Es que no vas a cambiar la hora?

—No. Trabaja a tiempo completo y tiene dos críos. Esa es la hora que tenía disponible. Pero que vaya bien la sesión de ejercicios.

Laurie había leído atentamente la mitad de los anuncios que Rhoda Carmichael había dejado en su casa la noche anterior cuando la agente inmobiliaria la llamó al móvil.

—Bueno, no me tengas esperando —dijo Rhoda—. Dame tu lista de preferidos para que pueda concertar algunas visitas.

Laurie hojeó el contenido de la carpeta y comprobó que solo había marcado dos páginas hasta el momento. Todas las viviendas eran impresionantes y mucho más lujosas de lo que Laurie habría podido permitirse por sí sola. Sin embargo, también eran muy... frías. Demasiado impecables. No podía imaginarse con Timmy en ninguna de ellas.

—El piso de la calle Ochenta y seis con Lex se encuentra en una ubicación fantástica para nosotros —comentó de mala gana, preguntándose por qué había solo dos fotografías en el anuncio—. Y el de la Noventa tiene una distribución que permitiría a Ramon tener su propia zona de vivienda, aunque me gustaría que no estuviera tan al este.

—No olvides que tienes el metro en la Segunda Avenida —dijo Rhoda alegremente—. Lo que antes era el quinto pino es ahora un barrio de categoría.

—Me interesa más estar cerca de mi padre y del colegio. Tenemos nuestras rutinas.

—Laurie, te juro que a veces tengo la impresión de que no quieres mudarte —replicó Rhoda con su leve acento sureño pese a haber nacido y crecido supuestamente en Queens.

«Y tienes razón —pensó Laurie para sus adentros—. Quiero casarme con Alex, pero no quiero poner el resto de mi vida patas arriba.»

—Igual podríamos sobornar a los Hollander, los vecinos del piso de al lado, para que se mudasen. Así podríamos combinar dos apartamentos —sugirió.

—Que tengas suerte para convencerles. ¿Y dónde vas a vivir durante el año que tardarás en hacer la reforma? —contestó rápidamente la agente—. La vivienda de la Ochenta y seis con Lex no durará mucho. Deja que te lleve a verla hoy. ¿Te va bien a las doce del mediodía?

Laurie exhaló un suspiro. Estaba disponible, y seguramente Alex lo estaría también.

—Claro, organízalo.

Por lo menos tendría una excusa para ver a Alex en mitad de la jornada.

14

El aroma del perfume de Rhoda Carmichael, una mezcla de lirios y polvos de talco, invadía el ascensor. La agente inmobiliaria sostenía su omnipresente teléfono móvil en la mano derecha y un bolso del tamaño de un niño pequeño en la izquierda.

Alex sonrió a Laurie con los ojos mientras descendían. Laurie supo lo que estaba pensando: «Rhoda va a pedirnos que firmemos un contrato aquí mismo».

Rhoda aún no había deslizado las llaves en la cerradura cuando aparecieron las señales de advertencia. Exageró la «vista parcial», que, en el lenguaje de los agentes inmobiliarios, hacía referencia a un trocito de cielo al otro lado de una pared de ladrillo. «Edificio antiguo y consolidado» significaba anticuado, presuntuoso o ambas cosas. Y el beso de la muerte fue «magnífico potencial», que era como describir a una persona diciendo que tenía «mucha personalidad».

Mientras Laurie recorría el apartamento con Alex, trató de visualizar una vez más su nueva vida juntos. Timmy se había convertido en un trompetista entusiasta, así que las paredes tenían que ser lo bastante gruesas para proteger a los vecinos. Tanto ella como Alex trabajaban ocasionalmente desde casa, así que era obligado contar con un despacho. Y, por supuesto, Ramon necesitaba su espacio y una cocina digna de sus habilidades.

A los pocos momentos estaban hablando de la necesidad de mover paredes y renovar baños y cocinas. La idea resultaba agotadora. Ese apartamento no iba a servirles.

—¿La situación de tu padre es determinante? —preguntó Rhoda.

Laurie parpadeó sin entender la pregunta.

—La ubicación —explicó Rhoda—. Ahora eres muy selectiva con eso. Entre el colegio de tu hijo y el piso de tu padre, estoy trabajando con un radio de seis manzanas. Si pudiera ampliar la zona, estoy segura de que podría encontrar algo perfecto para vosotros.

—Tenemos cierto margen de maniobra, pero mi hijo tiene que ir al colegio y mi padre tiene su vida. Eso no va a cambiar —dijo Laurie.

—Ya lo sé, y he estado pensando. Tenéis a Ramon, que parece capaz de cualquier cosa; por ejemplo, acompañar a tu hijo en coche al colegio. Si además tu padre viviera cerca de vosotros, o con vosotros, podríais comprar en cualquier zona de Manhattan.

Laurie visualizó a su hijo yendo en el asiento trasero de un Mercedes en lugar de caminar pegado a Leo con su mochila. No era así como imaginaba su futuro.

—No puedo pedirle a mi padre que se mude —dijo—. Además, Ramon y él acabarían peleándose por el papel de jefe de la casa. Demasiadas personalidades fuertes para un apartamento.

Alex se echó a reír, imaginando la escena. Rhoda levantó las palmas de las manos, dándose por vencida.

—Muy bien. Os encontraré el lugar perfecto. Otra cosa que debemos tener en cuenta son las exigencias de las distintas comunidades de propietarios. Algunas podrían tener un problema con vosotros.

—No somos exactamente una pareja de delincuentes.

Laurie era consciente de haberse puesto a la defensiva, pero ¿cómo evitarlo?

—Lo sé, lo sé —se apresuró a decir Rhoda—. No me he expresado bien. Lo que quiero decir es que no me extrañaría que en algunos edificios pusieran objeciones por tu trabajo, Laurie. Al fin y al cabo, te has puesto en peligro alguna que otra vez. Debes estar preparada para que te hagan preguntas.

—No habrá nada de lo que preocuparse —le aseguró Alex—. Como he mencionado, van a insistir en añadir un sistema de máxima seguridad en cualquier sitio al que decidamos mudarnos.

Rhoda exhaló un suspiro teatral.

—Pues eso va a suponer otro problema en algunos edificios. Estoy segura de que a los vecinos les preocuparán las molestias que supone esa clase de obra, que no es en nada distinta de cualquier otra reforma.

—O sea que, o bien supongo un peligro —dijo Laurie—, o bien Alex necesita demasiada seguridad. ¿Hay alguna otra posible causa de rechazo que debamos conocer?

Rhoda hizo una mueca y Laurie comprendió que se avecinaban más críticas.

—No me extrañaría que en algunos edificios se interesaran por el trabajo de Alex como abogado defensor y por algunos de sus clientes de mala fama.

«Ya estamos otra vez», pensó Laurie. A Alex le preocupaba que algunos de sus casos anteriores volvieran para perseguirle durante el proceso de confirmación del Senado.

—Alex acaba de superar una rigurosa comprobación de antecedentes del FBI y ha recibido el apoyo de los dos partidos en el Senado. Yo diría que eso es suficiente para una comunidad de propietarios.

—Seguro que me estoy pasando de prudente —convino Rhoda—. Es que no quería que os pillara desprevenidos. No os preocupéis. Vamos a encontrar el lugar perfecto para vosotros. Lo sé.

Tras darle las gracias a Rhoda por su tiempo, subieron al asiento trasero del coche de Alex.

—¿Han comprado un apartamento nuevo? —preguntó Ramon desde el asiento del conductor.

—Aún no —dijo Alex.

Laurie cogió la mano de su prometido.

—Siento plantear tantos problemas. Tu vida sería mucho menos complicada sin mí.

Él le pasó el brazo por los hombros.

—¿Estás de broma? Soy yo el de la seguridad y los clientes «de mala fama». Está claro que Rhoda se refería a mi defendido Carl Newman. No se equivoca del todo. Muchos neoyorquinos perdieron dinero por culpa de ese hombre.

—No fuiste tú quien le ayudó a amañar las cuentas —dijo Laurie.

Alex se encogió de hombros. Sabía desde hacía mucho que, para algunas personas, los abogados defensores eran igual de malos que sus clientes.

—Será mejor que no acabemos siendo vecinos de alguna de sus víctimas.

El móvil de Laurie sonó dentro de su bolso. Comprobó la pantalla. Era Leo.

—Hola, papá.

—Tengo malas noticias, niña. Parece que la estrella de tu viejo empieza a perder brillo en el departamento de policía de Nueva York.

—No me lo creo ni por un instante.

—Puede que no, pero no he podido meterte en la investigación del caso Bell. El jefe de la brigada de homicidios me ha dicho que el caso sigue abierto. Tengo la sensación de que no han avanzado nada, pero no se atreven a cerrarlo por la presión de la familia.

Después de conocer a Robert y Cynthia Bell, a Laurie no le costaba imaginarse a la pareja ejerciendo su influencia sobre la investigación.

—¿Le has dicho que la familia va a participar en nuestra producción?

—Sí. Hasta me he ofrecido a pedirles a los padres que telefonearan a los altos mandos si hacía falta. Pero está claro que tienen miedo de hacer cualquier cosa que más tarde pueda ponerse en tela de juicio, como darte información que aún no es de dominio público.

—Entonces ¿no te ha dado ninguna pista?

—No gran cosa. Ha confirmado los rumores que oí. Kendra estaba aturdida y atontada la noche del asesinato, y luego montó en cólera cuando quisieron hacerle el test de drogas. Se negó categóricamente y no pudieron conseguir una orden judicial para hacérselo de todos modos. No quería darme ningún dato más, pero al final ha confirmado que Kendra frecuentaba un bar de mala muerte.

—¿Y lo de que quedaba con un hombre allí? ¿Cuál era el bar?

—No ha querido revelarme nada más. Como te he dicho, no van a entregarte su investigación. Aunque creo que sí me ha dado una pista. Cuando le estaba insistiendo en lo del hombre misterioso, ha dicho: «No digo que existiera ese hombre, pero si fuera así, si le hubiéramos encontrado, Kendra habría picado».

—¿Picado?

—Sí. Es raro que haya empleado esa palabra. Tal vez pretendiese darme una pista. Quizá se planteasen tenderle una trampa para demostrar que contrató a un sicario. Piensa en ello, y yo haré lo mismo.

—Lo haré. Oye, papá —dijo ella en un tono más ligero—. Rhoda ha sugerido que a lo mejor querrías venirte a vivir con nosotros cuando Alex y yo nos casemos.

Alex sonreía a su lado, a sabiendas de que había soltado el comentario como un anzuelo.

—¿Y que Ramon controle todas las grasas saturadas que como? Me cambiaría la cerveza por sifón en cuanto me fuese a dormir. Me quedaré en casa hasta que me saquen con los pies por delante, muchas gracias.

—Eso pensaba. Te quiero, papá.

—Y yo a ti. Ahora ten cuidado mientras tratas de resolver un asesinato, ¿vale?

—Lo haré.

15

Sentada en su butaca de oficina favorita, Laurie contemplaba la ciudad. Seguía impresionada por su espacioso despacho, cuyos ventanales daban a la pista de patinaje del Rockefeller Center. Estaban a finales de marzo y algunos clientes recorrían la pista para aprovechar las dos últimas semanas de hielo. Desde la planta dieciséis, los patinadores parecían miniaturas. La altura daba a la ciudad un aspecto ordenado.

Laurie se sentía como en casa en aquel despacho. Lo había escogido todo en persona, desde la butaca que ocupaba hasta el alargado sofá de cuero blanco, pasando por la mesita baja de cristal y la lámpara. Aunque Alex y ella se mudaran a un lugar completamente nuevo, seguiría teniendo su despacho, un espacio familiar y propio.

Había acabado de hacer una lista con temas que deseaba abordar durante su entrevista con Kendra Bell. Como Laurie esperaba, Kendra no quería que acudiera a su casa. Tampoco quería ir hasta Midtown dada su apretada agenda, por lo que Laurie se preguntó si trataba de encontrar una forma de ganar tiempo.

Dejó la elección del lugar en manos de Kendra. Esta escogió Otto, un restaurante italiano de Greenwich Village que Laurie conocía. Sería fácil llegar allí.

La anotación que cerraba su lista de temas era «bar/East Village/picar». El contacto de su padre en el departamento de policía de Nueva York había confirmado que Kendra había estado acudiendo a un bar, pero no quiso darle a Leo el nombre del establecimiento.

Laurie subrayó el verbo «picar», que el detective había utilizado específicamente. Leo había sugerido que podía ser una referencia a alguna clase de operación encubierta, pero ella quería creer que era una pista que la llevaría al propio bar.

Si pudiera averiguar el nombre del bar, tendría ocasión de preguntar a los camareros si recordaban a Kendra y al hombre misterioso sobre el que Leo había oído rumores. Era un tanto descabellado teniendo en cuenta que habían pasado cinco años desde el asesinato, pero quizá tuviera suerte. Sin el nombre del bar, no tenía ninguna posibilidad.

Se levantó de la butaca y se dirigió a su mesa. Durante años, la única fotografía presente había sido una en la que aparecían Greg, Timmy y ella en una playa de East Hampton. Ahora, había también sobre el mueble una foto de Alex, Timmy, Leo y ella en la puerta del Lincoln Center tras una noche de jazz. «Vamos a ver», pensó. Agitó el ratón del ordenador para reactivarlo y tecleó en la ventana del navegador: «Bar picar ciudad de Nueva York».

Entre los resultados de la búsqueda se incluía un artículo sobre unos traficantes de drogas que habían picado, o sea, que habían caído en la trampa que les tendió la policía en un bar de la ciudad, el sitio web de un nuevo y lujoso restaurante denominado La Picada, en el Upper East Side, y la mención de un grupo de rock llamado Picado.

Nada que le fuera útil.

Comenzaba a introducir otros términos de búsqueda cuando sonó el teléfono. Oyó que Grace respondía a la llamada al otro lado de la puerta del despacho y luego decía:

—Creo que está reunida, pero voy a comprobarlo.

Grace apareció al cabo de dos segundos.

—Es Dana.

No hizo falta apellido. Dana Licameli era la secretaria de Brett Young, jefe de Laurie, lo que la convertía en la persona más paciente de Fisher Blake Studios.

—Ha dicho que Brett está hecho una furia y que quiere que vayas a verle lo antes posible —le advirtió Grace.

Laurie miró su reloj. Había quedado con Kendra en cuarenta y cinco minutos. Teniendo en cuenta el tráfico a esas horas, el trayecto en taxi duraría media hora.

—Tengo una reunión a las tres en el centro —explicó.

—Ya sabes que soy capaz de inventarme cualquier excusa si hace falta, pero conozco a Dana y no me ha parecido la típica rabieta de Brett.

Laurie miró el ordenador. Aunque quería buscar el nombre del bar, confiaba en el criterio de Grace.

Ya había dejado atrás la mesa de Grace cuando oyó que su teléfono volvía a sonar.

—Laurie está de camino, Dana. Intenta evitar que le dé un infarto al jefe antes de que llegue.

16

Nada más ver a Dana Licameli, Laurie supo que Grace había
acertado. Dana siempre le indicaba de qué humor estaba Brett
antes de hacerla pasar. Esta vez se limitó a sacudir la cabeza a
modo de disculpa y a indicarle con un gesto que entrase en el
despacho.

Brett no había logrado ser director de Fisher Blake Studios haciendo concesiones. Era un hombre duro y severo que
no perdía el tiempo en chácharas. Su mente funcionaba a toda
velocidad, y esperaba que el mundo siguiera su mismo ritmo.
En más de una ocasión, le había espetado a Laurie que hablaba muy despacio, aunque a ella le habían dicho más de una
vez que su charla veloz recordaba las antiguas comedias cine-
matográficas. Sin embargo, tras una dilatada carrera, Brett se
había ganado el derecho a dirigir los estudios como quisiera,
y Laurie sospechaba que su apariencia clásica, con su melena
plateada y su fuerte mandíbula, tampoco perjudicaba en el
mundo de la televisión.

Ese día ni siquiera se molestó en saludarla.

—Kendra Bell —dijo sin más explicación.

Laurie debía haberse imaginado que Ryan iría corriendo
a ver a Brett después de que programase la entrevista sin él.
No sabía cuánto tiempo más podría aguantar que la dejara
mal con el jefe.

—Justo ahora me voy a verla —dijo Laurie, fingiendo que miraba su reloj de pulsera—. Ryan y yo no hemos podido cuadrar nuestros horarios. De hecho, él tenía una cita con su entrenador personal y era el único momento en el que Kendra estaba libre.

A Laurie no le gustaba nada tener que defender cada pequeña decisión sobre su propio programa, simplemente porque Ryan no dejaba de reclamar más autoridad.

El rostro de Brett se contorsionó hasta adoptar una expresión de irritada confusión. El hombre interrumpió su explicación, levantando las manos en forma de T y exigiendo así tiempo muerto.

—¿Por qué te reúnes con ella si rechazaste el caso de Martin Bell?

Laurie comprendió al instante que su suposición era incorrecta. Ryan no era el origen del interés de Brett por Kendra Bell; lo eran Robert y Cynthia, sus suegros.

Negó con la cabeza.

—Nunca rechacé el caso, Brett. Es una larga historia, pero te diré para abreviar que Kendra ha accedido a participar. Cuando me reúna con ella, descubriré su versión de los hechos y me aseguraré de contar con la colaboración de las otras partes que necesitamos para empezar a trabajar en el caso.

—Tienes a la esposa y a los padres de la víctima. ¿Qué más necesitas? Ese tipo era prácticamente una celebridad, antes incluso de que su asesinato saliera en todas las portadas.

Como de costumbre, Brett se apresuraba a recordarle que la audiencia y no la calidad periodística era la base de su negocio.

—Deduzco que has hablado con los padres de Martin Bell —dijo Laurie.

Brett cruzó los brazos y se echó hacia atrás en la butaca. Por lo menos, ya no parecía a punto de abalanzarse sobre ella.

—No directamente, pero el contable de Robert juega al tenis con un miembro de mi fraternidad de Northwestern.

—La cadena de contactos era mareante, pero Laurie entendió el sentido general—. Dije que me ocuparía del problema.

—Mensaje recibido —dijo ella, llevándose la mano a la frente—. Esperaba que a estas alturas confiaras en mí y supieras que no digo que no a un caso sin un buen motivo.

—Como dicen por ahí, toda precaución es poca.

Laurie le sostuvo la mirada hasta que él añadió:

—Pero tomo nota.

Ella se había vuelto para marcharse cuando Brett añadió una frase más:

—La próxima vez, trata de mantener a Ryan informado desde el principio. Ese chico tiene un instinto tremendo.

Laurie regresó frustrada a su despacho, aunque estaba decidida a no dejar que la actitud de Brett le afectase.

Al pasar junto a Grace, tuvo una idea:

—¿Cómo se llama el sitio web que estabais mirando Jerry y tú la semana pasada? Ese en el que buscabais algún local nuevo donde hicieran *happy hour*...

A Grace, deseosa de ayudar, se le iluminó la mirada.

—Entrecopas.com —anunció—. Encontramos un bar estupendo para tomar mojitos. ¿Estás planeando una reunión de amigos?

—No exactamente —dijo Laurie—, pero gracias.

Laurie recordaba que Jerry y Grace habían buscado en el sitio web bares con determinadas características cerca de las oficinas de los estudios.

Se sentó a su mesa, entró en el sitio web y buscó bares situados en un radio de un kilómetro y medio respecto al apartamento de Kendra Bell. Había páginas y páginas de resultados, señal de que el centro seguía siendo la zona de moda.

Laurie hizo clic en el menú «filtro» y seleccionó «bareto». La búsqueda se redujo a solo treinta y seis resultados. En la segunda página encontró lo que buscaba. Ahora sabía qué significaba el verbo «picar».

Buscó el número de su padre en el móvil tan pronto como estuvo en un taxi.

—Papá, ¿puedes llamar a tu contacto en el departamento de policía de Nueva York y preguntarle si el bar al que iba Kendra se llamaba La Colmena? Era un garito situado a unas doce manzanas de su casa.

Leo la llamó al cabo de unos minutos.

—¿Recuerdas la lección que te di anoche?

Por supuesto que la recordaba.

—¿Lo de que el departamento de policía de Nueva York guarda silencio si no ve la necesidad de poner las cosas en su sitio?

—Le he preguntado si el bar era La Colmena. Solo ha dicho «sin comentarios». Luego ha añadido que mi hija había salido seguramente a su padre. Buen trabajo, Laurie.

Sacó las notas que tenía preparadas para la entrevista con Kendra e hizo un cambio en el último punto: «Hombre misterioso en La Colmena».

17

Los olores de salsa de tomate y queso fresco despertaron inmediatamente el apetito de Laurie cuando cruzó la puerta gi-
ratoria en Otto. Después de escaparse para ver ese apartamento en el descanso de mediodía, no había encontrado
tiempo para almorzar.

Le sorprendió ver a Kendra ya sentada en la zona de bar
junto a un hombre más o menos de su misma edad. La mujer
todavía llevaba puesto el pijama sanitario, mientras que su
acompañante lucía camisa blanca demasiado ajustada, corbata a rayas y pantalones chinos. Solo eran las tres y, aparte de
ellos dos, Laurie solo vio a una pareja que ocupaba el otro
extremo de la barra. Después de todo, quizá los hábitos de
Kendra no hubiesen cambiado tanto en los últimos cinco
años.

Kendra miró a los ojos a Laurie y pareció enderezar un
poco la espalda sobre el taburete. Laurie ocupó el asiento libre que estaba junto a Kendra y el hombre le estrechó la
mano. Tenía un rostro delgado y de rasgos suaves; el pelo,
castaño y ralo. Sus penetrantes ojos color avellana se oculta-
ban tras unas gafas grandes de montura oscura.

—Disculpe que me cuele en su cita, pero he querido venir
cuando Kendra me ha contado adónde iba. Soy Steven Carter. Trabajo con ella.

—Quiere decir que es mi jefe —aclaró Kendra—. Me protege mucho.

Laurie recordaba el nombre de su última conversación con Kendra. Carter era el amigo de la facultad de Medicina que la había contratado como asistente. Laurie se preguntó por qué Kendra le habría dicho a su jefe que habían quedado. La noche anterior había insistido en que no quería que se identificara a su actual jefe en la producción. Laurie dio solo su nombre a modo de presentación, sin mencionar su programa.

El camarero, calvo y con una barba canosa bien recortada, le preguntó si le apetecía una copa de prosecco.

—¿Es eso lo que están tomando? —preguntó Laurie.

Kendra negó con la cabeza.

—No suelo beber. Además, es demasiado pronto. Perdón, no pretendo juzgar a nadie. Acabamos de pedir café y helado. Los de este sitio son los mejores. Pero Dennis estará encantado de servirle lo que le apetezca.

—Desde luego —dijo cordialmente el camarero llamado Dennis, que sonrió y entornó los ojos—. Y Kendra no exagera al decir que Steven la protege. Tengo órdenes estrictas de ahuyentar a cualquiera que intente molestarla. Kendra es buena gente. Nos cae bien.

Laurie entendió por qué había elegido Kendra ese lugar y se había traído a su jefe. Quería que Laurie supiera que había personas que no la veían como sus antiguos suegros.

Laurie pidió un capuccino y, ante la insistencia de Steven, una bola de helado de naranja sanguina y otra de moka.

—Puede decirse que soy un cliente habitual —dijo Steven en tono enfático.

—Bueno, Kendra, a lo mejor podemos comentar ese asunto privado cuando acabemos de comer —sugirió Laurie.

—Kendra ya me ha contado quién es usted —dijo Steven—. Somos muy buenos amigos. Si las cosas hubiesen ido de otro modo, tal vez incluso nos habríamos casado. Al menos, me gustaría creerlo.

Kendra le dedicó a Laurie una mirada incómoda.

—Steven y yo estuvimos saliendo de forma intermitente en la facultad de Medicina —comentó, cosa que no había hecho cuando surgió el nombre de él la noche anterior—. Y luego mantuvimos la misma amistad después de todo lo que pasó. Naturalmente, le he dicho que he accedido a participar en el programa.

—Y quiero que sepa que Kendra no está loca. Era Martin quien intentaba dar la impresión de que era así. Lo vi con mis propios ojos.

—¿Conocía bien a Martin? —preguntó Laurie.

Steven dijo con sorna:

—Como si ese hombre arrogante y egocéntrico pudiera dignarse a fraternizar con un miserable dermatólogo sin pedigrí.

—Martin no siempre fue un hombre amable —dijo Kendra—, pero bien que se casó conmigo. No soy exactamente de sangre azul.

—No, pero eres Kendra, lo cual, se mire por donde se mire, es mucho mejor.

Después de que llegara el helado, tan delicioso como le habían prometido, Laurie observó que Steven no podía apartar de Kendra su mirada de adoración.

—Deduzco que no era usted un gran fan del difunto Doctor Milagro.

—¿Doctor Milagro? ¡Venga ya! —dijo él con desdén—. La mismísima Kendra se pasa la vida intentando recordarme las cualidades de Martin Bell, pero me pone negro que se las diera de santo mientras la arrastraban a ella por el fango. Francamente, si siguiera vivo, a estas alturas ya habría salido a la luz la verdad.

—¿Qué verdad?

—Que era un falso. Y un farsante. Y un ser humano absolutamente despreciable.

Kendra suspiró.

—Ay, Steven, no hagas que me arrepienta de haberte traído, por favor.

Laurie tuvo la impresión de que Kendra estaba realmente disgustada, pero había descubierto que la gente era capaz de fingir toda clase de emociones. Se preguntó si esa situación sería precisamente lo que Kendra había planeado: estaba dejando que fuese Steven quien hablase mal del difunto para no tener que hacerlo ella.

—Kendra solía telefonearme muy acongojada. ¿La gente pensaba que estaba drogada? Lo que ocurría era que vivía completamente deprimida y estresada en ese matrimonio. Martin se esforzó por conseguir que se enamorara de él, pero, una vez que estuvo encerrada en su castillo como esposa y madre, empezó a tratarla fatal. Era infiel. Era despectivo. Y ni siquiera era un buen médico. Tenía puestas un montón de denuncias.

Kendra dio un respingo, y una expresión de sorpresa invadió su rostro.

—Steven, ¿cómo sabes eso?

—Me lo contaste —dijo él.

—Ni siquiera lo recuerdo —dijo Kendra con pesar.

—Porque no eras tú misma. En fin —dijo él, vaciando su plato—. Quería que supiera que Kendra no se inventa acusaciones sobre Martin después de su muerte. Todo lo que va a contarle me lo contó a mí cuando estaba pasando. Vi cómo se deterioraba dentro de ese matrimonio. Ahora las dejaré solas. Tienen mucho de qué hablar.

Laurie no pudo evitar darse cuenta de que, cuando Steven se despidió de Kendra con un abrazo, no tuvo ninguna prisa por soltarla.

18

Kendra comenzó a disculparse por los comentarios de su jefe en cuanto él salió del restaurante.

—Como puede ver, me defiende a capa y espada. Doy gracias a Dios por contar con él. Fue el único amigo que logré conservar después de la muerte de Martin.

—Disculpe la observación, pero me parece que quizá tenga interés en ser algo más que un amigo y defensor.

Kendra descartó el comentario con un gesto.

—¿Steven? ¡Qué va! Cuando salimos en la facultad, éramos sobre todo compañeros de estudio.

—Él ha dicho literalmente que tal vez se hubieran casado de no ser por Martin.

—Eso ha sido una broma. Créame, es absolutamente platónico. Mire, soy viuda desde hace cinco años y lo veo casi cada día. Si sintiera algo por mí, creo que a estas alturas ya habría actuado.

Laurie decidió dejar el tema de momento, pero se propuso hacer averiguaciones sobre el doctor Carter.

—Desde luego, ha dicho muchas cosas sobre Martin. Infidelidad, demandas... ¿No recuerda haberle contado eso?

—Lo de la aventura, sí. Se lo conté todo. Nadie más me creyó, porque Martin tenía a todos convencidos de que se portaba como un marido cariñoso con su pobre esposa incapacitada.

—Pero ha dicho que no recordaba haber mencionado las demandas.

Kendra se encogió de hombros y dijo que había pasado mucho tiempo, pero Laurie se percató de que algo en la situación seguía atormentándola.

Era el momento de abordar la pregunta más importante.

—Kendra, si no mató usted a Martin, ¿quién lo hizo?

Antes de que Kendra respondiera, Laurie escribió «Steven Carter» en sus notas.

—Me parece que empezó a serme infiel justo después de que naciera Mindy. Entre su consulta, su red de contactos y el deseo de mantener el apellido Bell en la escena social, siempre había estado muy ocupado. Sin embargo, en un momento en que la mayoría de los hombres habrían hecho un esfuerzo por estar en casa con su preciosa hijita, Martin empezó a ausentarse todavía más. Cuando le preguntaba dónde había estado, no me hacía ningún caso. A esas alturas, yo ni siquiera le importaba lo suficiente para molestarse en mentir. Se me quedaba mirando con desprecio y se marchaba sin decir nada.

Laurie no tenía modo de saber si el relato era verídico, y Kendra no parecía darse cuenta de que cualquier imagen negativa que diera de Martin como padre de familia no hacía sino aumentar sus motivos para matarle.

—No puedo ni imaginarme lo exasperante que debió de ser —comentó Laurie.

—Si insistía en mis sospechas, decía que me estaba volviendo loca. Les contó a sus padres y a todos nuestros amigos que estaba celosa y paranoica al acusarle injustificadamente de engañarme. Cuando busqué el apoyo de nuestro círculo, él ya había puesto a todo el mundo en mi contra. ¿Ha visto esa película antigua, *Luz que agoniza*?

—Claro, con Ingrid Bergman —dijo Laurie.

La película era una de las favoritas de la madre de Laurie, por lo que esta sabía que era una adaptación estrenada en los años cuarenta de una obra de teatro escrita por Patrick Hamilton. Ya se había adaptado a la pantalla en Inglaterra, pero la mayoría de los estadounidenses conocían solo la última versión con Ingrid Bergman, Charles Boyer y una joven desconocida llamada Angela Lansbury.

El film narraba la historia de una recién casada cuyo marido la manipula poco a poco hasta hacerle creer que está perdiendo el juicio. Para ello, esconde sus pertenencias, provoca el sonido de unas pisadas en el ático y hace que las luces de gas de la casa bajen y aumenten de intensidad sin motivo aparente. Mientras tanto, le dice a su mujer que esos extraños sucesos son producto de su imaginación.

—Pues así era estar casada con Martin Bell. Me hacía luz de gas, tratando de hacer que quedase como una loca ante todos los que nos conocían. Pero yo no me inventaba nada. Una mujer sabe cuándo le es infiel su marido. La verdad es que Martin no era la clase de hombre que podía estar solo. Siempre tuvo alguna relación seria; hubo otras dos mujeres, de mucho éxito, antes que yo. Creo que se casó conmigo porque mi carrera profesional nunca iba a estar a la altura de la suya.

—Usted estudió medicina. Tenía previsto ser médico.

Una oleada de tristeza invadió a Kendra al pensar en el futuro que nunca consiguió.

—Solo quería ser una buena pediatra, no una eminencia. La cuestión es que Martin necesitaba tener a una mujer en su vida. Incluso después de que empezáramos a tener problemas, yo seguía siendo esa persona. Pero entonces cambió algo y me di cuenta de que había depositado su afecto en otra parte. Me jugaría el cuello. Además, Martin podía ser muy carismático. Hay un motivo para que nos casáramos tan rápido: me enamoré perdidamente de él.

Laurie recordaba haberle visto durante sus distintas apariciones en televisión y haber pensado para sus adentros que tenía un encanto especial, igual que Alex. «Y mira lo que ha acabado pasando con nosotros», pensó.

—Todo el mundo sospecha de mí porque nadie más habría querido hacerle daño a Martin —continuó diciendo Kendra—. Pero ¿y si estaba dedicando sus atenciones a la esposa de otro hombre? No sería el primer amante asesinado por un marido celoso.

—¿Tiene alguna idea de quién podía ser la mujer?

—¿Idea? —Kendra abrió mucho los ojos—. Estoy absolutamente convencida de que era Leigh Ann Longfellow.

El nombre descolocó a Laurie.

—¿Se refiere a la esposa del senador Longfellow?

—Como le he dicho, me jugaría el cuello.

19

Laurie notó que un escalofrío recorría su columna vertebral. Ya sabía que la policía de Nueva York no soltaba prenda sobre el caso y que los padres de Martin estaban dispuestos a utilizar sus contactos para influir en la investigación. Ahora Kendra acusaba de asesinato a Daniel Longfellow, el senador más joven por Nueva York. Ni Brett Young ni los abogados de los estudios le dejarían susurrar esa posibilidad en televisión sin unas pruebas claras e innegables que la respaldasen.

—He leído toda la cobertura informativa del caso, Kendra, y no he visto ni una sola mención del senador Longfellow o de su esposa.

Kendra puso los ojos en blanco en un gesto teatral.

—Por supuesto que no. Los Longfellow se aseguraron de eso. Son unos maestros manipulando todo el sistema político y los medios de comunicación.

Laurie entendió el poco esfuerzo que le habría costado a Martin convencer a otros de que Kendra no acababa de estar en sus cabales.

—¿De verdad cree que un senador de Estados Unidos mató a su marido en mitad de Greenwich Village? La persona que disparó a Martin le atacó cuando entraba en el camino de acceso. Cualquier vecino podría haberle reconocido.

Laurie no podía imaginarlo.

—Daniel Longfellow todavía no era senador, sino miembro de la Asamblea Estatal, y ni siquiera representaba a nuestro distrito. ¿Podría usted distinguir a un legislador federal por dos distritos en una rueda de reconocimiento?

Laurie se detuvo para hacer memoria y recordar el momento en que Longfellow fue nombrado miembro del Senado. Después de casi dos décadas de servicio ininterrumpido por parte de los mismos dos senadores por Nueva York, uno de ellos había dimitido para incorporarse al gabinete del presidente. Con un escaño vacante en el Senado, el gobernador de Nueva York quedó autorizado para designar a un sustituto. Eligió a una prometedora estrella de la Asamblea Estatal, un antiguo fiscal muy atractivo llamado Daniel Longfellow. Tres años atrás, Longfellow fue elegido para un mandato completo de seis años, pero Laurie se percató ahora de que su nombramiento inicial se había producido en torno al momento del asesinato de Martin Bell.

—¿Cómo conoció su marido a la señora Longfellow?

—Los dos fueron a Hayden y formaban parte del consejo de antiguos alumnos —dijo Kendra. Laurie reconoció el nombre del centro Hayden del Upper East Side, una de las escuelas privadas más competitivas de la ciudad de Nueva York—. Leigh Ann era igual que yo cuando conocí a Martin: siempre elegante y bien vestida, un paso por delante de todo el mundo, de las que eran elegidas para liderar cualquier grupo. Y, como yo, también parece estar contenta siendo la mujer discreta que hay detrás del hombre importante. Mire lo lejos que ha llegado su marido, Daniel, con Leigh Ann a su lado. Después de que naciera Mindy, Martin se ofreció voluntario inesperadamente para ayudar a organizar la gran subasta anual para recaudar fondos de la escuela Hayden. ¿Adivina quién era la copresidenta? Leigh Ann, por supuesto. Si ella tenía tanto tiempo para pasarlo con mi marido, era en parte porque el suyo estaba en Albany durante la legislatura. De repente, Martin pasaba más tiempo con Leigh Ann que conmigo y los niños.

—¿Habló de sus sospechas con la policía?

—Inmediatamente. Les dije que si yo me imaginaba que los dos tenían una aventura, Daniel también debía de hacerlo. En ese momento yo no lo sabía, pero ya corrían rumores de que Longfellow era el más firme candidato del gobernador para ocupar el escaño en el Senado, tan pronto como se anunciara el nombramiento del senador anterior. Que su esposa se marchara con un médico famoso podría haber torpedeado su ascenso político.

Laurie conocía de primera mano lo mucho que a Alex le había preocupado que un político influyente, o incluso un tuit viral, pudieran desbaratar su nombramiento judicial. Supuso que era posible que otro tipo de persona, tal vez alguien muy malvado, matase para proteger su posición política.

—¿Sabe qué hizo la policía para investigar sus sospechas? Negó con la cabeza.

—Yo esperaba que, como viuda de la víctima, me mantuviesen informada. Sin embargo, muy pronto quedó claro que me consideraban una sospechosa, no un miembro de la familia. A sus padres, en cambio, los trataron con todos los honores.

Laurie sacaría el tema con los Bell cuando hablasen. Escribió una nota en su cuaderno para acordarse.

—¿Por qué dice que la policía la consideraba sospechosa? No la detuvieron en ningún momento. Ni siquiera la interrogaron.

—No hizo falta. Aquella noche, cuando llegaron los detectives, vi cómo me miraban. Era evidente que no les caí bien.

—Bueno, la escena de un homicidio no es un concurso de simpatía.

—Exacto. Pero enseguida me aplicaron un cliché. Hasta me quisieron hacer un test de drogas. Me negué en redondo. ¡No sin una orden judicial!

—Perdone, Kendra, pero acababan de matar a su marido. ¿Por qué no les dio a los policías lo que querían?

Kendra paseó la mirada por el restaurante para asegurarse de que nadie las oía. Aunque habían entrado tres clientes más en el local, las dos mujeres mantenían la privacidad. Laurie tuvo la sensación de que debían agradecer ese lujo a Dennis, el camarero.

—Porque perdían el tiempo investigándome cuando yo lo que quería era que encontraran al asesino de mi marido —susurró Kendra.

—De todos modos, he de decirle que, según muchos testigos, en esa época se mostraba inexpresiva y como atontada, incluso después de enterarse de la muerte de Martin.

—¿Le parece que estoy drogada? —preguntó Kendra.

—¿Ahora? Claro que no. Pero hace cinco años no la conocía.

—Mire, no quiero hablar de esto en televisión en horario de máxima audiencia, pero ahora comprendo que sufría una depresión posparto muy grave. Creo que empezó al nacer Bobby. Por eso llevé tan mal mi vuelta al trabajo. Y luego, en lugar de recibir tratamiento, tuve el segundo bebé. No estoy orgullosa de ello, pero en esa época no fui buena madre. Apenas podía levantarme de la cama. Martin, siendo médico, tendría que haber reconocido el origen del problema y haberme proporcionado ayuda. En cambio, se iba con su Leigh Ann y dejaba que la pobre Caroline cuidara de mí y de los niños. Después de que muriera, acudí a un terapeuta y recibí el tratamiento que necesitaba. Pero sus padres no se dan cuenta de que he cambiado.

Laurie se reprochó inmediatamente no haber visto por sí misma la posible explicación de la depresión posparto. Una de sus amigas la había sufrido durante casi un año después de dar a luz a su primer hijo.

—¿Cree que sus suegros quieren todavía quitarle a los niños?

—Estoy segura al cien por cien. Y, por más que espere y desee que logre dar un giro al caso, la verdadera razón por la que he decidido salir en el programa es que quiero aplacarles.

Martin era el que era, encantador e inteligente pero también cruel y despiadado, por culpa de ellos. No quiero que Bobby y Mindy crezcan así.

Laurie comenzaba a descubrir un lado más amable de Kendra, pero aún le costaba entender por qué no había colaborado más con la policía. Pasó al siguiente tema de la lista anotada en su cuaderno.

—Según algunas informaciones, había hecho muchas retiradas de efectivo de su cuenta de ahorro. Sin embargo, no quiso decirle a la policía qué hizo con el dinero.

—No es que no quisiera. En realidad, no podía. Por culpa de la depresión, no estaba en mi mejor momento. Tenía que salir de casa de vez en cuando, y en Nueva York todo cuesta dinero. Algunos días me subía a un taxi y le pedía al taxista que me llevase a Staten Island o a Jones Beach para estar sola; otros, me iba de compras. Una vez me gasté ochocientos dólares en unos zapatos de tacón Louboutin con estampado de leopardo que no he llegado a ponerme. Son del número 38, por si le interesan —añadió con una sonrisa triste—. Puede que todo ese derroche fuera una forma de vengarme de Martin porque me era infiel.

«Rebelarse gastando dista mucho de matar a alguien», pensó Laurie.

—Entiendo que tenga que repasar todo lo que me preguntó la policía, Laurie, pero prométame que investigará lo que le he dicho sobre Leigh Ann Longfellow. No creo que la policía creyera ni una sola palabra de lo que dije.

—En eso consiste nuestro programa —le aseguró Laurie—. Examinamos todos los ángulos posibles, y por eso quiero preguntarle también por las demandas que ha mencionado Steven. ¿Había denunciado alguien a Martin?

Kendra agitó una mano con gesto despectivo.

—Cuando eres médico, es el pan de cada día. Aunque yo quería ser pediatra, una de las pegas eran las demandas que acompañan al trabajo. Y para Martin era aún peor. Al fin y al cabo, los pacientes a los que trataba sufrían dolor crónico. No eran casos fáciles.

—¿Por qué motivos le demandaban?

—Francamente, desconozco los detalles. A aquellas alturas Martin había dejado de hablarme de cualquier cosa importante. Después de que muriera, los abogados llegaron a acuerdos con el dinero de la herencia.

—¿Quién era el abogado de Martin para negligencias médicas y mala praxis? Puedo contactarle.

—No tengo la menor idea.

Laurie escribió otra nota para recordarse a sí misma que debía investigar más las demandas. Solo le quedaba un tema en la lista y era delicado.

—Antes ha dicho que salía de casa en busca de soledad. ¿Acudía a bares?

Kendra soltó un gemido.

—La prensa sensacionalista me presentó como si me pasara las veinticuatro horas del día empapada en vodka. Ya se lo he dicho: sufría depresión posparto. Búsquelo en internet: puede hacer que te notes fatigada y de repente pases a sentirte inquieta, asustada y descentrada. Supongo que la gente se confundía y creía que estaba borracha.

—¿Salía en busca de compañía?

—La verdad es que no. Francamente, algunos días ni siquiera me duchaba. Así de mal estaba.

Laurie debía andarse con cuidado. El dato de que Kendra frecuentaba La Colmena nunca salió en los periódicos, y no quería que la mujer supiera que tenía más información de la que habían divulgado los medios. Tenía que reservarse ese detalle para el contrainterrogatorio que vendría cuando se encendieran las cámaras.

Decidió insistir una vez más.

—Parece que el camarero, Dennis, es muy amigo de Steven y de usted. ¿Había algún local al que le gustara acudir más a menudo?

Esta vez, Kendra respondió en tono cortante.

—¡Le he dicho que no!

Laurie asintió con la cabeza y guardó el bolígrafo en el lomo del cuaderno, indicando así que su trabajo había finalizado de momento.

—Gracias de nuevo por reunirse conmigo en su tiempo libre —dijo—. Nos pondremos en contacto cuando llegue el momento de empezar a programar la producción.

Hizo lo posible por charlar amistosamente mientras esperaba a que Dennis trajese la cuenta, que pagó con la tarjeta de crédito de los estudios.

Dos descubrimientos y las cámaras aún no se habían encendido, pensó. Primero Kendra había mentido a sus suegros acerca de su disposición a colaborar en la nueva investigación del caso de Martin. Y ahora Laurie estaba segura de que volvía a mentir. La policía le había presentado a Kendra pruebas de que se había estado viendo con un hombre misterioso en La Colmena. Era inimaginable que Kendra olvidase algo así.

«Hay muchas posibilidades de que acabe de tomarme un capuccino y un helado con una asesina —se dijo—. No quiere que sepa lo de La Colmena, así que esa será mi próxima parada.»

20

Eran casi las cinco cuando Kendra y Laurie salieron de Otto, pero el sol de primavera seguía luciendo, un contraste agradable respecto al oscuro restaurante italiano. Kendra se sintió aliviada cuando Laurie se despidió por fin al llegar a la Quinta Avenida. La productora giró hacia el sur y echó a andar hacia Washington Square Park. Mientras Kendra se dirigía al norte, donde estaba su casa, dejó que la luz del sol le calentara el rostro y trató de calmar los pensamientos que se atropellaban en su mente.

Al principio, todo había salido exactamente como estaba previsto. Steven se había apuntado para hacerle saber a Laurie que Kendra se quejaba de la supuesta infidelidad de Martin cuando aún estaba vivo. También había hablado bien de ella, algo que ya nadie hacía. Hasta Dennis había aportado su granito de arena.

Pese a que Laurie la acribilló a preguntas, Kendra creyó estar defendiéndose muy bien. Se había preparado de antemano, a sabiendas de que Laurie le preguntaría por su estado mental y la situación de su matrimonio, los conflictos con la policía y las retiradas de efectivo. Si la conversación hubiera acabado ahí, habría tenido la certeza de que todo iba bien.

Pero luego Laurie introdujo con disimulo un último tema al preguntarle a Kendra si acudía a bares en busca de compañía. Quizá fuese simplemente un intento al azar, una pregunta suscitada por los rumores de que Kendra era alcohólica. Aun así, tuvo el horrible presentimiento de que Laurie se refería al hombre al que seguía conociendo simplemente como «Mike».

Solo de pensar en él, notó un sabor a café y helado en el fondo de la garganta.

Había jurado por su vida y, lo que era aún peor, por la vida de sus hijos, que participaría en el programa de televisión sin una sola mención de su existencia. «¿Qué voy a hacer ahora?», pensó.

Sacó el teléfono móvil, abrió el contacto llamado «Mike» y pulsó la tecla intro. Él respondió después de solo medio timbrazo.

—¿Has acabado con tu reunión? —preguntó.

Kendra supo que estaba usando la función de manos libres porque oyó el sonido de fondo de un motor y de algún que otro claxon. Estaba en un coche. Se puso a mirar a un lado y otro de la calle por si le veía.

—Acabo de salir.

—¿Y?

Él había insistido en que le pusiera al corriente de cada novedad relacionada con la producción televisiva, y Kendra no se atrevió a contrariarle.

—Ha sido una repetición de los viejos reportajes. Nada que no pudiera manejar. No ha preguntado por ti —añadió. Técnicamente, era cierto.

—¿Cuándo volverás a verla?

—No lo sé. Ha dicho que me llamaría para hablar del calendario de grabación.

—Recuerda que, si les hablas de mí, les hablaré yo de ti. Irás a la cárcel por asesinato. Tus hijos se irán a vivir a casa de sus abuelos, donde les dirán cada día que mataste a su padre. Y eso suponiendo que sigan sanos y salvos para cuando te condenen.

La amenaza contra Bobby y Mindy, una vez más, era clara. Kendra notó que empezaba a temblar.

—No les hagas daño, por favor.

—Pues no me lo hagas tú a mí.

Kendra recordaba haberle dicho a Martin en una ocasión, durante una horrible pelea, que debería llevar una etiqueta de advertencia: «El hombre más cruel del mundo». Pero ahora se enfrentaba a alguien aún más infame que Martin. Con voz temblorosa, dijo:

—No se lo diré a nadie. Te lo juro.

—Ha llegado el momento de que volvamos a vernos.

A Kendra se le heló la sangre en las venas. A estas alturas, ya ni siquiera era por el dinero. Se había acostumbrado a que él la utilizase como cajero automático personal. El hombre la aterraba a un nivel básico, celular.

—¿Cuándo? —preguntó, y oyó el temblor de su propia voz.

—No es así como funciona. Ya lo sabes. Te llamaré y vendrás. Trae lo de siempre.

Lo de siempre eran nueve mil dólares en efectivo. Mike no quería que Kendra llegase a retirar diez mil, una cifra que los bancos tenían obligación de comunicar al gobierno. Oyó que el coche aceleraba y se cortó la llamada.

La mujer cerró los ojos con fuerza y respiró hondo tres veces para tranquilizarse.

Al hablar de la desintegración de su matrimonio, había usado la expresión «luz de gas» para describir la costumbre de Martin de ir contando que había perdido el juicio. Pero la clave de la película era que Ingrid Bergman empieza a dudar de su propia cordura. «Martin me volvió literalmente loca», pensó Kendra.

¿De verdad le habló a Steven de esas denuncias por mala praxis contra Martin? No lo recordaba. Igual que no recordaba las cosas horribles que evidentemente había contado en un bareto a un extraño que decía llamarse Mike. «¿Qué más hice estando así de mal?», se preguntó.

Aunque no era religiosa, entró en la iglesia episcopaliana de la calle Diez. Acababan de abrir las puertas para el oficio, pero Kendra no se quedaría mucho. Fue hasta la última fila de bancos y se arrodilló para rezar en silencio como tantas veces, pidiendo perdón por algo que no quería creer que hubiera hecho.

«¿Sabré la verdad algún día? ¿Sabré si hice matar a mi marido?»

21

Tras salir de Otto y despedirse de Kendra, Laurie echó a andar por la Quinta Avenida en dirección a Washington Square Park. El sol había salido en el primer día cálido de la primavera, lo que parecía autorizar a los neoyorquinos a usar el parque como si fuese el equivalente urbano de una playa pública. Laurie vio a algunas chicas tumbadas en la hierba, todavía vestidas de trabajo, y a unos cuantos valientes sin camisa que se lanzaban un frisbi. Mucha gente había acudido al parque para disfrutar de las actuaciones de distintos artistas, del pianista que interpretaba a Chopin bajo la bóveda a los bailarines de *breakdance* que giraban y daban volteretas junto a la fuente mientras sus altavoces inmensos ahogaban la música del magnífico piano. La primavera en la ciudad era un renacer, y todos sus habitantes salían del oscuro invierno para respirar aire fresco.

Mientras se adentraba en el East Village, Laurie se preparó para entrar en La Colmena, un local en el que, independientemente de la estación del año, no debía de entrar mucha luz del sol. Siendo estudiante, había frecuentado bastantes de esos tétricos garitos de suelo pegajoso y aseos pintarrajeados. Sin embargo, hacía muchos años que no pasaba las noches bajo tierra.

Empujó una pesada puerta situada al pie de una escalera empinada y entró en el bar. La asaltó un olor familiar a cerveza derramada, vagamente disimulado por algún desinfectante para suelos. Ya casi era la hora feliz, pero el local estaba vacío. Sobre la barra parpadeaba un cartel de leds con letras en forma de panal que rezaba LA COLMENA, y varios rótulos de neón con marcas de bebidas alcohólicas decoraban las paredes, proyectando sombras de colores por todo el antro. A Laurie le costó imaginar a Kendra bebiendo en la barra o haciendo cola para jugar al pinball al fondo.

—Un momento —dijo una voz despreocupada desde debajo de la barra.

Al cabo de unos segundos apareció una camarera de pelo parcialmente rapado. Al aproximarse, Laurie observó que sus dos *piercings*, uno en la ceja y otro en el labio, se movían un poco cuando su expresión pasó de la indiferencia a la sorpresa. Estaba claro que Laurie no encajaba en el molde del cliente habitual.

Laurie le brindó una sonrisa agradable.

—Me gustaría hablar con alguien que lleve trabajando aquí cinco años.

La camarera la miró inexpresiva.

—¿Cinco años?

Por el tono, parecía que nada importante podía haber ocurrido hacía tanto tiempo. Laurie tuvo la impresión de que en esa época la chica todavía debía de estar en el instituto.

Abrió una puerta con un cartel que indicaba PRIVADO y llamó a alguien. Se volvió de nuevo hacia Laurie y dijo:

—Deb lleva aquí toda la vida.

Una mujer mayor con profundas arrugas y un moño sujeto de cualquier manera salió de detrás de la puerta. Su rostro demacrado parecía reflejar toda una existencia transcurrida en aquel bar de mala muerte. Resultó que llevaba allí ocho años, tiempo suficiente para poder responder a las preguntas de Laurie.

—¿Conoció usted a una mujer llamada Kendra Bell? —inquirió, yendo al grano y dejando un billete de cincuenta dólares sobre la barra.

Deb sonrió, recordando.

—Siempre me cayó bien. Lo que pasó fue muy triste, ¿verdad?

—¿Sabía quién era ella en aquel tiempo? ¿Sabía que su marido Martin era una figura pública?

—Qué va. Simplemente, venía a menudo. Nos pasábamos el rato de palique, pero ni siquiera sabía cómo se llamaba. Eso sí, siempre hablaba fatal del marido. Decía que era falso y cruel. Que la engañaba. —Deb indicó con un gesto los estantes de atrás, pero Laurie sacudió la cabeza—. Como quiera —dijo, agarrando una botella de whisky Old Crow y sirviéndose un vaso.

—¿Y está segura de que era Kendra Bell? —continuó Laurie.

—Desde luego. Hasta me dijo una vez que había ido a la facultad de Medicina, pero no acabó la carrera. En ese momento no me lo creí. No me parecía exactamente la típica estudiante. Pensé que era de esas cosas que dicen los borrachos.

Laurie contempló de nuevo el establecimiento, observando la alfombra peluda que estaba colgada junto a la mesa de billar. La camarera joven había vuelto a meterse debajo de la barra.

—¿Siempre venía sola? —preguntó Laurie.

—Normalmente sí. —Deb clavó la vista en el techo y entornó los ojos, tratando de recordar—. Pero algunas veces la vi con un tipo con pinta de duro. Cabeza afeitada y ojos malvados. Me dio la impresión de que él le seguía la corriente. Quizá pretendía que le pagara la cuenta a cambio de escuchar cómo ponía verde al marido.

Laurie sacó el teléfono móvil del bolso y buscó una imagen de Steven Carter, el antiguo novio de Kendra que ahora era su jefe. Si Kendra, viuda desde hacía cinco años, seguía siendo amiga y empleada de Steven, y no su novia ni su esposa, estaba claro que no tenían una relación sentimental. Aun así, Laurie quería asegurarse de que no se le escapaba ningún detalle.

Deb soltó una risotada cuando vio la foto.

—No es él, desde luego. Ese tipo es un angelito en comparación con el tío del que le hablo.

Laurie asintió con la cabeza. Ahora tenía más idea del personaje que debía imaginar.

—¿Ha visto a ese hombre desde el asesinato de Martin Bell?

—No he vuelto a verlos a ninguno de los dos. Cuando lo mataron y vi en el periódico la foto de la boda, me costó reconocer a Kendra. Esa chica había envejecido mucho. Pensaba darle el pésame cuando viniese, pero nunca lo hizo. Ni él tampoco. —Dio un trago de whisky—. ¿Es conocida suya?

Laurie le habló de la serie *Bajo sospecha* y la nueva investigación del caso de Martin Bell.

—Estoy recogiendo toda la información que puedo sobre Kendra Bell.

—No es la única que cree que había algo raro en ella. Llamé a la policía. Les dije que no paraba de quejarse sobre su marido. También mencioné al Tipo Duro. Había una recompensa, y quería el dinero. Y justicia —añadió—. Me caía bien y eso, pero, si fue ella quien lo hizo, debería estar en la cárcel.

—¿Habría alguna posibilidad de que nos dejase filmar aquí dentro? ¿Y si se sentase con el presentador de mi programa y repitiera lo que acaba de decirme?

Una amplia sonrisa se extendió por su rostro fatigado.

—Eso sería muy guay.

Laurie dio las gracias a Deb y a la joven camarera y salió del bar. Mientras subía los peldaños y regresaba a la luz del día, la invadió la sensación inquietante de que la observaban. «Puede que la descripción del hombre misterioso de ojos malvados me haya afectado», pensó.

Sin embargo, mientras caminaba por Bowery hacia la estación de metro de Lafayette Street, no pudo deshacerse de la impresión de que alguien la estaba siguiendo. Se metió en una tienda de bolsos para controlar el flujo de peatones que había en la calle. Su corazón dio un vuelco al ver a un hombre alto de cabeza afeitada que esperaba en el cruce con la calle Tres en dirección a Bowery. Llevaba gafas de sol de aviador, así que no pudo saber si su mirada era desagradable, tal como Deb la había descrito.

Apartó rápidamente la vista del escaparate para sonreírle a la dependienta con aire de disculpa. Sacó el teléfono móvil del bolso, dispuesta a llamar a la policía si era necesario, y salió de la tienda.

Echó un vistazo por encima del hombro. El hombre alto estaba a media manzana de ella. Sus miradas se encontraron y él aceleró el paso.

Laurie se metió a toda prisa en otra tienda que estaba a pocos metros de distancia. Desde el interior, observó si el hombre entraba detrás de ella. Sin embargo, este cruzó la calle con aire decidido. Laurie tenía el corazón acelerado pese a haber caminado despacio. «Me estaba siguiendo y sabe que le he descubierto —pensó—. ¿Adónde irá ahora?»

Aunque no dejaba de asomarse al escaparate, le perdió de vista brevemente cuando un todoterreno blanco que estaba aparcado detrás de un camión grande salió a Bowery. Estiró el cuello y le pareció ver que el hombre alto se agachaba y volvía a levantarse antes de desaparecer una vez más. Notó que el teléfono móvil temblaba en su mano y se forzó a manipular el teclado digital. Marcó el número de la policía. Su dedo se inmovilizó sobre el botón mientras se preguntaba cuánto tardarían en responder.

Cuando cambió el semáforo y el todoterreno giró hacia la izquierda embocando la calle Dos, entendió por qué parecía el hombre tan resuelto en sus movimientos. Al otro lado de Bowery, ahora iba de la mano de una joven que llevaba a un bebé risueño en una mochila sobre el vientre. Ahora que no había obstáculos, Laurie vio que el hombre corpulento que tanto la había asustado llevaba una camiseta de Angry Birds igualita que una que había tenido Timmy hasta hacía dos años y se le había quedado pequeña.

Laurie se rio de sí misma por dar rienda suelta a su imaginación. Aunque se sentía como una tonta, esperó a que transcurriera un minuto entero antes de despedirse de la dependienta y salir de nuevo a la acera. Cuando vio la luz del techo de un taxi libre, levantó la mano en un gesto instintivo. «Más vale prevenir», pensó.

Después de acomodarse en el asiento trasero, empezó a repasar todo lo que había descubierto esa tarde. Tenía que conseguir más información sobre Steven Carter y las demandas contra Martin Bell. Aun así, no dejaba de pensar en La Colmena. Tras hablar con Deb y Kendra, estaba absolutamente segura de que Kendra era la mujer que recordaba Deb. Quizá necesitara escapar de su casa y de la infelicidad que se había instalado en su matrimonio, pero ¿por qué iba a mentir? Laurie estaba segura de que todo guardaba relación con el hombre misterioso. Pero entonces notó un escalofrío en la espina dorsal.

Estaba tan ensimismada que no se había dado cuenta de que el todoterreno blanco había dado la vuelta y avanzaba entre el tráfico, detrás del taxi.

22

«Qué pareja tan extraña», pensó el hombre del todoterreno blanco mientras lo detenía ante un semáforo en rojo. La pareja se hallaba en el lado este de la calle, entre la Dos y la Tres. El hombre, con una estatura de al menos un metro noventa y ocho, llevaba la cabeza rapada y gafas de aviador como un auténtico tipo duro. Sin embargo, vestía una camiseta con personajes de dibujos animados e iba de la mano de una mujer rubia y menuda que portaba un bebé en una de esas mochilas.

Parecían una familia feliz, algo que al conductor del todoterreno le resultaba increíble.

Ya podía imaginarlos dentro de quince años. Él habría engordado. Ella bebería demasiado. Sus hijos simples y huraños sabrían que sus padres se odiaban.

Se consideraba un realista acerca del matrimonio. La vida puede ser de color de rosa durante algún tiempo, pero ¿qué pasará cuando vengan mal dadas? Cuando esa chica tan guapa empiece a perder su atractivo o no pueda levantarse de la cama, ¿cuánto tardará el marido feliz en encontrarle una sustituta? ¿Y si papá acaba en la cola del paro? Olvídate. Lo de «en lo bueno y en lo malo, en la riqueza y en la pobreza» era una solemne tontería. Solo existía egoísmo y traición.

Se volvió hacia la ventanilla del lado del pasajero, buscando con la mirada a su objetivo. Así veía a Laurie Moran: como una presa.

Unos meses atrás, cuando pasaba por uno de sus parones, había estado demasiado tiempo tumbado en el sofá viendo televisión por cable. Un día estaban dando un programa de naturaleza sobre camaleones. Estuvo a punto de cambiar de canal cuando mostraron vídeos de lagartos pasando del rojo al rosa, y luego al verde, al amarillo y al azul. ¿Qué clase de idiota podía ignorar que esos bichos horribles eran capaces de cambiar de color?

Pero entonces el narrador empezó a hablar de los ojos. Resulta que los párpados de un camaleón están cerrados a excepción de una estrecha abertura, tan pequeña como la punta de un alfiler. Sin embargo, en vez de cegar al lagarto, esa extraordinaria característica convierte cada ojo en una especie de periscopio. Además, cada ojo puede moverse de forma independiente. Gracias a eso, el camaleón abarca un perímetro de 360 grados. Puede buscar depredadores y presas simultáneamente. Lo ve todo al mismo tiempo.

«Imagínate cómo sería eso —pensó el hombre—. Ir un paso por delante en todo momento. Nadie podría mentirte ni engañarte, eso seguro.»

Ahora, al volante de su todoterreno blanco, se sentía muy poderoso. Por el momento, desde su punto de vista, no había depredadores; solo presas. «No me ven —pensó—, pero yo lo veo todo.»

¡Un momento! ¿Dónde está? La había seguido desde aquel bar. Había girado en Bowery y él había hecho lo mismo, pero ahora no estaba en ninguna parte. No podía haberse alejado tanto. En cuanto cambió el semáforo, giró a mano derecha en la calle Dos con la esperanza de poder dar la vuelta a la manzana y volver a encontrarla.

Cuando llegó al cruce de Bowery con la Tres, aparcó junto a la acera delante de una boca de incendios y encorvó la espalda, recorriendo la calle con la vista. Sentía que el poder se le estaba escapando de las manos. Le entraron ganas de subirse a la acera y arrollar a cualquiera que estuviese allí.

Tenía el pie sobre el acelerador cuando ella salió de pronto de una tienda, al otro lado de la calle, y dio unos pasos antes de levantar la mano para llamar a un taxi. El hombre contó hasta tres y se incorporó al tráfico detrás de ella.

«¿Adónde vas ahora, Laurie Moran? ¿Y cuánto tiempo más tengo que esperar hasta que te vengan mal dadas?»

23

Laurie sintió la seguridad que conlleva llegar al hogar cuando entró en el vestíbulo de su edificio de apartamentos. Esperó a que Ron, el portero, sacara del armario un montón de paquetes y se los entregara a una mujer que Laurie reconoció del edificio.

—¿Le echo una mano? —se ofreció Laurie.

—No se preocupe —dijo la mujer—. Este es el castigo por mi adicción a comprar por internet.

Laurie observó impresionada cómo la mujer echaba a andar con prudencia en dirección al ascensor mientras el montón de cajas se tambaleaba a cada paso.

Ron miró a Laurie con aire de complicidad una vez que estuvieron solos.

—Lo de la adicción no es broma. Esa chica bajará mañana para devolverlo todo y recuperar el dinero. El tipo de UPS amenaza con dejar de hacer entregas en nuestro edificio si ella no se controla.

Una vez más, Laurie se dio cuenta de cuánto iba a echar de menos ese sitio si Alex y ella lograban alguna vez encontrar un apartamento.

—Oiga, Primo. Sé que es una pregunta rara, pero ¿ha venido alguien preguntando por mí?

Una expresión de inquietud apareció en el rostro del portero.

—No que yo sepa. ¿Espera a alguien?

Laurie negó con la cabeza, pero notó que en su frente se formaban unas arrugas de preocupación.

—No, solo quería asegurarme.

—Aquí abajo siempre le cubrimos las espaldas. Lo sabe, ¿verdad?

—Lo sé. No se preocupe, en serio.

«Aun así, sigo teniendo la sensación de que me siguen —pensó Laurie—. Evidentemente, no era el tipo alto que se ha reunido con esa mujer. Pero algo me dice que debo andarme con ojo.»

—Primo, hágame un favor. Si ve que alguien parece vigilar el edificio, dígamelo.

—Siempre cuidamos de usted, señorita Laurie, pero estaremos especialmente atentos.

Al salir del ascensor, Laurie percibió un maravilloso aroma a ajo y romero. Al instante se arrepintió de no haber encargado la cena en el restaurante italiano donde se había reunido con Kendra. Tras abrir la puerta de su apartamento, comprobó sorprendida que el olor se hacía más intenso. Le costó distinguir el sonido relajante de la canción «Almost Blue», de Chet Baker, bajo una cacofonía de voces. «Qué suerte tengo —pensó—, de que a mi hijo de diez años le encante el jazz y no el ruido que oigo en la radio.»

Colgó el bolso en el perchero y enseguida oyó el saludo de Timmy:

—¡Hola, mamá!

Lo encontró en la cocina, moviendo con pericia bajo la atenta mirada de Ramon una cuchara de madera en la cacerola más grande que tenían.

—¿Qué hace usted aquí? —preguntó, apretándole brevemente a Ramon uno de los hombros.

—Ha sido idea del jefe —dijo el hombre con una sonrisa, señalando con el pulgar en dirección a la sala de estar.

Alex se puso de pie y la estrechó con fuerza entre sus brazos. Aún llevaba la ropa de trabajo, pero se había aflojado la corbata y se había quitado la americana.

—Vaya, qué sorpresa tan agradable —dijo ella.

Leo estaba instalado en su butaca preferida, viendo su programa favorito de deportes, *Pardon the Interruption*, donde los presentadores debatían sobre los temas del día. Laurie se alegró de que le hubiera quitado el sonido al televisor.

—Me he dado cuenta de que te has quedado desanimada después de ver ese apartamento —dijo Alex, llevándola hasta el sofá y sentándose a su lado—. He pensado que nos vendría bien pasar una noche en familia, aunque Rhoda, la crack, no nos haya encontrado todavía el hogar perfecto.

Leo puso cara de desaprobación al oír el nombre de Rhoda.

—Alex me ha puesto al día. No me puedo creer que haya sugerido la posibilidad de que alguna comunidad de propietarios de la ciudad no quiera acogeros. Lo dice para que os pongáis nerviosos y bajéis vuestras expectativas. Así espera poder colocaros rápidamente lo que sea. Decidle que los vecinos de cualquier edificio que pregunten por los antiguos casos de Alex pueden irse al cuerno.

La forma de hablar de Leo era señal de que estaba agitado. Laurie estaba acostumbrada a que acudiera en su defensa, pero sospechaba que tenía un motivo concreto para mostrarse crítico con Rhoda. El antiguo policía no quería que Laurie y Timmy se mudasen demasiado lejos de su propio apartamento.

—No te preocupes por nada, papá. Le hemos dejado muy claro que no tenemos ningún interés en vivir en un edificio donde nuestra profesión suponga un problema; o nuestra antigua profesión, en el caso de Alex. También sabe que necesitamos espacio suficiente para un despacho y para Ramon, y que tenemos que estar cerca tanto del colegio de Timmy como de tu casa —explicó.

A Leo se le iluminaron los ojos.

—También os hace falta un cuarto del bebé —sugirió con una sonrisa irónica.

—¡Chis! —dijo Laurie, descartando su comentario con un gesto—. Si te oye Timmy, mañana lo sabrá todo el colegio.

Leo se echó a reír.

—No veo que lo niegues.

—Quizá debamos cambiar de tema y hablar de la juez del Tribunal de Distrito, Maureen Russell —sugirió Laurie.

—Por cierto, la he visto hoy —dijo Alex—. Leo, me ha dicho que le gustó mucho hablar contigo en la recepción.

Laurie observó encantada que su padre se ruborizaba.

—Leo y Maureen. Suena bien.

El hombre puso los ojos en blanco, pero seguía sonriendo.

—Tú ganas. Me rindo. No volveré a hablar de cuartos de bebés. Comprad un piso con tantas habitaciones como queráis, que no os haré preguntas.

Laurie y Alex intercambiaron una mirada de complicidad. De hecho, le habían dicho a la agente inmobiliaria que querían una habitación de más... por si acaso.

24

Esa misma noche, Laurie recorrió el apartamento apagando todas las luces antes de acostarse.

Alex le había dicho que había quedado para desayunar con el juez con el que había hecho las prácticas al acabar la carrera de Derecho. Su mentor judicial estaba deseando darle unos sensatos consejos tras sus años en el cargo.

Al ir a apagar el interruptor de la cocina, se asombró de lo limpia que estaba. Las encimeras de granito relucían, y no se veía ni una sola miga de pan en el suelo de baldosas. No recordaba haber cocinado una sola vez en ese piso sin estar sufriendo por lo mucho que tendría que limpiar después. Resultaría muy agradable vivir bajo el mismo techo que Ramon.

Acababa de meterse en la cama para disfrutar del final de la última novela de Karin Slaughter cuando sonó el móvil en la mesilla de noche. Era Ryan. Nunca la llamaba tan tarde. De hecho, nunca la llamaba.

—Hola —dijo ella, notando ya cómo se avecinaba el dolor de cabeza que iba a causarle lo que iba a oír.

—No sabía si aún estarías levantada.

—Acabo de acostarme. ¿Qué pasa?

—Lo siento, pero tengo que preguntarte una cosa. ¿Conoces a mi tío Jed?

Laurie no conocía al tío de Ryan. Sin embargo, sabía que

fue compañero de habitación de Brett Young en la Universidad de Northwestern, una circunstancia que probablemente tuviera algo que ver con el hecho de que su sobrino Ryan hubiera conseguido un chollo en Fisher Blake Studios.

—Sí, sé quién es. ¿Qué pasa con él? —preguntó.

—Pues que resulta que el marido de su editora está en el consejo de administración de una organización contra el analfabetismo infantil con el padre de Martin Bell.

—Ajá —dijo ella, inexpresiva, intentando recordar la cadena de conexiones que iba desde el padre de Martin hasta su jefe—. Me parece que otro amigo universitario de Brett juega al tenis con el contable del doctor Bell. Al parecer, Robert tiene una enorme agenda de contactos. Deduzco que te ha telefoneado, ¿no es así? —preguntó, preparándose para un intento más por parte de Ryan de hacerse con la producción de su programa.

—Así es. Me acaba de llamar al móvil, a pesar de lo tarde que es. Francamente, me he sentido muy incómodo cuando ha intentado presionarme. Es evidente que consideran culpable a Kendra y quieren que la presentemos como tal en televisión.

—¿En serio? —preguntó ella, sorprendida por su reacción de desaprobación.

—He dicho con mucho respeto que ya les diría algo. ¿Has decidido si vas a seguir adelante con el caso?

Laurie sintió la tentación de pedirle que repitiera lo que acababa de decir. Pocas veces la consultaba tratándose de trabajo.

—Creo que sería un caso fantástico para nosotros —dijo—, pero tenemos que asegurarnos de que los padres entiendan que investigaremos objetivamente. No somos peones suyos.

—Desde luego —convino él—. ¿Qué te parece si vamos a hablar con ellos en persona mañana? Podemos presentar un frente unido para que sepan que no pueden manejarnos a ninguno de los dos.

—Me parece... perfecto.

Que ella recordase, era la primera vez que sentía que Ryan estaba de su parte.

Al colgar el teléfono, se sintió absolutamente satisfecha.

No tenía la menor idea de que, a poco más de tres kilómetros de distancia, un hombre sentado ante un ordenador buscaba su nombre en Google para descubrir más detalles sobre su vida y decidir cuándo hacer su siguiente movimiento.

25

A la mañana siguiente, el doctor Steven Carter tenía dificultades para abrir la puerta de su consultorio de dermatología en la Quinta Avenida mientras se las arreglaba para sujetar su maletín, su café matinal y el ramo de flores que había comprado en la tienda de la esquina. Como solía ocurrir, era el primero en llegar. Siempre había sido muy madrugador.

Aunque nadie lo habría adivinado al mirarle, le gustaba comenzar la jornada en el gimnasio. Llevaba varios meses recurriendo a los servicios de un entrenador personal para tratar de aumentar la efectividad de sus ejercicios. Según el entrenador, había incrementado su masa muscular un ocho por ciento. Sin embargo, nadie parecía percatarse, y menos la mujer cuyo afecto intentaba ganarse desde hacía más de una década.

Steven sabía que no era demasiado guapo. Al fin y al cabo, era realista. En la universidad, sus profesores de redacción decían que su prosa resultaba «afectada». Para el profesor de filosofía, era «poco imaginativo». Después de estudiar dos cursos de español, ni siquiera lograba pedir la cena en un restaurante mexicano sin ganarse unas risitas compasivas de los camareros. Las únicas asignaturas que se le daban bien eran las de ciencias. Al acabar el tercer año, reunía ya todos los requisitos necesarios para estudiar Medicina, por lo que se preguntó: «¿Por qué no me hago médico?».

Como era realista, pensó que con sus notas solo podría ingresar en una facultad de Medicina del extranjero. Tras haber crecido en Iowa, la perspectiva de pasar cinco años en el Caribe se le antojaba muy atractiva. Para su sorpresa, le aceptaron en la Universidad de Stony Brook. No era el Caribe, pero estaba en Long Island, una isla al fin y al cabo, y tendría mejores posibilidades laborales cuando terminara.

Sin embargo, los estudios de Medicina eran mucho más difíciles que las asignaturas de ciencias que había cursado hasta entonces. De no haber sido por Kendra, tal vez no habría acabado. La muchacha se explicaba mejor que los profesores y hacía que todo pareciera sencillo. Además, era muy guapa.

Steven recordaba la primera vez que ella lo besó. Fue la víspera del examen final de Neurociencia. Él casi temblaba, pues estaba convencido de que iba a suspender.

—Steven, ¿por qué eres así? —le había preguntado ella.

—¿Así cómo?

—Como... tú. ¿Qué te han hecho para que seas tan incapaz de reconocer tu propia valía? —Entonces lo besó. No fue un beso apasionado, pero sí tierno y prolongado. Steven se quedó atónito, pero Kendra se limitó a mirarle con una sonrisa en los ojos—. Mereces esperar más del mundo —dijo.

Luego la chica siguió estudiando como si tal cosa.

A la mañana siguiente, Steven logró sacar un notable en el examen. Lo atribuyó a haber entrado en el aula viéndose a sí mismo como alguien lo bastante bueno para recibir un beso de Kendra.

A partir de ese momento empezó a considerarla su novia, aunque, entre las clases y el estudio, no les quedase mucho tiempo para salir en el sentido tradicional. Viéndolo ahora en retrospectiva, a veces pensaba que ella le había mostrado afecto de vez en cuando solo para romper la monotonía.

En cualquier caso, después de que conociera a Martin Bell durante el último curso, quedó muy claro que ellos dos no eran nada que se pareciese a una auténtica pareja. Martin tenía todo lo que le faltaba a Steven. Era un médico brillante, miembro de una conocida familia neoyorquina. Era alto, delgado y guapo. Kendra se volvió loca por él.

La muchacha empezó a saltarse las sesiones de estudio nocturnas para ir a la ciudad a ver a Martin. Al final del curso, las únicas veces que ella le llamaba era para pedirle que le ayudara a hacer recados con vistas a la boda.

Y, naturalmente, Steven acudía. Habría hecho cualquier cosa por ella.

Quizá no fuese alto y delgado, no saliera en televisión ni fuese un médico brillante. De hecho, había entrado a duras penas en la facultad de Medicina y había aprobado por los pelos una vez allí. No obstante, le había ido muy bien. Al cabo de solo diez años, ya poseía un próspero consultorio médico. Había escogido la especialidad de dermatología. Quería que sus pacientes no solo tuvieran mejor aspecto, sino que además se sintieran mejor.

Encendió el sistema de audio que animaba la zona de recepción y las salas de tratamiento. La emisora del servicio de música en *streaming* que tenía contratado se denominaba «lounge y chill out». Llenó los quemadores de aromaterapia con aceite de eucalipto. Se sentía orgulloso del número de reseñas de cinco estrellas que tenía en internet por hacer que su local se pareciera más a un spa de lujo que a una consulta.

Dejó el maletín sobre su silla y el café sobre la mesa, y luego llevó las flores que había comprado hasta el pequeño escritorio que se hallaba junto a la puerta, el que ocuparía Kendra en cuanto llegase. Colocó las flores al lado del teclado y escribió un mensaje en el bloque de notas adhesivas: «Ken, espero que tu reunión de anoche fuese agradable y que estés bien. S».

Steven era realista. Aunque Kendra se hubiera casado con Martin, él nunca había dejado de amarla. Sabía lo agradecida que le estaba. Le había dado un puesto de trabajo cuando nadie más estaba dispuesto a hacerlo. Ahora pasaba cinco días por semana con ella. Y Kendra había empezado a invitarle a los encuentros deportivos y actuaciones escolares de Bobby y Mindy. «¿Se da cuenta de que haría cualquier cosa por ella?», se preguntaba.

«Todo está saliendo bien», pensó para sus adentros con un sentimiento de profunda satisfacción.

26

En el preciso momento en que el doctor Steven Carter abría
su consultorio, Laurie y Ryan se hallaban en el ático que tenían los Bell en la Quinta Avenida, a pocas puertas del Museo
Metropolitano. Después de que el portero pidiera permiso al
matrimonio por teléfono para dejarles subir, una doncella les
hizo pasar. Mientras aguardaban en el salón, Laurie se quedó
embobada con la vista impresionante de las copas de los árboles del West Side.

Los Bell entraron en la habitación y se acomodaron en un
sofá, muy juntos. No parecían la misma pareja indignada que
se había enfrentado con ella en su despacho dos días atrás. Se
mostraban corteses, simpáticos incluso, y Laurie supo que
era porque creían que Ryan estaba de su parte.

El doctor Bell les invitó inmediatamente a sentarse. Ryan
había hecho los deberes y estaba preparado para iniciar una
conversación que rompiera el hielo. Había averiguado que los
Bell eran amigos de uno de sus profesores de la facultad de Derecho. El hermano de ese profesor había operado a la hermana
del doctor Bell hacía tres años. Cynthia interrumpió la charla
ofreciéndoles un café que ambos rehusaron con amabilidad.

—Bueno, Laurie —dijo Robert—, Ryan nos dijo anoche
que ha cambiado de opinión sobre el caso de Martin y que
quería hablar con nosotros antes de seguir adelante.

Laurie no vio ningún motivo para decirles que era Kendra y no ella quien ahora pensaba de otro modo.

—Sí, quería asegurarme de que tuvieran clara la naturaleza de nuestro programa. —A continuación, repitió la introducción que siempre ofrecía a los familiares de las víctimas en un primer contacto acerca de su cooperación con el espacio, haciendo hincapié en el deseo de los estudios de descubrir pruebas nuevas o que se hubiesen pasado por alto y en el potencial que tenía el programa de proporcionar al menos una especie de cierre, si no respuestas definitivas—. Al mismo tiempo —añadió—, hacemos un programa informativo y abordamos cada caso con los mismos criterios periodísticos que adoptaría cualquier reportero. Eso significa que nos mostraremos sensibles a sus sentimientos como padres de Martin, pero que, en definitiva, mantendremos la objetividad. Contaremos toda la historia, nos lleve donde nos lleve.

—Por supuesto —se apresuró a decir Cynthia, asintiendo con la cabeza.

El doctor Bell estaba menos convencido. En su rostro apareció una expresión de preocupación.

—No cree que lo hiciera Kendra, ¿verdad?

Laurie escogió con cuidado sus palabras:

—No llegamos a esa clase de conclusiones hasta contar con pruebas que las respalden.

—Pues póngase a buscarlas —le espetó él.

Ryan se inclinó hacia delante en su asiento para intervenir:

—Confíe en mí, doctor Bell. He visto a Laurie en acción. Tiene tanta habilidad para reunir las pruebas necesarias como los mejores agentes del FBI con los que trabajé en la Fiscalía. Si existen, las encontrará.

—Lo que quiero decir es que no decidimos primero la conclusión y luego adaptamos nuestra investigación para llegar a ella —aclaró Laurie—. Abordamos el caso con una mente abierta, así que exploramos todas las posibles teorías y a todos los posibles sospechosos. Por supuesto, Kendra estará incluida entre ellos. Pero para ser objetivos no podemos dejar que los familiares de la víctima, aunque sean sus padres, nos digan lo que hay que hacer.

Cynthia observó que su marido miraba alternativamente a Ryan y a Laurie.

Finalmente, el hombre dijo:

—Lo entendemos.

Laurie se sorprendió cuando Ryan sacó de su maletín dos contratos de participación con todos los datos y a punto para su firma. Mientras el doctor Bell firmaba sobre la línea de puntos, hizo un intento más de exponer su teoría sobre la culpabilidad de Kendra:

—Esa mujer sabe mostrarse muy encantadora —advirtió—. Cuando Martin y ella empezaron a salir, le tomamos mucho cariño. Pero ustedes no la vieron en esa época. Es evidente que tiene una mente enferma. Le echó el guante a nuestro hijo y, en cuanto consiguió casarse con él, se volvió una persona totalmente distinta.

—¿Se han planteado la posibilidad de que sufriera una depresión posparto? —preguntó Laurie, recordando cómo había explicado Kendra su deterioro después de que nacieran sus hijos.

—Bah —dijo Cynthia, descartando la teoría—. ¿Por qué iba a deprimirse nadie por tener a unos hijos tan preciosos? Cuando Martin era pequeño, yo me sentía muy feliz.

—Usted, doctor Bell, tiene que saber por fuerza que muchas mujeres no viven la misma experiencia —persistió Laurie.

—Por favor. Una pequeña depresión es una cosa. Kendra estaba completamente desquiciada. El pobre Martin era muy desgraciado. Sabía que había cometido un terrible error al casarse con ella.

—¿Qué le hace pensar que estaba desquiciada? —preguntó Laurie.

Se acordaba de que Kendra había dicho que Martin le había hecho luz de gas diciéndole a todo el mundo que estaba loca.

Cinthya estaba deseosa de contestar:

—Martin nos confió que Kendra había sufrido un desequilibrio mental y que estaba cada vez más paranoica. Hasta le acusó de engañarla y tratar de separarla de Bobby y Mindy contratando a Caroline. Por el amor de Dios, el único motivo por el que Martin contrató a esa niñera fue que no quería dejar a Kendra sola con los niños porque no se fiaba. Tenía miedo de que prendiera fuego a la casa, ¡por accidente o no! Afortunadamente, insistimos en que firmasen un acuerdo prenupcial blindado antes de la boda.

—Si el acuerdo era tan sólido, ¿por qué no se divorció Martin?

—Siguió con ella por los niños —dijo el doctor Bell en tono cansino—. Su principal preocupación eran Bobby y Mindy. Se quedó por el bien de ellos. Hasta consultó a un abogado matrimonialista para saber qué posibilidades tenía de obtener la custodia de los niños si dejaba a Kendra. Pero ya sabe cómo son estas cosas: él era el hombre y ella la madre que estaba en casa. No existía ninguna garantía, y Martin no estaba dispuesto a arriesgarse. Y nosotros tampoco. Martin era nuestro único hijo, así que Bobby y Mindy son los últimos que llevarán el apellido Bell. Deben permanecer dentro de la familia.

—¿Y cree que Kendra sabía que su hijo había ido a ver a un abogado matrimonialista?

—Estoy seguro de que lo sabía —dijo él—. Por eso lo mató.

—¿Y siguen pensando que no es capaz de criar a sus nietos? —preguntó Laurie.

—Ya no se trata de capacidad —dijo Cynthia en tono rotundo—. Para empezar, ni siquiera pasa tiempo con ellos. Ha vuelto a trabajar, aunque recibe dinero más que suficiente del fideicomiso testamentario para vivir holgadamente durante el resto de su vida. Creemos que solo mantiene a la niñera para que no le diga a la policía lo que sabe. Y lo que es más importante: ¿cómo se sentiría usted si la persona que mató a su hijo estuviera criando a sus nietos? Es una cuestión de justicia.

Laurie comprendió que nunca conseguiría que los Bell vieran la menor posibilidad de que Kendra fuese inocente.

—¿Por qué dice usted que Caroline podría hablar con la policía? ¿Cree que sabe más de lo que declaró en su día?

Todo indicaba que Caroline había llamado a la policía nada más encontrar el cadáver de Martin. No solo dio fe de la presencia de Kendra en la casa en el momento del tiroteo, sino que también declaró que había tardado varios minutos en despertarla, pese a que acababan de asesinar a su marido.

—Estoy segura de que Caroline encubrió a Kendra —insistió Cynthia—. Se muestra alterada y nerviosa cada vez que está en nuestra presencia. El sentimiento de culpa la debe de estar matando. Se guarda algo. Aunque Kendra sea culpable, Caroline está muy encariñada con nuestros nietos y cree que la despediríamos si llegáramos a obtener la custodia. Hemos tratado de hacerle entender que querríamos que se quedase.

—Hablaremos con Caroline, se lo prometo —les aseguró Laurie—. Antes de que nos marchemos, me temo que también tengo que abordar dos temas que podrían causarles incomodidad. Prefiero ser directa con ustedes.

—Me parece bien —dijo el doctor, removiéndose en su asiento—. ¿Qué quiere saber?

Laurie intuía que los Bell seguían desconfiando de ella, así que decidió empezar por la menos explosiva de sus dos preguntas:

—Con la herencia de su hijo, se resolvieron varios pleitos pendientes contra su práctica médica. Esperábamos conocer los detalles.

—Ni hablar —dijo Robert, sin planteárselo siquiera—. Solo llegamos a un acuerdo para proteger el buen nombre de Martin. Cuando murió, esos abogados codiciosos tuvieron la cara dura de aumentar sus exigencias económicas porque él ya no estaba aquí para defenderse. Fue repugnante. Añadimos personalmente dinero a los pagos que ofreció la compañía de seguros para conseguir que los demandantes firmaran acuerdos de confidencialidad. Esos contratos también nos obligan a nosotros, así que me temo que, aunque quisiéramos, no podríamos darles información sobre ellos. No obstante, créame, no hay ningún motivo para pensar que las demandas guardan relación alguna con la muerte de nuestro hijo.

A Laurie le habría gustado poder comprobarlo por sí misma, pero no veía ninguna base para persuadirles de incumplir los contratos. Tendría que encontrar otra forma de enterarse de los detalles de las demandas judiciales. Le preguntaría a Alex por los matices de esa clase de acuerdos.

—Muy bien, entonces —dijo, cediendo de momento—. En cuanto a la otra cuestión, ustedes mismos han aludido a ella. Martin les dijo que Kendra le había acusado de serle infiel.

Los dos fruncieron el ceño al recordarlo.

—¡Es absolutamente falso! —exclamó Cynthia—. Francamente, Kendra tuvo mucha suerte de que los Longfellow no la demandaran por calumnias. A él estaban a punto de nombrarle senador.

—Entonces ¿sabían ustedes que Kendra sospechaba que su hijo tenía una aventura con Leigh Ann Longfellow? —preguntó Ryan.

—Por supuesto —dijo Cynthia—. Tienen que entenderlo: conocemos a Leigh Ann desde que era niña. Su madre Eleanor y yo seguimos siendo muy amigas. Formamos parte del mismo grupo de bridge y nos reunimos para jugar siempre que hay ocasión.

Robert la interrumpió:

—El padre de ella, Charles, fue toda una figura en Wall Street hasta que falleció hace unos años. Una familia excelente se mire por donde se mire.

—En cualquier caso —continuó diciendo Cynthia—, cuando los amigos nos reuníamos, los niños mayores cuidaban de los pequeños. Así que, para Martin, Ann era una especie de hermana pequeña. Luego colaboraron en el consejo de antiguos alumnos. Se llevaban varios años, pero ambos fueron a la misma escuela preparatoria. Por eso, la primera vez que Kendra hizo esa acusación tan absurda, Martin nos lo contó enseguida. Temía que los delirios de Kendra pasaran a ser de dominio público. No quería que Leigh Ann o sus padres oyeran el rumor de boca de otras personas. Se sentía muy incómodo. Actuamos del único modo que se nos ocurrió.

—¿Qué hicieron? —preguntó Laurie.

—Telefoneé a Eleanor —dijo Cynthia—. Le dije que Kendra estaba pasando por un mal momento. Que estaba... enferma. Que su enfermedad se manifestaba en forma de una extraña obsesión por Leigh Ann y que estábamos haciendo cuanto podíamos para contener el problema. Sin embargo, por más que Martin trataba de tranquilizar a Kendra, su paranoia no dejaba de aumentar. Hasta llegó a llamarnos para suplicar que le obligáramos a poner fin a esa relación, que, por supuesto, solo era producto de su imaginación.

—¿Cómo pueden estar absolutamente seguros? —inquirió Ryan—. Les pido disculpas por plantear esa posibilidad, pero yo, por ejemplo, no les he contado a mis padres todas las cosas que he hecho de las que no estoy orgulloso.

Laurie comprendió que Ryan estaba en una situación más favorable que ella para insistir en la cuestión.

—Conocíamos a nuestro hijo —dijo Cynthia con firmeza—. No era de esos hombres que engañan a sus mujeres. También conocemos a Leigh Ann y a su marido, el senador. Lo que hay entre ellos es amor verdadero, auténtico compañerismo. Él es un político con mucho talento, pero Leigh Ann es la que tiene todos los contactos. Fue ella quien le impulsó a presentarse como candidato a la Asamblea Estatal y dirigió su campaña entre bambalinas. Es muy lista; en mi opinión, ella es el cerebro que está detrás de toda la operación. Están muy enamorados. Es absurdo pensar siquiera que Martin y ella pudieran ser pareja.

—Y no solo lo decimos nosotros —añadió Robert—. Sabemos que la policía indagó sobre las sospechas de Kendra después de que mataran a Martin. Nos aseguraron que no había nada de verdad en ellas. No hubo ninguna aventura. Martin y Leigh Ann fueron a la misma escuela preparatoria y organizaban juntos la cena con subasta; eso fue todo. Y no tiene sentido que Kendra tratara de insinuar que el marido de Leigh Ann, que ahora es nada menos que nuestro senador, estuvo implicado en el crimen. Tanto Leigh Ann como él estaban en Washington la noche que mataron a Martin.

—Todo este asunto sigue siendo muy incómodo —comentó Cynthia, meneando la cabeza—. Por favor, no dejen que Kendra repita ese disparate ante las cámaras. No queremos ver a nuestro hijo arrastrado por el fango.

Cynthia se enjugó una lágrima y Laurie se recordó a sí misma que, si aquellas personas habían movido tantos hilos, era por amor hacia el hijo que habían perdido. Ahora confiaban en que ella llevara su caso con responsabilidad.

—Gracias a los dos por dejarnos abordar el caso de su hijo. Les prometo que lo haré lo mejor posible.

27

—Buen trabajo —susurró Ryan mientras entraban en el ascensor—. Creo que ahora entienden que no te pueden manejar.

—Gracias —dijo Laurie—. Has sido de gran ayuda, en serio. Oye, ¿tienes algún modo de conseguir más información sobre esas demandas contra Martin? No quiero eliminarlas de la lista sin hacer algunas averiguaciones.

—Desde luego. A pesar del acuerdo de confidencialidad acerca de los pagos, debería poder conseguir las denuncias originales. Conoceremos las acusaciones, pero no sabremos si se habrían podido demostrar en un tribunal.

—Ya me vale, gracias —dijo ella.

—Por desgracia, no sé cómo ayudarte con los Longfellow. Los Bell han dicho que la policía les descartó, pero ¿cómo vamos a comprobarlo? Puedo preguntar en mi club de golf. Estoy seguro de que tenemos amigos mutuos.

—De hecho, creo que tengo un contacto con el propio senador —dijo Laurie, cruzando los dedos.

Al llegar a la oficina, encontró a Jerry asomado por encima del hombro de Grace, mirando la pantalla de su ordenador. Ambos se sobresaltaron en cuanto la vieron.

—¿Queréis dejar de comportaros como si fuese una jefa

tan mala como Brett Young? ¿A qué vienen esas caras de culpabilidad cada vez que vuelvo una esquina? —preguntó.

Se percató de que Grace hacía clic con el ratón para cerrar varias ventanas.

—¿Qué estáis tramando?

—No ocultamos nada —dijo Jerry, en un tono inocente que aumentó las sospechas de Laurie.

—Claro que no —dijo secamente.

Tan pronto como estuvo sentada ante su mesa, llamó a Alex.

—Hola —dijo él—. Estaba a punto de enviarte un mensaje. ¿Has visto el correo electrónico de Rhoda? Quiere que al salir del trabajo visitemos un piso que está en la Ochenta y ocho con Lex. ¿Te va bien a las seis?

—Claro. Al menos está buscando en el barrio adecuado. Mientras tanto, tengo que pedirte un favor enorme. ¿Puedes conseguirme una entrevista con el senador Longfellow? Tengo que hablar con él y su mujer del caso Bell.

Alex había colaborado estrechamente con la oficina de los dos senadores de Nueva York durante su proceso de confirmación judicial. Como Timmy había cenado con ellos la noche anterior, Laurie no había tenido ocasión de hablarle a su prometido de las sospechas de Kendra acerca de su marido y la esposa del senador Longfellow. Lo hizo ahora.

—¡Vaya! —exclamó Alex al otro lado de la línea—. No creo que esa llamada telefónica le guste nada.

—Ya lo sé, pero la otra opción es que su nombre y el de su mujer salgan por televisión. Supongo que preferirá tener la oportunidad de hacer algún comentario.

—Recuerdo muy bien esa estrategia —respondió Alex. Cuando trabajaba en el programa, muchas veces conseguían que las personas colaborasen ayudándoles a imaginar lo que ocurriría si no lo hacían—. Será igual que en los viejos tiempos.

—Pero mejor. Espero que no te sepas ya de memoria todas mis estrategias.

—No te preocupes. Nunca dejas de sorprenderme. Llamaré al despacho de Longfellow a ver qué puedo hacer.

Laurie hizo su siguiente llamada a Caroline Radcliffe. Ni siquiera era la hora de comer. Kendra estaría en el trabajo, los niños estarían en el colegio y Laurie tenía ganas de hablar con Caroline a solas.

Caroline respondió al cabo de dos timbrazos. Laurie percibió la aprensión en su voz cuando le explicó que quería hablar con ella de la noche en que tuvo lugar el asesinato de Martin.

—Todo lo que sé ya salió en los periódicos —dijo.

—Kendra ya le habrá comentado en qué consiste nuestro programa. Ha accedido a participar. Aunque eso no la obliga a usted, ella sabe que también contamos con su colaboración.

Aunque Laurie esperaba que Caroline quisiera hablar antes con Kendra, la niñera la invitó a visitarla.

—Aún tengo que ir a la compra y he de recoger a los niños a las tres.

—Puedo estar ahí en media hora —dijo Laurie.

28

Caroline Radcliffe abrió la puerta de la antigua cochera vestida con unos tejanos oscuros y una holgada blusa amarilla. Seguía peinándose el pelo cano con unos apretados rizos pasados de moda, pero el efecto general resultaba más moderno que el de la bata que llevaba durante la última visita de Laurie.

—Para serle del todo sincera —dijo una vez que estuvieron sentadas ante la mesa de la cocina con dos vasos de té frío—, Kendra ya me dijo que querría hablar conmigo. Es importante que sepa que me pidió que me mostrara muy comunicativa. Tengo la sensación de que entre los padres de Martin y usted la han empujado a aceptar. Sin embargo, ahora que lo ha hecho, creo que espera que por fin salga algo bueno de esto. No puedo ni imaginarme lo que debe de ser perder al padre de tus hijos de esa forma y no tener ninguna respuesta para ellos.

«Yo sí», pensó Laurie.

Escuchó con atención mientras Caroline narraba los acontecimientos de la noche en que mataron a Martin Bell. El sonido de la puerta del garaje abriéndose seguido de tres disparos. La salida de la casa a toda velocidad y el hallazgo de Martin mortalmente herido. La llamada a la policía y luego el esfuerzo para despertar a Kendra de lo que Caroline llamaba cortésmente una «siesta».

—¿Y a todo esto dónde estaban los niños?

—Les dije que los sonidos eran petardos y que subieran a sus habitaciones. No obstante, en cuanto despertó Kendra y pudo asimilar por fin lo que sucedía, los llevé al apartamento de unos vecinos y les dije que habría una fiesta de pijamas. La sorpresa les encantó. Pensé que merecían una noche más de normalidad antes de que su vida se pusiera patas arriba.

—¿Fue usted quien tomó esa decisión? —preguntó Laurie—. ¿No fue su madre?

Caroline apretó los labios y clavó la vista en la mesa.

—Como declaré ante la policía, ella no estaba del todo centrada en ese momento.

—¿Le ocurría con frecuencia?

—Lo estaba pasando muy mal. Creo que le dijo que sufría depresión posparto.

—Recuerdo lo que me dijo Kendra. Me gustaría saber qué observó usted directamente.

Caroline se encogió de hombros.

—Cuando el doctor Bell me contrató, me dijo que su mujer «no estaba bien» desde el nacimiento de los niños, sobre todo después de tener a Mindy. Di por sentado que era depresión. Lo he visto en otras mujeres que acaban de ser madres.

Laurie se percató de que Caroline iba a decir algo más pero se calló.

—¿El caso de Kendra era distinto? —quiso saber.

Caroline asintió despacio.

—Casi parecía... una zombi. Pasaba mucho tiempo como si estuviera soñando. Es posible que fuese simplemente un caso muy grave de depresión posparto, pero...

No hizo falta que acabara de formular la frase. Estaba claro que Caroline tenía sus dudas.

—Los padres de Martin creen que es posible que usted se haya reservado información que podría ayudarles a conseguir la custodia de los niños. Dicen que quiere mucho a Bobby y Mindy...

—Claro que sí. Casi como si fueran míos.

Laurie vio la desesperación en los ojos de Caroline y supo que las sospechas de los Bell eran acertadas. La mujer se reservaba algo.

—Le pregunto esto de forma absolutamente confidencial, Caroline: si tuviera que hacer una conjetura, ¿está segura al cien por cien de que Kendra es inocente?

La mujer se puso pálida y empezó a menear la cabeza mientras las lágrimas brotaban en sus ojos.

—Tiene dudas —dijo Laurie, expresando en voz alta lo que sabía que Caroline no podía decir.

La niñera dudó un momento y después asintió con la cabeza mientras se secaba las lágrimas con la manga de la blusa.

Laurie apoyó su mano con suavidad sobre la mano libre de Caroline.

—Si tiene dudas, ellos acabarán teniéndolas también —dijo, sosteniendo la mirada de Caroline—. Ahora son pequeños y usted trata de proteger la normalidad de su vida, igual que hizo aquella horrible noche. Sin embargo, cuando se hagan mayores, van a hacer las mismas preguntas que se ha estado planteando el público durante cinco años. Mirarán a su madre y se preguntarán si la mujer que les crio mató al padre al que apenas recuerdan. Esa no es forma de vivir, Caroline. Los secretos acaban agravándose con el paso de los años. Es mejor que la verdad salga a la luz ahora.

Caroline aspiró por la nariz y apartó su mano de la de Laurie.

—Vi el dinero —dijo, bajando la voz—. El dinero retirado por el que preguntaba la policía. Me encontraba montones de dinero, billetes de cincuenta y de cien, miles de dólares en total, apilados en el cajón de los calcetines y debajo de sus zapatos, en el armario. Y luego, un día, desapareció todo.

La información era significativa, pero Kendra ya había admitido que solía gastar demasiado en compras. «Puede que todo ese derroche fuera una forma de vengarme de Martin porque me era infiel», había dicho.

La expresión de Caroline se endureció.

—¡Kendra ya ha sufrido bastante! —exclamó—. Por fin está consiguiendo llevar una vida normal. Tiene un trabajo que le gusta. Está muy claro que el médico para el que trabaja está loco por ella.

—Caroline —murmuró Laurie—, sé que hay algo que no me ha contado. Y si sale a la luz mientras estamos grabando, será mucho peor que si lo sabemos ahora.

Caroline cruzó los brazos y se quedó con la mirada perdida, como si mirara directamente a través de Laurie hacia otra dimensión.

—Aquella noche —dijo como en sueños— sacudí a Kendra tan fuerte que me daba miedo hacerle daño. Le grité una y otra vez que habían asesinado a Martin. Y entonces, de pronto, tomó conciencia de las palabras. Se levantó y dijo algo que jamás olvidaré: «¿Por fin me he librado de él?». Parecía aterrada y, al mismo tiempo... contenta. Era libre por fin.

Laurie tuvo la sensación de que alguien había encendido una hoguera debajo de su silla. Por muy malo que fuera el matrimonio, no podía imaginar que una mujer estuviera contenta porque hubieran asesinado al padre de sus hijos.

Caroline volvió a mirar a Laurie y trató de justificar las palabras de Kendra:

—No creo que lo hiciera ella —comentó—. Solo fue su reacción inicial ante la noticia. Era muy desgraciada. No es que fuese una confesión ni nada parecido.

—Muy bien —dijo Laurie—. Es importante que lo sepamos. ¿Hay algo más?

Dejó la pregunta en el aire, segura de que la niñera seguía reservándose algo.

Entonces Caroline añadió:

—Hay una cosa más. Sigue guardando dinero. Y las cantidades han aumentado.

29

El *maître* de Daniel los llevó a una mesa tranquila situada al
fondo del restaurante. Alex pidió inmediatamente un martini
para cada uno.

Laurie sonrió.

—De haber sabido que la recompensa por ver otro apartamento horrible sería una cena improvisada en Daniel contigo, le habría pedido a Rhoda que nos llenara la agenda de
apartamentos cutres hace semanas.

Era viernes, y Timmy pasaría la noche en la fiesta de pijamas de un amigo. El apartamento de cuatro dormitorios que
Rhoda acababa de enseñarles tenía mucho potencial: la super-
ficie, la distribución y el barrio adecuados. No obstante, era
una suerte que lo hubieran visto al salir del trabajo, porque
estaban a media visita cuando volvió a casa la pareja del piso
de arriba. A través de los conductos de aire, Laurie, Alex y
Rhoda oyeron cómo Trina acusaba a Mark de mentir al decirle que había estado en una conferencia en Denver cuando
en realidad se había escapado a Atlantic City con su secretaria. Tuvieron el placer de oír las protestas de Mark y la respuesta de Trina: «¡Qué mala suerte tuve al casarme contigo!».

—Tal como se transmite el sonido en este edificio, ¿te
imaginas la reacción de los vecinos si Timmy se pusiera a
practicar con la trompeta? —le preguntó Laurie a Rhoda.

Ahora, en el restaurante, Laurie le apartó a Alex un mechón de pelo de la frente.

—Dime que nunca seremos como Mark y Trina —dijo Laurie.

—¡Tranquila, no soporto Atlantic City! —exclamó Alex entre risas.

La productora formó una bola con su servilleta e hizo ademán de arrojársela.

Vino el camarero con los martinis y un par de cartas. Una vez que volvieron a estar solos, entrechocaron sus copas.

—Por no ser nunca como esa gente —dijo Laurie con firmeza antes de dar un breve sorbo de su cóctel—. Y ahora olvidémonos de ella.

—Amén —convino Alex—. Hablemos de cosas mucho más importantes. Me ha devuelto la llamada el asistente del senador Longfellow. Le he dejado claro que el programa seguiría adelante con o sin él, y me ha dicho que puedes hablar durante media hora con Leigh Ann y con él el próximo lunes por la tarde. Insistía en que les entrevistases juntos, hasta que le he hecho notar que cualquier periodista se tomaría con escepticismo la información facilitada en esas condiciones. Ha dudado bastante, pero al final ha aceptado hablar contigo por separado.

—Buen trabajo, señoría.

—De todos modos, exige que no haya cámaras y que vayas a su apartamento para evitar que alguien pueda verte en su despacho y empiece a hacer preguntas. Se ha empeñado en que no te lleves a más de un miembro de tu equipo para que no se convierta en un circo.

—Puedo arreglármelas —dijo Laurie.

—Lástima que no sepa que, si le das a Laurie Moran treinta minutos, logrará hacerte cantar.

—Ya veremos —contestó Laurie, y bajó la voz para asegurarse de que nadie les oía—. Aunque Martin Bell y Leigh Ann tuviesen una relación extramatrimonial, me cuesta imaginar al senador Daniel Longfellow como un asesino. Al fin y al cabo, si el asunto se hubiera descubierto, él habría sido la parte agraviada. En cualquier caso, los votantes habrían simpatizado con él. Y habría habido otro soltero disponible en Washington.

—Además, no tenían hijos —comentó Alex—. Podría haberse divorciado sin más y pasar página.

Laurie sacudió la cabeza.

—No hay móvil, ni indicios de violencia previos. No lo veo, la verdad. Lo que sí veo es a una Kendra Bell celosa y resentida contratando a un asesino a sueldo mientras se tomaban unas copas en un bareto del East Village y luego dándole los billetes de cincuenta y cien dólares que había escondido en el cajón de los calcetines. Puedo imaginármela pagándole, incluso ahora, para que guarde silencio, sin olvidar que sus suegros desean meterla en la cárcel y quitarle a sus hijos.

Trató de apartar la imagen de su mente. Tenía la sensación de haber estado trabajando sin parar toda la semana y no quería pensar más en Martin y Kendra Bell esa noche. Dio dos sorbos más de su copa mientras sopesaba las opciones de la carta. Antes de darse cuenta, estaba pensando en voz alta acerca de un asunto totalmente distinto:

—¿Y si Timmy y yo nos mudamos a tu casa? Tienes espacio de sobras.

Alex dejó la carta sobre la mesa, claramente sorprendido por el comentario.

—Pero está demasiado lejos del apartamento de tu padre y del colegio de Timmy. Además, tendrías la impresión de estar en mi espacio y no en el nuestro. Fuiste tú quien me lo dijo.

—También te digo que ya estoy harta de ver pisos. No tendría la impresión de estar en casa en ninguno de ellos.

—Sabremos que es el sitio adecuado cuando lo veamos —dijo él.

—Y todavía tenemos que fijar una fecha, reservar un espacio y hacer todos los preparativos de la boda. Alex, me preocupa haber sido egoísta cuando dije que prefería una boda sencilla. Creo que no he llegado a preguntarte qué quieres tú. ¿Te gustaría una gran boda?

—¡No, por Dios!

—¿Qué quieres realmente?

—Quiero la distancia más corta entre dos puntos.

—¿Qué significa eso?

—Quiero cualquier plan con el que nos casemos y vivamos bajo el mismo techo lo antes posible. Eso me hará feliz. —Hizo una pausa y luego añadió—: Laurie, he pensado mucho en ello y sé lo que quiero. Una discreta ceremonia en una iglesia con nuestra familia y nuestros mejores amigos, seguida de una cena festiva. Estaría bien hacerlo a mediados o finales de agosto. Los tribunales hacen vacaciones. Tendrás tiempo para adaptar tu agenda laboral. Si podemos arreglarlo, una luna de miel justo después.

Laurie sonrió.

—¡Vaya! ¡Lo has pensado mucho!

Devolviéndole la sonrisa, Alex dijo:

—Ya te he dicho lo que quiero. ¿Qué te parece a ti?

—Me parece absolutamente perfecto.

Y sería perfecto. Laurie lo sabía. Durante mucho tiempo, había tenido la certeza de que no habría nadie después de Greg. Así había sido hasta que conoció a Alex casi dos años atrás. Ahora, en solo cinco meses, se casaría con su segundo y último gran amor.

30

Laurie sintió que iba vestida de manera demasiado informal al salir del ascensor de Fisher Blake. Llevaba unos tejanos y una camiseta del departamento de policía de Nueva York, pero era domingo por la tarde. Leo había ido con Timmy al apartamento de Alex para ver el partido entre los Yankees y los Red Sox. Laurie sonrió al pensar que los tres hombres de su vida iban a pasar un buen rato juntos. Así quedaba libre para acudir a una sesión inesperada de trabajo.

Ryan la estaba esperando en la puerta de su despacho con unos sobres de papel manila.

—Espero no estropearte todo el día —dijo—. Ahora que lo pienso, podría haber esperado hasta mañana.

Ryan la había llamado al móvil treinta minutos antes, entusiasmado por algo que había descubierto mientras estudiaba las denuncias por mala praxis que se habían presentado contra Martin Bell. A menudo, Laurie se sentía molesta por la tendencia de Ryan a insistir en que lo dejara todo para escuchar cualquier cosa que a él se le pasara por la cabeza, pero esta vez era distinto. Ella le había especificado que quería que repasara las demandas pendientes cuando murió Martin, y, que ella supiera, Ryan nunca trabajaba los fines de semana.

Laurie le indicó con un ademán que se sentara. Ryan interpretó el gesto como una invitación para dejarse caer en la butaca favorita de ella.

—Había tres demandas —empezó diciendo Ryan—. Todas afirmaban que Martin recetó un exceso de analgésicos a pacientes que murieron. No es una propaganda genial, teniendo en cuenta su reputación de hacedor de milagros. Siempre sospeché que sonaba demasiado bien para ser verdad.

Laurie recordó el titular del *New York Times* la mañana siguiente a la muerte de Martin: MATAN AL MÉDICO QUE CURABA EL DOLOR. El artículo decía que el difunto había revolucionado el tratamiento del dolor, sustituyendo los fármacos y la intervención quirúrgica por enfoques más holísticos, como la meditación y la reducción del estrés.

Cuando Martin publicó su best seller *La nueva doctrina sobre el dolor*, su carrera empezó a dispararse. Dejó el departamento de Neurología de la Universidad de Nueva York, abrió su propio consultorio y se dedicó a abogar por los remedios homeopáticos, la fisioterapia y los enfoques psicológicos del dolor físico. Salía a menudo en programas de entrevistas de televisión, donde condenaba con gusto la cultura de los cirujanos ansiosos de usar el bisturí y de los médicos amantes de recetar medicamentos. Si esas demandas se hubieran hecho públicas, podría haber pasado de gurú de los famosos a farsante en un abrir y cerrar de ojos.

Laurie se preguntó inmediatamente si podía haber una relación entre las demandas y su asesinato.

—Le pedí a un antiguo compañero de trabajo que comprobara si alguno de los demandantes tenía antecedentes penales. —Ryan abrió uno de los sobres, sacó unas cuantas hojas sujetas con una grapa y las dejó ante Laurie, que las cogió sorprendida—. Una mujer, Allison Taylor, afirma que se hizo adicta al Oxycontin después de acudir al doctor Bell para que le tratara el dolor provocado por un cáncer de huesos. Resulta que tenía un buen expediente de multas de tráfico.

—No es que haya mucha relación entre conducir mal y ser una asesina —le recordó Laurie, apoyándose en el respaldo de su asiento y cruzando los brazos sobre el pecho.

—Cierto, y por eso me interesa más otro tipo, George Naughten. Su madre, de sesenta y siete años, sufría dolor crónico desde que tuvo un accidente en la autopista de Long Island. Un adolescente que iba mandando mensajes con el móvil le dio un golpe en el coche por detrás. Al principio pensé que igual era Allison Taylor —comentó Ryan con una risita.

Laurie asintió con la cabeza para animarle a seguir.

—En fin, la señora visita a un médico tras otro sin obtener alivio —siguió Ryan, adoptando el típico tono de contar historias—. Al cabo de dos años, oye hablar del doctor Bell en *Good Morning America* y decide que tiene que verle. El tipo no acepta la tarjeta del seguro médico, así que la mujer paga el tratamiento de su bolsillo. Hasta tiene que hipotecar su casa para costear los gastos. Al principio nada funciona, pero Bell acaba creando un cóctel de fármacos que le quita el dolor. Según la demanda, los fármacos la convirtieron en una zombi, pero al menos no sufría. Un día, George encuentra a su madre inconsciente. El forense dice que ha sido una sobredosis. George juró que, además de los fármacos que Bell le recetaba para que los comprara en la farmacia, también le dispensaba pastillas directamente en la consulta.

Laurie se desperezó en su asiento mientras reflexionaba sobre las afirmaciones de la demanda.

—¿Y has dicho que George tenía antecedentes penales de alguna clase?

—Espera y verás —dijo Ryan, levantando una mano. Estaba sacándole todo el jugo posible a la historia—. Es aquí donde las cosas se ponen realmente interesantes. Un año antes de que mataran al doctor Bell, le impusieron a George una orden de alejamiento solicitada por un chaval de veinte años llamado Connor Bigsby. George incumplió esa orden.

Ryan señaló el informe de la policía que había dejado sobre la mesa.

Laurie hizo unos rápidos cálculos mentales.

—Me imaginaba a George más mayor, dada la edad de su madre.

—Tenía treinta y cinco años en ese momento, cuarenta y uno ahora. Sentí curiosidad por el motivo que le había llevado a relacionarse con un chico de veinte años, así que solicité las transcripciones del juicio por incumplir la orden de alejamiento. —Ryan empujó entusiasmado un nuevo grupo de papeles hasta situarlo delante de ella—. ¿Quieres adivinar cuál era la relación? —preguntó.

Laurie sonrió, impresionada. Pocas veces veía los puntos fuertes de Ryan, pero ahora estaba claro que habría sido un profesional de talento en los tribunales.

—¿Connor Bigsby era el conductor del coche implicado en el accidente de su madre?

Ryan levantó una ceja con aire de complicidad.

—¡Ah! Buena teoría, ¿verdad? Pero la cosa es más retorcida. Quien conducía el coche era una chica que se mudaba a Texas para empezar sus estudios universitarios. Connor Bigsby era el amigo que le estaba enviando mensajes mientras ella iba al volante.

—Eso es absurdo —dijo Laurie, mirando fijamente las transcripciones del juicio de George—. ¿Eso bastó para que George le echara la culpa del accidente de su madre? Parece que no tiene ninguna lógica.

Ryan señaló una parte del texto marcada con rotulador fluorescente.

—Mira esto. La orden de alejamiento se emitió después de que George se presentara reiteradamente en el lugar de trabajo de Connor, una tienda de artículos deportivos. Le reprendía, se metía con él, decía que debería estar en la cárcel por agresión... En fin, un acoso en toda regla. Y luego, un día, George esperó en su coche delante de la tienda y pasó a toda velocidad junto a Connor. Al parecer, falló por muy poco. Connor dijo que George le habría atropellado si no se hubiera apartado de un salto. De ahí la orden judicial.

—¿Cómo es que no le acusaron de intento de asesinato?

—El fiscal debió de pensar que no podrían demostrar su intención de hacer daño a Connor, y menos todavía de matarle. Eso sí, utilizó como prueba todos los actos de acoso para conseguir una orden de alejamiento que le exigió permanecer al menos a treinta metros del chaval. Ni siquiera pudo hacer eso. La madre de Connor lo vio aparcado al otro lado de la calle, vigilando su casa. Llamó a la policía y le trincaron por infringir la orden judicial. Pero mira esto. —Ryan buscó otra página de la transcripción, esta marcada con una nota adhesiva amarilla—. George llamó en su defensa a un psiquiatra que testificó que pasa por fases obsesivas. Al parecer, es habitual que los acosadores transfieran su obsesión a otros. El juez lo dejó en libertad vigilada y le advirtió que, si la incumplía, iría a la cárcel.

—No puedo creerme que relacionara la lesión de su madre con un chaval que enviaba mensajes a una amiga desde su casa —dijo Laurie, pensando en voz alta—. Si es capaz de pensar algo tan rebuscado, no puedo ni imaginarme lo que debió de sentir respecto al médico que recetó las pastillas que le causaron a su madre la sobredosis.

—Deberíamos hablar con él, ¿no?

A Laurie solía molestarle mucho que Ryan propusiera hacer algo, pero esta vez se había ganado el derecho a participar en la investigación.

—¿Quieres organizarlo? —preguntó.

—¡Claro! —exclamó Ryan en tono entusiasta—. Pero espera, tengo que decirte otra cosa. Desde cuatro años antes del asesinato de Martin, George Naughten era el propietario registrado de una pistola Smith and Wesson de nueve milímetros, el arma utilizada para matar al doctor Bell.

—¡Vaya! Me pregunto si podemos pedirle que nos proporcione el arma. Podríamos solicitar a la policía que hiciera pruebas de balística.

Ryan se levantó de la butaca.

—Es muy poco probable que nos hagan caso. La Fiscalía insistió en que George entregara la pistola por haber infringido la orden de alejamiento, pero su abogado declaró ante el tribunal que se la habían robado en su casa dos meses antes junto a algunas joyas de su madre. Así que, en lugar de entregar el arma, presentaron un informe policial que certificaba el robo. De todas formas, no se puede saber con certeza. George pudo inventarse el robo del arma para poder usarla luego impunemente.

Antes de que Ryan se marchara, Laurie le agradeció todo el trabajo que había hecho. Una vez que estuvo a solas, empezó a leer las páginas de informes policiales y transcripciones del juicio, prestando una atención especial a los pasajes que Ryan había marcado.

¿Estaba la policía tan centrada en Kendra que no había pensado en George?

Laurie recordó que Kendra Bell se había estado viendo con un hombre misterioso en el bar La Colmena en los días previos al asesinato de su marido. Hojeó las páginas que le había dado Ryan en busca de una foto de carnet, pero no encontró ninguna. ¿Era posible que ella hubiera conspirado con un hombre que tenía sus propios agravios contra su marido?

Ignoraba si George Naughten era un asesino, el hombre de La Colmena o solo un desgraciado con problemas psicológicos, pero sabía que tenía un nombre nuevo que añadir a su lista de sospechosos.

Se levantó de la mesa, fue hasta la pizarra blanca que estaba al otro extremo del despacho y cogió un rotulador rojo. Cuando acabó de escribir, toda la pizarra estaba llena de tinta y había establecido los posibles vínculos entre todas las partes: Kendra; el desconocido con el que se veía en el bar; su jefe, el dermatólogo que tal vez siguiera enamorado de ella; el afligido hijo de una paciente fallecida. Incluso el senador de Nueva York, que Laurie tenía previsto entrevistar el día siguiente por la tarde.

Su teléfono móvil emitió un silbido. Era un mensaje de Ryan. «George se reunirá con nosotros. Estoy hablando por teléfono con él. ¿Te va bien mañana a las 10?»

Sería un día ajetreado, pero podía hacerlo. Confirmó su disponibilidad, añadió la cita al calendario y volvió a mirar la pizarra.

«Todavía me queda mucho por hacer —pensó—. Pero presiento que el asesino está aquí mismo, en esta pizarra. Sea quien sea, voy a encontrarle.»

31

A la mañana siguiente, Laurie y Ryan aparcaron junto a la misma manzana en la que se hallaba la casa de George Naughten, en Rosedale, Queens. Vivía en un edificio de color marrón claro alineado con otros similares. Mientras cruzaban la calle, un avión que volaba bajo rugió por encima de sus cabezas al aproximarse al cercano aeropuerto JFK. Ryan abrió la verja oxidada de hierro forjado y dejó pasar a Laurie. Juntos, se detuvieron bajo una marquesina de un gris descolorido y llamaron a una puerta de madera que necesitaba una mano de pintura.

Naughten descorrió un par de cerrojos, quitó una cadena y abrió la puerta lo justo para poder echar un vistazo a sus visitantes.

—¿Son los detectives de la tele? —preguntó con voz aguda, entornando los ojos.

—Laurie Moran —dijo ella, tendiéndole la mano—. Gracias por acceder a hablar con nosotros.

Naughten abrió la puerta del todo.

—Entren, entren.

Tras hacerles pasar, los acompañó a un oscuro cuarto de estar de techo bajo y pesados cortinajes. La luz roja de un terrario daba a la habitación el aire de un burdel, y Laurie se fijó en que, dentro del terrario, un dragón barbudo jugaba con un grillo al que no debía de quedarle mucho de vida. Encima del terrario, la pared estaba cubierta de fotos enmarcadas. En las imágenes se veía a un George de distintas edades con su madre.

—Pónganse cómodos, por favor —dijo Naughten, sentándose en una gastada silla de oficina situada en el centro de la habitación. Dio la espalda al televisor de tubo apoyado en el suelo para colocarse frente a dos mecedoras de mimbre que ocupaban un rincón. El dinero que había obtenido de la demanda contra Martin Bell debía de haberse invertido en pagar facturas y gastos diarios, no en reformas.

Después de sentarse, Laurie se puso a observar a George Naughten. El hombre llevaba un pantalón de chándal rojo que le venía pequeño y una holgada camiseta marrón que le quedaba grande. Con su incipiente calvicie y las arrugas profundas de su frente, aparentaba bastante más de cuarenta y un años.

Recordó la descripción que había hecho la camarera del bar La Colmena del misterioso amigo de Kendra: con pinta de duro, cabeza afeitada y ojos malvados. No le quedó ninguna duda de que no era el hombre de aspecto triste que estaba sentado frente a ella.

—Le agradecemos que nos haya invitado a su casa, señor Naughten —dijo Ryan.

—Llámenme George, por favor. Mi madre me llamaba Georgie. Mi padre nos dejó cuando yo era un bebé. Ella decía que los dos estábamos solos contra el mundo. Sé que este lugar no es gran cosa, pero tiene todo lo que necesito. El centro comercial Green Acres está ahí cerca. Y Walmart. Y Kohl's. Y es agradable despertarse cada mañana sabiendo que mi madre fue feliz aquí.

Según había descubierto Laurie, George había vivido con su madre desde el día en que nació hasta el día en que falleció ella. Laurie empezó a notar que la invadía un sentimiento de lástima. Aun así, no podía dejar que ese sentimiento influyera en la investigación, por lo que se abrió paso a través de él.

—George, nos gustaría saber más sobre su relación con Connor Bigsby.

—Ah, todo eso fue un malentendido —dijo, sacudiendo la cabeza—. Nunca le habría hecho daño a ese chaval. Solo quería que supiera lo peligroso que es mandar mensajes.

—Pero ni siquiera conducía el coche que embistió al de su madre —dijo Ryan.

—Sabía que la chica iba conduciendo. La policía leyó los mensajes. La conductora le había dicho que estaba en un atasco. Él lo sabía, ¡pero la distrajo de todos modos!

Ryan frunció el ceño, pero dejó el tema. No estaban allí para desentrañar la lógica en la que se basaban los antiguos delitos de George Naughten.

—¿Y el doctor Martin Bell? ¿Cuál fue su contacto con el difunto médico? Sabemos que le había puesto una denuncia cuando le asesinaron.

—De eso no puedo hablar. Disculpen. Firmé un acuerdo de confidencialidad sobre la demanda.

Ryan se inclinó hacia delante en su mecedora, adoptando la actitud agresiva de un fiscal.

—El acuerdo de confidencialidad se refiere a la demanda por negligencia que presentó. No afecta a su contacto personal con el doctor Bell.

George clavó las puntas de los pies en la alfombra peluda, y a Laurie le pareció ver una chispa de miedo en sus profundos ojos castaños.

—Sabemos lo que declaró su propio psiquiatra sobre sus tendencias obsesivas —dijo Ryan—. Si estuvo dispuesto a perseguir a un chaval que apenas estaba implicado en el accidente de su madre, seguro que no vaciló al tratarse del médico al que acusa de su muerte.

—Juro que solo tuve contacto directo con el doctor Bell esa vez. Y ni siquiera presentó una denuncia a la policía. El agente me dijo que me mantuviera alejado de él, y después de los problemas que había tenido con aquel chaval, le hice caso. Nunca más volví a su consulta.

Laurie y Ryan cambiaron una breve mirada. Al parecer, había habido alguna clase de discusión con la policía en la consulta del doctor Bell, y George daba por sentado que ya lo sabían.

Recibieron la nueva información con expresión impasible.

—¿Por qué cree que él llamó a la policía si no le tenía miedo? —quiso saber Ryan.

—No pretendía asustarle y juro que tampoco quería asustar a ese chico. No doy tanto miedo —dijo, encogiéndose de hombros y bajando la vista—. Solo quería que supiera el daño que hacía, del mismo modo que quería que Connor Bigsby supiera que no se deben enviar mensajes a una persona que está al volante. Quería que Martin Bell supiera que no estaba salvando a nadie. No era un hacedor de milagros. Sus medicamentos le quitaron la vida a mi madre. Le llamé y le llamé, pero nunca cogió el teléfono ni me devolvió la llamada. Así que me presenté en persona. ¿Qué más podía hacer?

George miraba fijamente el terrario mientras hablaba.

—Le dije a la señora de recepción que no me iría hasta que él saliera a hablar conmigo, de hombre a hombre. No pensaba hacerle daño, y se lo dije a los policías cuando vinieron. Dijeron que el doctor Bell me denunciaría por allanamiento si volvía, así que no lo hice.

Ryan probó con otra táctica:

—¿Y el arma, George? Había una pistola Smith and Wesson de nueve milímetros registrada a su nombre. El mismo modelo que se utilizó para matar al doctor Bell en la puerta de su casa aquella noche.

—La compré años antes para que mi madre estuviera segura. Hubo varios robos en el barrio y quería estar preparado. Al principio me divertí con ella yendo a practicar al campo de tiro. Después del accidente de mi madre, se me olvidó que la tenía. Ya no podía ir a practicar porque tenía que cuidarla, así que la guardé en un armario. Es bastante irónico que me la robaran. Me está bien empleado por tratar de hacerme el duro. No es mi carácter.

—¿Compró otra? —preguntó Laurie—. ¿No confirmó el robo ni sus miedos acerca de la necesidad de protección?

—¡Qué va! La tenía para proteger a mi madre. Aquí ya no hay nada de valor.

Laurie preguntó cómo se llamaba el campo de tiro al que acudía y anotó el nombre en su cuaderno.

—¿Puede decirnos si le interrogó la policía después de que asesinaran al doctor Bell?

George negó con la cabeza.

—Esperaba que lo hicieran, pero ese malentendido en su consulta ocurrió más de un mes antes de su asesinato, y no hubo denuncia. Así que...

No acabó la frase, pero Laurie supo que quería decir que el asunto había caído en el olvido. Lo más probable era que el agente de policía que atendió una llamada sobre un hombre que no quería marcharse de la consulta de un médico no llegase a establecer ninguna relación con el asesinato del doctor Bell más de un mes después. Además, Laurie estaba segura de que la policía no había descubierto los detalles de los anteriores delitos de George, y menos aún el supuesto robo de su arma. Al fin y al cabo, estaban demasiado ocupados investigando a Kendra.

—Y la noche en que murió el doctor Bell —inquirió Ryan—, ¿dónde estaba usted?

—Estaba aquí —contestó George, abarcando con un gesto el espacio que le rodeaba—. Solo.

Los tres permanecieron un momento en silencio. Las ventanas temblaron al paso de otro avión.

—¿Está dispuesto a salir ante las cámaras para limpiar su nombre? —quiso saber Ryan.

George hizo una mueca.

—Antes me gustaría hablar con mi psiquiatra.

—Pues asegúrese de que sepa que esta nueva investigación seguirá adelante —dijo Ryan.

Miró a Laurie por si tenía más preguntas, pero ella agradeció a George el tiempo que les había dedicado y se levantó para marcharse.

Cuando salieron a la brillante luz del sol y echaron a andar hacia el coche, Laurie se volvió hacia Ryan.

—¿Qué te dice tu instinto? —preguntó.

—No me gustaría que saliera con mi hermana, pero, de momento, no me parece un asesino.

Ella asintió con la cabeza, deseando que el instinto le bastase para tachar el nombre de un sospechoso de su pizarra. Personalmente no estaba segura. Era obvio que George Naughten estaba obsesionado en su creencia de que el doctor Martin Bell había causado la muerte de su madre.

—Gracias por tu buen trabajo —felicitó a Ryan—. Has estado muy bien ahí dentro, de verdad.

—Gracias a ti, Laurie. Significa mucho que me digas eso. Sé que al principio no fui exactamente un jugador de equipo.

—No te lo tomes a mal, pero ¿qué ha cambiado?

Ryan vaciló, y Laurie vio que se le arrugaba la frente.

—Una mujer con la que salía me dejó.

—Oh, siento mucho oír...

Él meneó la cabeza.

—No era nada serio, pero al cortar conmigo me puso de vuelta y media. Dijo que era un egoísta, que me creía con derecho a todo; que había nacido rodeado de privilegios y, sin embargo, me consideraba un hombre hecho a mí mismo.

Ryan se encogió tristemente de hombros y se adelantó al conductor abriendo la puerta trasera del coche para que subiese Laurie.

Una vez que estuvo instalado en el asiento junto a ella, dijo:

—En fin, me di cuenta de que quizá tuviera razón. Así que considérame humillado.

Laurie no supo cómo reaccionar ante ese inaudito momento de vulnerabilidad por parte de Ryan, así que optó por el humor:

—Humillado, tal vez, pero no del todo humilde.

—Eso nunca —replicó él, sonriendo de oreja a oreja—. A Ryan Nichols no le va lo de ser humilde.

32

Laurie y su asistente de producción, Jerry, llegaron puntuales al apartamento que los Longfellow tenían en West End Avenue, en el Upper West Side, a las tres y media de la tarde, tal como estaba previsto.

—¡Vaya techos! —se maravilló Jerry cuando el ascensor se abrió en la planta diecinueve—. Deben de tener una altura de cuatro metros. Y me encantan los acabados. Tan clásicamente *art déco*.

—Quizá deberías ser tú mi agente inmobiliario —bromeó Laurie.

Había decidido acudir acompañada por si los Longfellow le daban información importante y necesitaba que un testigo respaldara su versión de los hechos. Aunque Ryan y ella se llevasen bien últimamente, pensó que podía empezar con mal pie si iba acompañada del presentador del programa y antiguo fiscal. Al fin y al cabo, Alex le había pedido al senador que la recibiera como favor personal. A diferencia de lo que ocurría con Ryan, era imposible que Jerry no cayera bien.

El sonido del timbre de los Longfellow fue seguido inmediatamente por una serie de ladridos agudos y nerviosos.

—¡Ike! ¡Lincoln! —Al otro lado de la puerta, una mujer trataba de acallar a los animales. Los ladridos perdieron volumen y acabaron convirtiéndose en unos suaves aullidos que

Laurie asoció con un intento de obtener golosinas—. ¿Cuántas veces tengo que decíroslo? Portaos bien cuando vienen visitas.

Cuando se abrió la puerta, dos perros pequeños les recibieron corriendo en círculos a su alrededor y olisqueándoles los zapatos. La mujer que les seguía les tendió la mano y dijo:

—Hola, soy Leigh Ann Longfellow. —Lucía un clásico vestido tubo de color azul marino y zapatos de tacón beis. Llevaba el pelo castaño oscuro pulcramente cortado a la altura de los hombros, con un estilo muy parecido al de Laurie. Su piel de alabastro era blanca como la leche—. Disculpen a estos dos granujas. La verdad es que están bastante bien entrenados, aunque no se note. Por desgracia, parece que deciden por su cuenta cuándo se portan bien y cuándo no. Ahora mismo, creo que están alterados por lo temprano que han llegado papi y mami esta tarde.

—Tranquila —dijo Laurie—, me encantan los perros. ¿Son pomeranias?

—Casi. Papillones. Tienen ocho años, pero siguen comportándose como cachorros cuando conocen a alguien.

Jerry, que se había agachado ya, dejaba que los perros se le subieran encima y le lamieran la cara. Levantó la vista, sonriendo entre besos.

—Hola, soy Jerry —dijo, saludando brevemente con la mano—, el ayudante de producción de Laurie.

Su puesto oficial era asistente de producción, pero Laurie vio que trataba de hablar en tono simpático e informal.

Leigh Ann les condujo a un salón espacioso decorado en un estilo moderno y elegante a base de tonos neutros. El único objeto fuera de lugar era una gran cama para perros situada junto a la chimenea con un montón de juguetes de peluche alrededor. Por el aspecto de un corderito decapitado y rodeado de trozos de relleno blanco, Ike y Lincoln se habían estado disputando ferozmente el muñeco hasta hacía poco.

Laurie y Ryan se disponían a sentarse cuando entró en la sala el senador Longfellow. Era tan impresionante como

157

aparecía en los anuncios de su campaña y en las ruedas de prensa.

Laurie estaba familiarizada con la historia que había catapultado a Daniel Longfellow a varias listas nacionales de «jóvenes políticos prometedores». Era hijo único de un portero y una empleada del hogar, había estudiado en West Point y había recibido una Estrella de Bronce por sus servicios en Afganistán después del 11S. Laurie recordaba que el vídeo de la campaña destacaba su biografía personal. En él decía que había vuelto a Nueva York al dejar el ejército decidido a contribuir a que la ciudad que amaba fuese un lugar próspero y seguro para todos.

El senador era un hombre alto que debía de superar el metro noventa. Tenía el pelo rubio oscuro y unos brillantes ojos azules. Cuando se situó junto a Leigh Ann y le pasó un brazo por los hombros, el efecto fue completamente natural.

—Veo que ya conocen a los niños —les dijo a Laurie y a Jerry, abarcando con un gesto los dos perros que jadeaban a sus pies.

—Se han hecho notar, senador Longfellow —dijo Laurie, y acto seguido se presentó.

—Estos son Ike y Lincoln. Los llamo los presidentes papillones. Y, por favor, llámenme Dan. Lo siento, pero el líder de la mayoría ha retrasado la hora de inicio de una multiconferencia. No se lo cuenten a nadie, pero acabo de escaparme para salir a saludarles. ¿Y si hablan primero con Leigh Ann? Vendré enseguida.

—Estupendo —aprobó Laurie.

El senador le dio un breve beso en los labios antes de salir de la sala. Laurie trató de no quedarse mirando, pero percibió la energía que había entre Dan y Leigh Ann. Recordó que Cynthia Bell había dicho que estaban «muy enamorados».

Laurie no había hecho aún ni una sola pregunta, pero ya estaba segura de una cosa: esa pareja se quería muchísimo.

33

Leigh Ann invitó a Laurie y a Jerry a sentarse con un gesto, y luego se instaló frente a ellos en un sofá gris claro igual que sus butacas. No pareció afectarle lo más mínimo que los dos perritos dieran un salto y se sentaran uno a cada lado de ella.

—Quisiera empezar felicitándola, Laurie. Dan me ha contado que, aparte de ser una mujer de éxito, se ha comprometido con nuestro juez federal más reciente. Eso es maravilloso. Forman una gran pareja.

Laurie no supo muy bien cómo responder. Hacía mucho tiempo que no pensaba en sí misma como la mitad de ninguna pareja, y menos de una supuesta «gran pareja».

—Gracias —dijo—. Aún hay mucho que hacer.

—Pues le daré un consejo que no me ha pedido: disfrútelo. Piensen solo en ustedes dos y no en los planes de boda. Mis padres nos convencieron a Dan y a mí para montar un jaleo tremendo en el Boathouse de Central Park. Mi primo tuvo que pasarse toda la noche con Dan recordándole quién era quién.

Laurie sonrió para sus adentros. Alex y ella aún no le habían contado a nadie que pensaban celebrar la boda a finales del verano, precisamente porque querían un poco más de tiempo antes de dar los detalles.

—En fin —dijo Leigh Ann—, no están aquí para hablar de bodas. Dan me ha dicho que están volviendo a investigar el caso de Martin. —Su voz adoptó un tono más serio—. Sigo sin poder creerme que alguien le hiciera eso.

—¿Cómo se enteró de su muerte? —quiso saber Laurie.

—Me telefoneó mi madre. La policía había ido al apartamento de los Bell para darles la noticia en persona, y mis padres estaban con los Bell en el apartamento tomando unos cócteles antes de salir a cenar con ellos. Imagínese la reacción cuando les informaron de la tragedia.

—Cynthia dijo que hacía mucho que usted conocía a Martin.

Ella asintió con tristeza.

—Desde que era niña. Él era seis años mayor que yo, así que de pequeños no éramos exactamente amigos. Sin embargo, como nuestros padres se llevaban muy bien, nos sentábamos juntos a la mesa de los niños o jugábamos todos al escondite. Esa clase de cosas. Y luego, cuando me incorporé al consejo de antiguos alumnos de la escuela Hayden, resultó que él también estaba allí.

—¿Conocía a Kendra?

—En absoluto. Nos invitaron a la boda a mí y a mi marido, pero coincidió con un acto de campaña que Dan ya tenía programado.

—¿Ya estaba en la Asamblea Estatal? —preguntó Laurie.

Leigh Ann alzó la vista al techo, haciendo cálculos.

—Se presentaba por segunda vez, así que debió de ser... hace poco más de diez años. Mis padres sí que asistieron. Kendra les pareció agradable, pero en realidad no pasaron ningún tiempo con ella. Y luego mi madre mencionó varias veces a lo largo de los años que, en opinión de Cynthia, Martin había cometido un terrible error, pero, como le he dicho, yo no conocía a Kendra en absoluto y solo volví a conectar con Martin a través del consejo de antiguos alumnos.

—Disculpe que hable sin rodeos, pero estoy segura de que sabe por qué hemos venido. Kendra estaba convencida de que en la relación entre Martin y usted había algo más.

Ella se echó a reír, sacudiendo la cabeza.

—Perdonen que me ría. Me siento fatal por ella, pero es que resulta absurdo. Nos veíamos una vez al mes como máximo, en una sala de reuniones, con otros veintidós antiguos alumnos. Luego fuimos copresidentes del comité de la subasta, lo que acarreaba un montón de trabajo entre planear el evento, convencer a la gente para que asistiera y conseguir donaciones. Hoy en día no tendría tiempo para nada parecido, pero entonces Dan estaba casi siempre en Albany. —Su expresión dejaba muy claro que la capital del estado no le gustaba demasiado—. Yo quería seguir teniendo alguna ocupación. Por eso, cuando la anterior presidenta de la subasta no pudo encargarse aquel año, me dije a mí misma: «¡Qué demonios! Lo haré yo, siempre que alguien me ayude». A aquellas alturas, Martin era prácticamente una celebridad y nos conocíamos desde niños, así que le presioné hasta que cedió. Lo único que se me ocurre es que Kendra pudo ver que nos telefoneábamos a menudo y sacó conclusiones precipitadas, pero les aseguro que lo más sensual que llegamos a comentar Martin Bell y yo fue dónde colocar la escultura de hielo.

—Pero ¿la policía la interrogó cuando murió Martin?

—Sí. Me quedé anonadada. Según me dijo mi madre más tarde, los padres de Martin le habían advertido de que a Kendra se le había metido en la cabeza esa idea descabellada, pero nadie me dijo nada mientras Martin estuvo vivo. Al principio, cuando me contactó la policía, me dijeron simplemente que mi número aparecía a menudo en los registros de llamadas de Martin, así que, como es natural, expliqué la labor que habíamos hecho para organizar la subasta. Pero entonces dijeron que Kendra creía que yo tenía un lío con Martin. Quisieron saber dónde había estado Danny la noche del asesinato, por si él compartía las sospechas de la viuda.

—¿Y? —preguntó Laurie.

—Se encontraba en Washington. De hecho, estaba conmigo. El escaño del Senado acababa de quedar vacante, y sabíamos que el gobernador estaba a punto de nombrar a Danny. Antes de ese nombramiento, fuimos los dos en coche a la capital para que se reuniera con varios líderes del partido. No le acompañé a las reuniones, por supuesto, pero decidí hacer el viaje con él para prestarle apoyo moral. Y, bueno, si he de ser sincera, prefiero acompañarle a Washington que a Albany. Nos quedamos a dormir para que pudiera desayunar por la mañana con el líder de la mayoría en el Senado. Acabábamos de volver a casa cuando llamó mi madre para darme la terrible noticia de que Martin había muerto.

Si Leigh Ann decía la verdad, debió de ser fácil confirmar la coartada de Dan para la noche del crimen. Una vez más, Laurie deseó poder convencer al departamento de policía para que se mostraran más abiertos con ella acerca de la investigación.

—Después de hablar con Kendra —comentó Laurie—, creo que, si ella sospechaba que Martin estaba con otra persona, era en parte porque ellos dos tenían muchos problemas. Seguían viviendo juntos, pero me da la impresión de que eran más bien como dos compañeros de piso. No me gusta nada tener que hacerle una pregunta tan personal, pero ¿cómo iba su matrimonio en aquella época?

Leigh Ann sonrió, pero Laurie se dio cuenta de que estaba poniendo a prueba su paciencia.

—Tiene razón, es muy personal. ¿Qué puedo decir? Danny y yo somos una de esas parejas afortunadas que se conocen de jóvenes y deciden pasar juntos toda la vida. Yo cursaba el último año de Derecho en la Universidad de Columbia y él estaba terminando un máster en gestión de asuntos públicos e internacionales después de dejar el ejército siendo suboficial. Se me cayó el libro de derecho internacional en la cola de un Starbucks cuando intentaba sacar mi monedero de la mochila.

Él lo recogió. Nos pusimos a hablar de política exterior y luego pasamos a charlar de un montón de cosas distintas. Enseguida sentimos un vínculo de unión. Debimos de pasarnos tres horas sentados en esa cafetería. Esa noche volví y le dije a mi compañera de cuarto que acababa de conocer al hombre con el que me casaría. Cuando se me declaró, me ofreció el anillo de compromiso dentro del vaso de papel en el que se había tomado el café aquella tarde. Se lo había guardado. Dijo que también supo inmediatamente que acabaríamos juntos.

«Sin ningún esfuerzo», pensó Laurie, tal como tenía que ser.

—Siendo tan inminente el nombramiento de su marido para el escaño en el Senado, debió de preocuparles que sus nombres aparecieran en la cobertura informativa del asesinato de Martin. Fue noticia de primera plana durante un par de semanas.

—Francamente, nunca se me ocurrió preocuparme por nosotros. Solo me perturbaba que hubieran asesinado a alguien que conocía. Y lamenté saber que Kendra, encima de perder a su marido y de quedarse sola con dos niños pequeños, tenía dudas sobre mi relación con Martin, unas dudas que solo eran producto de su imaginación. Además, cuando mataron a Martin, el gobernador ya le había dicho a Dan que el escaño en el Senado era suyo. El viaje a Washington fue una mera formalidad. De hecho, si mal no recuerdo, el gobernador ya había hecho el anuncio cuando nos interrogó el detective de la policía.

Laurie había buscado en Google a los Longfellow para preparar esa entrevista. El senador saliente había aceptado un puesto en el gabinete diez días antes de que mataran a Martin Bell, y el gobernador nombró a Longfellow, un asambleísta de cuarenta años que había ocupado su escaño durante cuatro legislaturas, héroe de guerra, para que ocupara la vacante exactamente dos semanas después de que el senador anunciara su decisión. Si Leigh Ann recordaba bien, la policía había tardado al menos cinco días en interrogar a los Longfellow. Laurie era hija de un policía y sabía muy bien lo que significaba esa clase de retraso: el departamento no había considerado a los Longfellow una prioridad en la investigación. Era un signo más de que la policía no había juzgado creíbles las acusaciones de Kendra.

—¿Alguna vez habló Martin con usted sobre Kendra o el estado de su matrimonio?

—La verdad es que no.

Laurie sonrió.

—«La verdad es que no» no es lo mismo que «no».

—Le seré sincera: no soy imparcial. Mi madre me ha dicho que Cynthia y Robert responsabilizan a Kendra de la muerte de Martin, pero yo no lo sé de primera mano.

—Pero ¿Martin le dijo algo sobre Kendra?

Ella asintió con la cabeza.

—No de forma personal. No teníamos tanta confianza. Sin embargo, cuando empezábamos a buscar posibles salas para celebrar la subasta, sugerí una fecha y no pudo aceptarla porque había quedado con un abogado. No le di importancia y propuse otras fechas, pero él las rechazaba todas. Soltó una risa sarcástica —Leigh Ann imitó el sonido— y dijo: «Oye, dime si Dan y tú conocéis algún abogado matrimonialista que sea muy muy bueno. Me parece que voy a necesitar a un buitre si quiero tener alguna esperanza de quedarme con mis hijos». Francamente, fue bastante incómodo. Le dije que sentía oír eso y me puse a buscar otra fecha en la agenda.

Fue una indicación más de que Martin estaba decidido a divorciarse de Kendra si podía obtener la custodia de Bobby y Mindy.

Laurie no tenía nada más que preguntarle a Leigh Ann, y el senador aún no había regresado de su multiconferencia.

—Y dígame: ¿la subasta siguió adelante sin Martin? —preguntó para charlar un poco.

Leigh Ann sonrió, apreciando la pregunta.

—Pues sí, y además enviamos las invitaciones en su honor. Por primera vez, su promoción tuvo una tasa de donación del cien por cien. Robert y Cynthia asistieron e incluso trajeron a Bobby y Mindy. Pensé que todos nos echaríamos a llorar al ver a esos pobres niños. ¿Qué esperanzas tienen de vivir una infancia normal después de perder a su padre por un crimen tan espantoso?

«Muchas esperanzas —quiso decir Laurie—. Quizá sean fuertes y resistentes, quizá estén llenos de amor y luz como mi increíble Timothy.»

Leigh Ann levantó la mirada al oír que su marido entraba en el salón. Al instante, Ike y Lincoln saltaron al suelo para darle la bienvenida.

—¡Vaya! —exclamó Jerry—. Puede que sean los presidentes papillones, pero está claro que les entusiasma recibir al senador por Nueva York.

—Quieren mucho a su papi, ¿a que sí? —susurró Leigh Ann en tono mimoso mientras Dan se inclinaba para rascar a los perros detrás de las orejas.

—Tienen que perdonarnos —dijo el senador—. Ya se habrán dado cuenta de que adoramos a estas criaturas. Si no lleváramos unos días sin frío, habrían tenido el placer de verlos con sus jerséis de cuello alto. Pronto lucirán patucos de Gucci y gafas de sol de diseño.

—Para ya —bromeó Leigh Ann—. Les encanta su ropita, ¿a que sí, preciosos? Ya sabéis lo felices que hacéis a vuestra mami.

Los medios de comunicación habían dado una imagen muy positiva de Daniel y Leigh Ann cuando a él lo designaron para ocupar el escaño vacante en el Senado. De pronto, el nombre del niño mimado de la Asamblea Estatal de Nueva York se hizo famoso en todo el país tras convertirse en senador de Estados Unidos. A los periodistas de asuntos políticos les encantaba el conjunto: sus circunstancias personales, sus opiniones centristas y su matrimonio perfecto con una dinámica e inteligente abogada mercantil. Si hubo algún paso en falso durante su presentación ante el público nacional, fue Leigh Ann quien lo dio.

Uno de los presentadores de un programa de entrevistas, Dawn Harper, le había preguntado a Leigh Ann si la pareja tenía pensado tener hijos algún día. Otro de los presentadores censuró a Dawn por la pregunta, y este respondió:

—¿Qué? Yo solo pregunto. Dan tiene cuarenta años. Ella, treinta y seis. ¿Qué me dice, Leigh Ann? ¿Cómo va ese reloj biológico?

Algunos miembros del público protestaron ante la indiscreción de la pregunta, pero fue la respuesta de Leigh Ann la que suscitó verdadera polémica:

—Con todos los respetos, fui la primera de mi promoción en la facultad de Derecho de Columbia, van a hacerme socia de uno de los bufetes más importantes del país y estoy al mismo nivel que mi marido en todos los sentidos, así que no necesito un hijo para sentirme una mujer completa.

Aunque hubo quien defendió el comentario de Leigh Ann como réplica a la suposición de Dawn de que todas las mujeres ansiaban desesperadamente tener hijos para cuando cumplían los treinta y cinco, muchos lo interpretaron como un ataque contra las madres que se quedaban en casa. Tras veinticuatro horas de ofensiva mediática, Dan y Leigh Ann dejaron claro en una entrevista conjunta que admiraban y respetaban a todos los padres y madres que trabajaban, tanto si lo hacían dentro del hogar como fuera de él, pero que habían tomado la decisión personal de no tener hijos. En aquel momento, Laurie se quedó impresionada ante la franqueza de la pareja acerca de un tema tan íntimo. Las fotos que mostraron de sus dos «bebés mimados», Ike y Lincoln, contribuyeron a suavizar la imagen de Leigh Ann.

Laurie veía ahora que no bromeaban cuando dijeron que trataban a sus mascotas como si fueran sus hijos.

—¿Están preparados? —preguntó el senador Longfellow, frotándose las palmas de las manos.

Leigh Ann se levantó del sofá y le dio un beso en los labios antes de que él ocupara su lugar.

—¡Asegúrese de exigir que le lean sus derechos, senador!
—exclamó, alejándose—. ¡Si cree que está a punto de confe-
sar algo, recuerde que en la habitación de al lado tiene a una
abogada!

34

Laurie empezó dándole las gracias al senador una vez más por acceder a hablar con ellos.

—Es un placer. Su prometido se ganó todo mi respeto durante el proceso de confirmación. Se mostró honorable e imperturbable, incluso cuando otros senadores poco imparciales amenazaron con sacar partido de su defensa de cierto estafador.

Laurie se preguntó si la poco velada referencia al caso Carl Newman pretendía recordarle que Longfellow había desempeñado un papel fundamental en la confirmación de Alex para el puesto de juez federal. Estaba decidida a no dejar que ese detalle le hiciera cambiar de opinión.

—Tengo entendido que la policía le interrogó durante la investigación original.

El tono ligero y jocoso que había compartido con su esposa momentos antes fue inmediatamente sustituido por una actitud sombría. A Laurie no le costó imaginarlo como mando del ejército.

—Fue surrealista —dijo—. Nunca llegué a conocer a Martin, pero solía bromear con Leigh Ann diciéndole que me estaba sustituyendo como marido en la ciudad mientras yo estaba en la capital. Acabábamos de volver de Washington y estaban a punto de nombrarme senador cuando recibió la llamada telefónica sobre su asesinato. Al día siguiente salió en todos los noticieros. Si busca los periódicos locales de esa semana, le garantizo que comprobará que dos de las noticias más importantes fueron su asesinato y mi nombramiento como senador. Apenas habían conectado los teléfonos de mi despacho en el Senado cuando recibí el mensaje de que la policía de Nueva York quería hablar conmigo y con Leigh Ann. Al principio, pensé que podía relacionarse con alguna subvención o algún tcma oficial, pero entonces dijeron que era por Martin.

—En aquel momento, ¿por qué creyó que había surgido su nombre en la investigación?

—Por supuesto, di por sentado que era por el trabajo que Leigh Ann hacía con él en la escuela Hayden, una comprobación de rutina de sus registros telefónicos y demás. Vinieron a vernos aquí y luego pidieron hablar con Leigh Ann a solas, cosa que no se me antojó insólita. De hecho, su prometido ha insistido hoy en pedirme lo mismo —dijo, con una sonrisa más cortés que cálida.

Laurie asintió con la cabeza, indicándole que continuase.

—Luego hablaron conmigo y me preguntaron si podía decirles dónde estaba la noche en que lo asesinaron. Estuve a punto de echarme a reír, pensando que era una novatada o algo así. Pero entonces comprendí que hablaban en serio. Lcs dije que podían encontrar fotografías en el *New York Times* y en el *Post* en las que aparecía yo en Washington ese día. Les di el nombre del hotel donde nos alojamos esa noche e incluso me ofrecí a ponerles en contacto con el líder de la mayoría en el Senado si necesitaban confirmar que seguía allí a la hora del desayuno al día siguiente. La verdad es que parecieron bastante disgustados. Siento mucho respeto por el departamento de policía de Nueva York, pero enseguida resultó evidente que deberían haberse dado cuenta ellos solos de que ni siquiera estábamos en la ciudad ese día. Una vez aclarado ese punto, les pregunté por qué lo preguntaban siquiera. Fue entonces cuando me dijeron que Kendra creía que Martin y

Leigh Ann estaban... Bueno, ni siquiera puedo decirlo, pero sin duda conocen la acusación.

—¿Y cuál fue su reacción, senador?

—¡Me quedé estupefacto! Era... absurdo. Y, para entonces, las noticias habían dejado muy claro quién era la sospechosa número uno. Es inocente hasta que se demuestre lo contrario, claro, pero siempre me ha parecido que el mayor indicio de la culpabilidad de Kendra era su infundado intento de tratar de echarme la culpa a mí. —Hubo un momentáneo atisbo de rabia en su voz, pero lo controló rápidamente—. Quise asegurarme al cien por cien de que la policía no tuviera ninguna duda acerca de mi implicación. Les envié la cuenta del hotel, que incluía la prueba de que mi coche había pasado la noche en el aparcamiento, los registros de mi tarjeta de telepeaje y los artículos sobre mi visita a Washington. Sabía que la prensa insinuaba la posibilidad de que Kendra hubiese estado acumulando grandes cantidades en efectivo para pagar a un sicario, así que, para evitar que nadie dijera lo mismo de mí, hasta le entregué a la policía mis registros bancarios sin que me los pidieran.

—Se mostró usted muy abierto.

—No tenía nada que ocultar entonces y sigo sin tenerlo —dijo Longfellow con firmeza—. Si poseemos este precioso apartamento, es gracias a mi brillante y trabajadora esposa, pero insisto en pagar mi mitad con mi sueldo de político. Créame, no me sobra nada para contratar a matones. Pensé que, cuanto antes pudieran tacharme de la lista, más tiempo tendrían para encontrar al verdadero asesino.

—Supongo que tendría otras motivaciones además de ayudar a la policía. A pesar del enorme interés de los medios en el caso, parece ser que nadie informó de que la policía les interrogó a usted y a su esposa como parte de la investigación.

—¿Puede imaginarse la que se habría montado? ¿El más reciente senador de Estados Unidos envuelto en un caso de homicidio?

—Hay un motivo para que no haya querido que nos viésemos en mi estudio ni en su despacho.

Él asintió con la cabeza.

—Desde luego. De hecho, no me avergüenza admitir que hasta llegué a telefonear al comisario. Quería que la policía supiera al más alto nivel que cooperaría de todas las formas imaginables, pero no deseaba que los medios de comunicación enloquecieran con nosotros solo porque yo estaba viviendo mi propio momento de fama. El comisario me aseguró que había proporcionado pruebas más que suficientes para demostrar mi inocencia. Me dijo que incluso habían hablado con otros miembros del consejo de antiguos alumnos de la escuela Hayden, quienes habían confirmado que era simplemente imposible imaginar a Martin y a Leigh Ann juntos. Pero ya estamos otra vez —dijo, sonriendo pero sosteniendo con firmeza la mirada de Laurie.

Esta intuyó la pregunta que había en sus ojos, así que le dio lo más parecido que tenía a una respuesta.

—Sepa usted que nunca formulamos teorías sobre sospechosos alternativos a no ser que consideremos de buena fe que existe una base objetiva para hacerlo.

—Me reconforta oír eso, Laurie. Por cierto, he visto cada episodio de su programa y admiro la labor que hacen. Pero, entre nosotros, creo que esta vez la única persona que está bajo sospecha, Kendra Bell, lo merece de verdad. Espero que puedan demostrarlo de una vez por todas.

35

En cuanto Laurie y Jerry estuvieron instalados en el asiento trasero del todoterreno negro que les estaba esperando delante del edificio de apartamentos del senador Longfellow, Jerry se puso a aplaudir sin hacer ruido.

—En mi vida había visto nada igual —dijo—. Nunca había conocido a un senador y a su esposa. Y han sido tan encantadores como dice todo el mundo. Los dos son guapísimos y muy... auténticos. Ahora mismo estoy hiperventilando. ¡Puede que hayamos conocido a un futuro presidente y a su primera dama, Laurie!

—¿Qué te parece si, antes de llevarlos a la Casa Blanca hablamos de su relación con Martin Bell?

—Lo siento. —Jerry asintió con la cabeza—. Ya sabes lo loco que me vuelvo cuando estoy con famosos, y ellos parecían estrellas de cine, ¡aunque más listos! Pero sí, tienes razón. Se acabaron las tonterías. Mira, solo hemos venido a entrevistar a los Longfellow porque Kendra insiste en que su marido tenía un lío con Leigh Ann, ¿no es así?

—Correcto.

—Y no son más que sospechas, ¿verdad? No hay facturas de hotel. Nadie los vio cogidos de la mano o besándose a escondidas, ¿a que no?

—Nada más que el tiempo que pasaban juntos y las llamadas telefónicas, combinado con el instinto que le decía a su esposa que se veía con otra mujer.

Jerry se encogió de hombros.

—Pues tenemos una explicación excelente para el contacto entre ellos y nada en absoluto que respalde las sospechas de Kendra.

Laurie continuó con el razonamiento:

—Y Kendra no es exactamente la persona más creíble del mundo. Afirma que Martin le hacía luz de gas, pero, según cuenta ella misma, en esa época no estaba en las mejores condiciones.

—Además —añadió Jerry—, ¿crees en serio que Leigh Ann podría haber engañado a su marido con Martin Bell?

Su forma de pronunciar el nombre de Martin dejaba claro que consideraba a Leigh Ann demasiado buena para el difunto médico.

—Es cierto que parecen totalmente opuestos —dijo Laurie—. Puede que Martin estuviera buscando la manera de separarse de su mujer, pero, por lo visto, estaba decidido a conseguir la custodia de sus hijos. Esa era su prioridad. Por otro lado, Leigh Ann...

—Vamos, dilo —dijo Jerry—. Es evidente que esa mujer odia a los críos.

Laurie sonrió.

—Bueno, digamos simplemente que prefiere la compañía de las mascotas. Desde luego, no me la imagino haciendo de madrastra de los pequeños Bobby y Mindy.

—Y no olvides que Martin y sus padres empujaron a Kendra a quedarse en casa después de que nacieran los niños —dijo Jerry—. Martin quería una esposa y madre que se quedara en casa, no una influyente socia de un bufete de abogados. Has visto a esos dos juntos: es evidente que Leigh Ann es el brazo derecho del senador. ¿Crees que Martin Bell quería eso?

—Eran como el agua y el aceite —dijo Laurie.

—Exacto. Cualquier motivo que tuviera Daniel Longfellow para matar a Martin depende de que Martin y su esposa tuvieran una aventura, lo que parece inimaginable. Por no mencionar que tiene una coartada a toda prueba. No se trata solo de la palabra de Leigh Ann. También tenía recibos, fotografías, testigos... todo.

Jerry estaba en lo cierto. Laurie se había comprometido ante Kendra a seguir todas las pistas posibles y había estado a la altura al entrevistar a los Longfellow. Ahora estaba dispuesta a tachar al senador de la lista de sospechosos.

Jerry levantó el dedo índice. Se le acababa de ocurrir una idea.

—Perdone, señor conductor, quizá cambiemos de planes —dijo—. Laurie, estaba pensando en incluir algunas imágenes de la iglesia donde se casaron Martin y Kendra. Está más o menos de camino a la oficina. ¿Te importa que nos pasemos por allí para poder inspeccionarla?

Ella miró su reloj. Iban a dar las cinco de la tarde. Como Alex estaba fuera de la ciudad para asistir a una conferencia, Charlotte la había invitado a tomar una copa rápida después del trabajo, pero supuso que sería una breve parada.

—Me parece bien.

Jerry le dio al conductor una dirección de West 40s. Laurie trató de pensar en una iglesia del distrito de los teatros que estuviera al nivel de los Bell, pero no se le ocurrió ninguna.

—Pronto dejaremos de necesitar un servicio de automóviles para trayectos así —dijo Jerry—. Los del concesionario creen que recibirán mi coche esta semana.

Jerry llevaba semanas hablando del BMW híbrido que había decidido comprar. Laurie opinaba que no tenía sentido que una persona joven tuviera un vehículo de propiedad en la ciudad, pero sabía cuánto le gustaba a Jerry ir a Fire Island los fines de semana de verano. En lugar de viajar apretado como una sardina en el atestado ferrocarril de Long Island, tendría derecho a viajar por el carril de tráfico preferente en su coche «limpio». Laurie ya podía imaginarlo circulando por la autopista de Long Island con una lista de reproducción primorosamente preparada.

Cuando el conductor paró junto a la acera de la calle Cuarenta y seis y bajaron del coche, Jerry le dijo que no hacía falta que les esperara.

—Jerry —comentó Laurie—, suponía que solo serían unos minutos. Tengo que estar en el Rock Center a las seis.

Había quedado con Charlotte en la Brasserie Ruhlmann, cerca de los estudios.

—Cogeremos un taxi —dijo Jerry.

Laurie abrió la boca para hablar, pero el conductor se había marchado ya.

—No sé por qué has hecho eso...

Jerry le apoyó con suavidad una mano en la espalda y echó a andar hacia su lugar de destino. Laurie no vio iglesia alguna por ninguna parte.

Solo habían dado unos pasos cuando él se detuvo de improviso. La miró y sonrió de oreja a oreja, indicando con un gesto el cartel del establecimiento más cercano.

FANCY'S, rezaba en letras de neón de un rosa intenso. Los bailarines más sexis de Broadway.

«No —pensó ella—, esto no está pasando.»

Se abrió la puerta de cristal tintado y aparecieron Charlotte y Grace con el cuello rodeado por sendas boas de color lila. Ambas gritaron al unísono como si fueran las jóvenes solteras que competían por un hombre en uno de los programas de telerrealidad de mayor éxito de Fisher Blake.

—Esto tiene que ser una broma —dijo Laurie con sequedad.

—Vamos —dijo Charlotte—. Alex y tú sois unos sosos. Llevamos semanas pensando y hemos decidido que necesitas desmelenarte con una noche de juerga.

—¿Babeando como una idiota ante unos tipos ligeros de ropa? ¡Ni hablar!

Laurie entendía ahora por qué últimamente se mostraban Grace y Jerry tan huidizos y pasaban tanto rato los dos juntos mirando la pantalla del ordenador. Estaban planeando esa absurda fiesta con Charlotte.

—Pero ya le he pagado a un tal Chip tu primer baile con él —dijo Grace, decepcionada y haciendo pucheros.

Laurie miró los tres rostros entusiastas y decidió que aquel era su castigo por ser siempre la seria del grupo. Habían decidido obligarla a «divertirse» como una descerebrada.

Había dado dos pasos hacia la puerta, aceptando su destino, cuando Charlotte y Grace salieron de un salto y le dieron un enorme abrazo.

—¡Nos hemos quedado contigo! —dijo Charlotte, y cambió una palmada en el aire con Jerry y Grace.

Jerry sonreía tímidamente.

—Solo te estábamos tomando el pelo, jefa. Perdónanos, por favor —dijo, juntando las palmas de las manos con aire suplicante.

Laurie sintió que la invadía una oleada de alivio por no haber tenido que entrar.

—Un momento, ¿significa eso que no vamos a ningún sitio? —preguntó.

—Vamos a tomar algo —dijo Charlotte—, pero no aquí.

Jerry y Grace señalaron un local situado al otro lado de la calle. Se llamaba NO SE LO DIGAS A MAMÁ. Laurie había estado allí una vez con Grace y Jerry y les había dicho que le gustaba. Era un piano bar de iluminación suave, relativamente tranquilo en comparación con FANCY'S. A veces acudían actores de Broadway a interpretar una canción, y los clientes eran libres de hacer lo mismo.

Laurie vio que una de las mesas más cercanas al escenario estaba reservada. El respaldo de una silla tenía atado un montón de globos en forma de corazón, y una boa lila la estaba esperando encima de la mesa. Por lo demás, la escena resultaba perfectamente respetable. Tan pronto como la camarera les tomó el pedido, Jerry y Grace subieron al escenario y deleitaron a Laurie con una interpretación de la canción «Chapel of Love».

—*Goin to the chapel, and we're... gonna get married.*

Laurie, que no podía parar de sonreír, no se fijó en el hombre que entró por la puerta, tomó asiento junto a la barra y comenzó a observarla.

36

El hombre pasó la punta del dedo por el borde del tíquet, leyendo la letra pequeña que no había tenido tiempo de revisar cuando decidió precipitadamente dejar su todoterreno blanco en el aparcamiento. Diez dólares por media hora; por veintiocho dólares, podías dejar el coche entre dos y veinticuatro horas.

Se preguntó si habría habido alguien que fuese tan estúpido como para pagar treinta dólares por una hora y media. Probablemente. Sabía muy bien lo ingenuas que podían ser otras personas. Hubo un tiempo en el que nunca se habría parado a preocuparse por el precio de una plaza de aparcamiento en Manhattan, pero esos días habían quedado atrás junto con todo lo demás.

El camarero llegó por fin hasta el extremo de la barra donde se hallaba el hombre. Estaba cerca de la puerta, pero no tanto como para que Laurie Moran pudiera verle si estaba pendiente de la llegada de algún otro amigo para unirse a lo que parecía ser una fiesta.

—¿Qué le pongo?

El camarero era un modernillo de barba sarnosa, tirantes y camisa de cuadros. Debía de gastarse todo el sueldo en un piso compartido de Williamsburg, pero se daba muchos aires. «Qué tonta es la gente», pensó el hombre.

Pidió un Johnnie Walker Black. Aunque sabía que debía conservar la claridad mental, también sabía que no tenía la fuerza de voluntad necesaria para entrar en un bar y no tomar una copa. Era una de las principales quejas de la mujer que una vez hubo en su vida. «Te pones insoportable cuando bebes», solía decir.

Un whisky se convirtió en dos y luego en tres mientras observaba a Laurie Moran, tan feliz con sus amigos. Dos de ellos, la mujer más joven y un tipo flaco, le habían cantado una canción sobre ir a la capilla, casarse, estar enamorados hasta el fin de los tiempos y no volver a sentirse nunca solos. Qué montón de tonterías.

Ahora estaban abriendo regalos. A juzgar por las carcajadas que se desataron en la mesa cuando ella desenvolvió los dos primeros, debían de ser de broma. El tercer regalo era grande y estaba envuelto de cualquier manera. Era una gran bolsa de deporte de cuero. Oyó decir a la amiga de Laurie, la mujer más o menos de su misma edad, que era para la luna de miel.

Acto seguido le entregaron un paquete delgado y rectangular de color celeste atado con un brillante lazo blanco. Parecía de Tiffany. Cuando él formaba parte de una feliz pareja, a ella le encantaba ver esas cajas azules. «Qué bien», susurraba, normalmente con un beso.

Desde el taburete que ocupaba junto a la barra, pudo distinguir el destello de un marco de foto de cristal fino cuando Laurie abrió la caja. Al ver cómo sonreía, adivinó que el marco debía de contener una fotografía de su prometido y ella.

«Una parejita feliz. No merecen ser tan felices. No es justo.»

La amiga más mayor abrazó a la novia y pidió la cuenta. Laurie empezó a meter todos sus regalos y su maletín dentro de la bolsa de deporte. Era eficiente. Práctica. Una sola bolsa para llevarlo todo a casa.

Iban a echarla de menos, eso seguro.

37

A poco más de un kilómetro y medio de la fiesta de compromiso de Laurie, en el consultorio que el doctor Steven Carter tenía en la Quinta Avenida, en el distrito Flatiron, Kendra Bell cogió el paquete de hielo envuelto en algodón de manos de la señora Meadows y lo colocó sobre una bandeja metálica. El algodón azul claro estaba salpicado de minúsculas gotitas de sangre causadas por las inyecciones de bótox que Steven estaba inspeccionando.

—Tiene muy buen aspecto —dijo Steven, aprobando su trabajo—. Esos bultitos que parecen picaduras durarán un par de días, pero luego desaparecerán. Acuérdese de mantener la cabeza en posición vertical durante las próximas cuatro horas, o, mejor aún, seis. No se aplique ninguna presión, así que nada de gorras de béisbol, cascos ni turbantes.

Como hacía la mayoría de pacientes, la señora Meadows soltó una risita al oír esas palabras.

—Pero ¿qué haré sin mi turbante favorito? —bromeó.

—Y esta es la parte que más le gusta a todo el mundo: nada de hacer ejercicio durante las próximas veinticuatro horas. Queremos que el producto permanezca dentro del músculo, no que se vaya con el sudor.

—Oh, no se preocupe, doctor Carter. Llevo veinticuatro

años sin ver el interior de un gimnasio. Es uno de mis mayores logros.

Steven se quitó los guantes de látex y los arrojó junto al paquete de hielo. Todo iría a parar a un cubo de basura para residuos médicos.

La señora Meadows se bajó del sillón para tratamiento y se despidió con un gesto de la mano. Luego le envió un beso a Kendra.

—¡Hasta la próxima!

Cuando se fue hacia el mostrador de recepción para pagar, Steven cerró la puerta de la sala de tratamiento. La última cita del día había terminado y estaban oficialmente libres.

—Bueno, ¿cuál ha sido el chisme esta vez?

La señora Meadows, una mujer de gran carácter y personalidad, era una de sus pacientes favoritas. Algunas de las pacientes recelaban de Kendra, y dos de ellas habían insistido incluso en ser atendidas por otra persona. Pero el tufillo a escándalo que desprendía Kendra no hacía sino convertirla en una compañera de chismorreo más atractiva para la señora Meadows, en su asistente preferida.

—Hay un nuevo hombre en su vida —anunció Kendra—. Este tiene solo treinta y dos años.

Por lo tanto, contaba menos de la mitad de la edad de su seductora.

Steven sacudió la cabeza.

—El pobre chico no tiene ni idea de lo que se le viene encima.

Algunos podrían preocuparse por la posibilidad de que un hombre más joven se aprovechara de una viuda mayor y acaudalada, pero la señora Meadows no era ninguna víctima. Había dejado a su paso una larga lista de antiguos novios.

—Ya tuve a mi gran amor —acostumbraba a decir—. Ahora prefiero ver a menudo caras nuevas.

De pronto, el tono de Steven se hizo más serio:

—No quería sacar el tema, pero ¿va todo bien con ese programa de televisión? Vi que te inquietaba mucho el modo en que pudieran presentar la historia.

El primer impulso de Kendra fue no decir nada. No quería que nadie fisgoneara en sus secretos. Pero Steven se había comportado como un gran amigo, y no cabía duda de que ella necesitaba un confidente en ese momento.

Decidió rápidamente qué iba a contarle y qué se reservaría.

—Resulta que Caroline ha divulgado una información que no me deja en muy buen lugar —dijo.

En el rostro de Steven surgió una expresión de clara desaprobación.

—Pero a estas alturas prácticamente es como si fuera de tu familia. ¿Dónde queda la lealtad?

Kendra agitó las palmas de las manos, tratando de disipar su indignación.

—Es muy leal. Por eso me contó cada palabra que le dijo a la productora.

—¿Por ejemplo?

—No importa, porque sé que soy inocente. Al fin y al cabo, no pueden perjudicarme mucho.

Mientras pronunciaba las palabras que debían servir para reconfortarse a sí misma y reconfortarle a él, recordó la promesa que le había hecho al hombre de La Colmena, el hombre horrible al que conocía como Mike. Había jurado por la vida de sus hijos que los productores nunca se enterarían de su existencia. Pero ahora Caroline admitía que le había hablado a Laurie de su costumbre de acumular dinero en efectivo, un hábito que aún persistía. Solo era cuestión de tiempo que la acribillaran a preguntas para conocer el motivo.

Y esa frase terrible que Caroline les había relatado: «¿Por fin me he librado de él?». Qué desdichada fue en ese matrimonio. Vivía destrozada, desesperada. Era una sombra de su antiguo ser. Aun así, decir aquello fue vergonzoso.

Había sido tan desgraciada que deseó que su propio marido, el padre de sus hijos, muriera. Era difícil de imaginar y, sin embargo, había oído inequívocamente esas palabras en su propia voz. Ese estallido, más la desaparición injustificada del dinero en metálico, sería suficiente para meterla en la cárcel de por vida. Bobby y Mindy crecerían junto a sus gélidos abuelos y se convertirían en versiones suyas en miniatura.

No podía permitirlo. Pagaría a Mike, el de La Colmena, cualquier importe que él quisiera por mantener la boca cerrada hasta el final de los tiempos.

Ver que Steven la miraba con una adoración absoluta la sacó de sus reflexiones.

—No sé cómo agradecerte todo lo que has hecho por mí y por los niños.

—Haría cualquier cosa por ti, Kendra. Te quiero —dijo él, sorprendido por sus propias palabras—. Como si fueras de mi familia —añadió, y le dio un breve abrazo antes de abrir la puerta para marcharse.

Kendra sabía que los sentimientos de su jefe eran más profundos. Sin embargo, el único hombre al que ella había amado era Martin Bell, por absurdo que resultara; aunque eso fue antes de conocerle de verdad, antes de que la tratara como si fuese propiedad suya. ¿Podría tener con Steven otra oportunidad de confiar en alguien, otra oportunidad de amar?

38

Laurie estaba abriendo regalos en su fiesta sorpresa cuando el senador Daniel Longfellow se sirvió una copa de cabernet en la cocina. Su esposa estaba preparando la cena para los perros. Debido a sus alergias alimentarias, Lincoln necesitaba una mezcla de comida en lata de venta con receta veterinaria y pienso elaborado con conejo y calabaza. Y, como Leigh Ann estaba convencida de que los perros se darían cuenta si recibían un trato distinto, Ike cenaría lo mismo.

El senador se percató de que Leigh Ann echaba un vistazo a su copa sin decir nada. No era habitual que bebiesen vino entre semana. Ambos habían adoptado esa norma poco después de conocerse, cuando se dieron cuenta de que la vida de estudiantes los llevaba a beber demasiado. Los «días sin alcohol» se convirtieron en parte de su rutina, al igual que otras muchas reglas que observaban para mejorar tanto la salud como la productividad de los dos.

Sin embargo, tras la visita de los productores de *Bajo sospecha*, a Daniel le apetecía una copa de vino.

—Creo que ha ido bien —le dijo a Leigh Ann—. ¿Tú qué opinas?

—Solo puedo hablar por mi entrevista. Parecían muy razonables, aunque me ha dado la sensación de que ella no sabía gran cosa de la investigación de la policía. Eso me ha sorprendido.

Daniel dio un sorbo de vino.

—Entonces subestimas todo lo que tuve que hacer para asegurarme de que la policía dejara nuestro nombre fuera del caso. Al parecer, el comisario hablaba en serio cuando me aseguró que los investigadores no veían motivo alguno para implicarnos más.

Se habían esforzado mucho para llegar donde estaban. La primera vez que fue elegido para ocupar un escaño en la Asamblea Estatal, Daniel estaba seguro de que iría a Albany y llevaría a cabo todos los cambios radicales que había prometido durante esa primera campaña tan estimulante. Pero él solo era uno de los ciento cincuenta miembros de la Asamblea, y la cámara era un atolladero de clientelismo y nepotismo. Apenas había aprendido a moverse por la capital cuando llegó el momento de empezar otra vez a pedir donaciones para la campaña y reservar espacios publicitarios. Los politólogos seguían llamándole «joven promesa», pero Daniel no lograba ver cuándo esa promesa se haría realidad. Ni los senadores del estado ni el gobernador tenían planes de renunciar a su puesto. Estaba atrapado en lo que debía ser su «primer empleo» en la política.

Además, Leigh Ann odiaba el lugar en el que estaba atrapado. En la intimidad, la esposa de Daniel decía que Albany era una ciudad aburridísima y le recordaba a diario que ambos eran mucho más inteligentes que los demás miembros de la Asamblea. Dado que él tenía su escaño en la capital y el hogar de ambos se hallaba en la ciudad, a todos los efectos prácticos vivían un matrimonio a distancia durante gran parte del año.

Y entonces, de pronto, gracias a la incorporación de uno de los senadores por Nueva York al gabinete del presidente, Daniel vio el cielo abierto y la oportunidad de ser algo más que una promesa. Después de finalizar los dos años de mandato que le quedaban por cumplir al senador anterior, fue elegido por un amplio margen para ocupar el escaño por derecho propio tres años atrás. Disfrutaba de un índice de aprobación del ochenta por ciento a nivel del estado, un porcentaje insólito en tiempos tan divididos. Y lo más importante, al menos para él, era que creía estar marcando realmente la diferencia. Trataba de hacer caso omiso de quienes le hablaban de perseguir un puesto aún más alto. Cada día, intentaba utilizar el poder del puesto que ocupaba para mejorar la vida de los estadounidenses de a pie, tal como había prometido.

Sin embargo, a veces tenía la impresión de que nunca podría dejar atrás la fase oscura del pasado que compartían. Cuando Alex Buckley le llamó la semana anterior y le pidió que se reuniera con su prometida para hablar del caso de Martin Bell, sintió que resurgía un pánico que no había experimentado durante los últimos cinco años. «Quizá debería habérselo contado todo a la policía la primera vez que me preguntaron por Martin Bell —pensó—. Después de sobrevivir a una guerra, debería haber tenido valor suficiente para afrontar lo que viniera. Toda mi vida he intentado vivir de forma honorable. Cometí un error, y a veces creo que este sentimiento de culpa podría llevarme a la tumba.»

Intentó calmar sus nervios diciéndose que, como casi siempre, Leigh Ann debía de tener razón. Las respuestas de ambos habían satisfecho a Laurie Moran, igual que a la policía después del asesinato de Bell.

—¿Crees que debería pedirle a alguien de mi despacho que les llamara para hacer un seguimiento? —preguntó—. Podríamos mencionar la posibilidad de presentar una demanda por difamación si repiten ante las cámaras las sospechas de Kendra.

Ella le miró como si acabase de sugerir que fuesen volando a la luna en bicicleta. Sabía que Leigh Ann le quería, casi tanto como él la quería a ella, pero también sabía, y le encantaba, que su esposa no soportaba a los tontos.

—¿Y que puedan contar que un senador ha tratado de silenciar a una viuda con hijos? —Leigh Ann puso la comida de los perros en sendas escudillas con su nombre—. No compliquemos las cosas. Nuestras declaraciones lo han dejado muy claro: Martin Bell solo era otro miembro del consejo de alumnos y un viejo conocido de la infancia.

Ambos sabían que eso no era exactamente cierto.

39

Laurie miró su reloj. Ya eran las nueve. Lo estaban pasando tan bien en el piano bar que había perdido por completo la noción del tiempo.

Fue a pedir la cuenta, pero Charlotte se apresuró a sujetarle la mano con fuerza.

—En primer lugar, la novia no paga su propia fiesta. Y, en segundo, aún no puedes irte. He oído que esa pareja de ahí le pedía al pianista que interpretase «Schadenfreude», del musical *Avenue Q*. Deduzco por el brillo de sus ojos que tienen planeado algo divertido.

—Ojalá pudiera quedarme. Ha sido una pasada, pero tengo que volver a casa para estar con Timmy.

—Cuando quedamos para tomar algo, pensé que tu padre estaría con él esta noche.

—Qué va. Tenía que ir a una cena, pero Timmy ha estado en casa de un amigo haciendo un trabajo de ciencias y habrá cenado allí. He quedado con los padres en que le acompañarán a casa a las nueve y media, así que tengo que salir disparada.

—Qué buena madre —dijo Charlotte, que le dio un abrazo y acto seguido pidió la cuenta.

Mientras Charlotte rechazaba los intentos de Jerry y Grace de pagar su parte, Laurie comenzó a guardar sus regalos dentro de la bolsa de deporte de cuero grueso y suave, un nuevo artículo de la marca Ladyform. Su amiga había insistido en que era para la luna de miel, pero también resultaba perfecta para transportarlo todo. Aunque a Laurie le encantaba la bolsa, su obsequio favorito era la fotografía enmarcada, en la que aparecían Alex y ella durante la filmación del primer episodio del programa. Aunque la relación era estrictamente profesional en aquella época, la cámara había logrado captar los sentimientos que existían entre ellos.

Para acabar, metió el maletín en un hueco que quedaba en la bolsa.

—¡Esta bolsa es gigantesca! —exclamó, presumiendo de haber conseguido encajarlo todo dentro.

Acababan de levantarse de la mesa cuando el pianista anunció la siguiente interpretación. Era la divertida canción de *Avenue Q* que Charlotte había mencionado. Una pareja entusiasta que estaba sentada a dos mesas de distancia se levantó de un salto. Sus amigos los animaron a gritos mientras se dirigían al escenario. Charlotte miró a Laurie con ojos suplicantes.

—Tengo que irme, en serio. Pero quedaos vosotros; se nota que no queréis marcharos.

Se acomodó la bolsa de deporte sobre el hombro derecho, dejando claro que era plenamente capaz de meterla en un taxi ella sola.

Charlotte se sentó e indicó con un gesto a Jerry y a Grace que hicieran lo mismo. Se despidió de Laurie y pronunció sin hacer ruido las palabras «buenas noches» al tiempo que empezaba a sonar el piano.

Mientras caminaba hacia la salida, Laurie notó que su bolsa golpeaba a alguien sentado junto a la barra. Se disculpó a gritos para hacerse oír por encima de la música.

Fuera, se situó de espaldas a la puerta para observar la calle Cuarenta y seis en busca de un taxi libre. No tenía mucho tiempo para llegar a casa antes que Timmy, y podía costarle encontrar un taxi a esas horas de la noche en el distrito de los teatros. Pensó en pedir un Uber, pero tenía el móvil en el maletín, guardado a su vez dentro de la enorme bolsa que llevaba al hombro. Lo último que quería hacerle a su preciosa bolsa nueva era dejarla caer sobre una acera.

Se relajó al distinguir el número encendido de un taxi que se aproximaba. Se bajó de la acera, dio dos pasos y alzó la mano izquierda con entusiasmo. «Por favor —pensó—, que no aparezca de golpe un idiota y me quite el taxi.»

Notó un movimiento a su espalda y levantó aún más la mano mientras el taxi empezaba a aminorar la velocidad. «Mi taxi. Este taxi es mío.»

El impacto fue brutal, como si un jugador profesional de fútbol americano la hubiera golpeado con la cabeza. Cayó sobre la calzada y la piel de su pantorrilla izquierda rozó contra el áspero hormigón. Gritó al ver unos faros que se aproximaban a la altura de sus ojos. El taxi se detuvo de golpe con un chirrido de neumáticos, justo a tiempo para no atropellarla.

Laurie se levantó como pudo, perdiendo uno de los zapatos de tacón. Su bolsa había desaparecido. Al ver a un hombre de pantalón oscuro y sudadera con capucha que corría hacia la Octava Avenida con su bolsa en la mano derecha, empezó a chillar:

—¡Alto! ¡Que alguien le detenga! ¡Me ha robado! ¡Esa bolsa es mía!

El taxista había salido del coche y le preguntaba si estaba bien. Una mujer se paró a recoger el zapato de la calzada para devolvérselo. Otros peatones siguieron adelante, fingiendo no haberse percatado de una escena que no era asunto suyo. Nadie había tratado de detener al hombre que huía de la señora adornada con una ridícula boa lila.

—Por favor, ¿podemos seguirle? —le pidió Laurie al taxista.

El hombre levantó las palmas de las manos y las agitó.

—Eso es tarea de la policía, señora —respondió con un acento cadencioso—. Tengo mujer y cinco hijos. No puedo ir por el mundo haciéndome el héroe.

Ella asintió con la cabeza y se quedó mirando cómo un hombre de traje bien cortado subía al asiento trasero del que tenía que ser su taxi.

40

Laurie rehusó la ayuda de varios transeúntes y regresó a trompicones al piano bar. Antes de que pudiera contarles a sus amigos lo que había ocurrido, entraron varios agentes de policía. Alguien debía de haberles telefoneado.

Laurie nunca se sentía cómoda siendo el centro de atención, y ahora estaba en un piano bar lleno de gente que la observaba mientras hablaba sentada en un taburete de la barra con un número creciente de policías.

—Ha sufrido lesiones —comentó uno de los agentes—. ¿Está segura de que no quiere que venga un auxiliar sanitario a mirarle eso? —preguntó, indicando con un gesto el paquete de hielo que sostenía contra su pantorrilla raspada.

—Estoy bien, en serio. Solo un poco... alterada. Ese taxista podía haberme atropellado. Gracias a Dios, tenía buenos reflejos.

Llegó a la escena otro agente, el más mayor que había aparecido hasta el momento. Laurie vio por la insignia del hombro que era teniente. Sus sospechas se confirmaron. Alguien había relacionado a la denunciante con el antiguo primer comisario adjunto Leo Farley.

El recién llegado se presentó como teniente Patrick Flannigan.

—Lamento que le haya ocurrido esto en nuestro distrito.

—No es necesario que se disculpe... a no ser que lleve una doble vida como ladrón —añadió ella con una sonrisa—. Y, créame, le contaré a mi padre que la policía de Nueva York ha llegado en dos minutos.

—Por desgracia, mis agentes me dicen que el tiempo de reacción no ha sido lo bastante rápido para hallar al culpable. Hemos encontrado a una mujer que dice que un hombre con una bolsa grande la ha apartado de un empujón, pero no ha podido verle bien. Parece ser que ha logrado mezclarse con la gente que salía de los teatros y desaparecer. De todos modos, revisaremos las grabaciones de las cámaras de seguridad.

Ella sacudió la cabeza.

—Llevaba una sudadera con capucha. No sé qué encontrarán.

Flannigan le indicó al camarero con un gesto que se acercara.

—¿Se ha fijado en si algún cliente se ha marchado a la vez que ella?

El camarero entornó los ojos, haciendo memoria.

—Puede ser. Había un tipo que, de hecho, ocupaba el mismo asiento que ocupa usted ahora —le dijo a Laurie—. Se ha tomado unos cuantos vasos de Johnnie Walker Black. Aunque no recuerdo mucho más de él.

—¿Ha pagado con tarjeta de crédito? —preguntó Flannigan.

—En efectivo. Y ya le he dicho al otro agente que no tenemos cámaras ni nada parecido. Me siento fatal. Estas cosas nunca pasan aquí. La gente solo viene a pasarlo bien.

Laurie oyó que Grace, a poca distancia de ella, bromeaba con Charlotte y Jerry sobre el establecimiento de bailarines del otro lado de la calle mientras hacía las llamadas telefónicas necesarias para bloquear sus tarjetas de crédito. Le pareció que a algunos agentes de policía les desagradaban las risas. No obstante, hacían que se sintiera segura. Quería creer que todo era normal, pero no podía evitar preguntarse si el robo guardaba relación con la investigación sobre Martin Bell.

—¿Puedo preguntarle, teniente, si son frecuentes los robos en esta zona?

El hombre suspiró.

—Ojalá pudiera decirle que no ocurre nunca, pero estamos en Nueva York; puede pasar cualquier cosa en el momento más inesperado. Sin embargo, esta zona suele ser bastante tranquila, y más a estas horas. A las dos o las tres de la mañana, la cosa cambia mucho. Pero el camarero no mentía al decir que esto no sucede habitualmente. ¿Por qué tengo la sensación de que lo pregunta por algo en concreto?

—Soy productora de televisión. Mi programa, *Bajo sospecha*, investiga de nuevo...

—Conozco muy bien su programa, señora Moran. Hacen ustedes un buen trabajo.

—Gracias. Y, por favor, llámeme Laurie. Ahora mismo estamos en mitad de una producción. Es el caso de Martin Bell —dijo, bajando la voz.

El hombre soltó un bufido.

—Ese caso es de los grandes. No conozco los detalles, pero parece ser que se quedaron sin pistas.

—Así es. Y, si he de serle sincera, no hemos avanzado tanto como nos gustaría. Aun así, hemos encrespado las aguas y herido algunas susceptibilidades. El maletín con mi ordenador portátil y mis notas iba en la bolsa que me acaban de robar.

—¿Se le ocurre algún candidato concreto?

Laurie repasó todas las posibilidades. Desde luego, no era Kendra. Aunque no había visto el rostro del asaltante, sabía por su constitución y forma de moverse que se trataba de un hombre. Longfellow debía de medir diez centímetros más de estatura que el tipo al que había visto huir; además, ya no formaba parte de la lista de sospechosos. George Naughten, por otro lado, era más bajo y regordete, pero Laurie no creía que tuviera la forma física necesaria para tirarla al suelo y escapar tan deprisa de la escena.

Consideró brevemente la posibilidad de que fuera el jefe de Kendra, Steven Carter. Podía ser, claro, pero ¿cómo iba a saber dónde estaría ella esa noche? Si aquello era algo distinto de un robo al azar, el atacante debía de haber estado siguiéndola durante horas.

De todos los nombres que la aguardaban en la pizarra blanca de su despacho, solo uno tenía sentido, y ni siquiera se trataba de un nombre: el misterioso compañero de copas de Kendra en La Colmena. Recordaba cómo le había descrito la camarera de aquel bar de mala muerte: con pinta de duro, la cabeza afeitada y ojos malvados.

Jamás había visto el rostro de ese hombre y, sin embargo, no le costaba imaginar esos ojos fríos y duros mientras la empujaba hacia la calzada.

41

Iba a explicarle su teoría al teniente cuando la puerta del bar se abrió de nuevo. Era su padre, que corrió hacia ella y le dio un abrazo. Cuando por fin la soltó, Laurie se dio cuenta de que la estaba inspeccionando en busca de heridas.

—Estoy bien, papá. ¿Qué haces aquí?

Después de hablar con la policía, Laurie había usado el móvil de Charlotte para preguntarle a Leo si podía reunirse con Timmy en el apartamento. No le había gustado nada interrumpir su cena, pero no quería que Timmy tuviera que esperar en casa de un amigo sin ninguna explicación.

—No te preocupes. Timmy está en muy buenas manos. Su canguro acaba de enviarme un mensaje de texto diciéndome que ha llegado al apartamento minutos antes que él y que se están haciendo buenos amigos.

—¿Buenos amigos? Papá, siento haberte sacado de tu cena, pero no puedes contratar a una extraña de buenas a primeras para que cuide de Timmy.

—No es una extraña —dijo él, nervioso de repente.

Laurie nunca había visto a su padre intentando explicar algo con tanta torpeza.

—Es muy fiable —siguió diciendo—. En realidad —añadió, bajando la voz hasta convertirla en un susurro—, es la juez del Tribunal de Distrito.

Laurie no creía que nada pudiera hacerle sonreír, pero esa frase obró el milagro. Imaginó a su padre cenando, en una cita, con la juez Russell. Debía de haberle telefoneado después de que se vieran en el acto de nombramiento de Alex la semana anterior. Al verse obligado a marcharse antes de hora, le habría explicado las circunstancias urgentes. Ahora él estaba con Laurie, y ella le hacía compañía a su nieto.

—Bueno, si todo sale bien, sin duda tendréis una anécdota interesante que contar sobre vuestra primera cita —dijo en broma.

—Perdona que haya tomado una decisión rápida, pero Alex me ha llamado asustado cuando Maureen y yo salíamos del restaurante. Iba a perderse el resto de la conferencia para coger un vuelo de regreso esta noche hasta que le he asegurado que venía hacia la escena del crimen.

Después de llamar a Leo, Laurie había telefoneado a Alex a Washington. Había tratado de atenuar la gravedad del incidente, pero debería haber sabido que se preocuparía mucho.

El teniente Flannigan les interrumpió para presentarse.

—Es un honor conocerle, señor comisario.

—Llámeme Leo. Creía que, cuando yo llegase, a lo mejor se habrían ido todos a comisaría para hablar con los detectives.

—Dadas las circunstancias, he pensado que enviaríamos al detective a casa de la testigo. Laurie me estaba hablando del hombre que pudo seguirla la semana pasada.

—¿Qué hombre? —preguntó él, claramente alarmado—. ¿Te seguía alguien?

—En ese momento pensé que eran imaginaciones mías —dijo ella, explicando su decisión de no mencionar antes sus miedos—. Ahora no estoy tan segura. Es un poco descabellado, pero, si Kendra contrató a alguien para que matara a su marido, sin duda podría haberle contratado para averiguar lo cerca que estamos de la verdad. Mis notas y mi ordenador portátil iban en la bolsa, y ahora han desaparecido.

En realidad, sus notas no contenían más que conjeturas. En todo caso, el hombre de La Colmena se sentiría reconfortado al descubrir que no había llegado más lejos que la policía en la determinación de su identidad.

Leo sacudió la cabeza.

—No son solo tus notas, Laurie. Charlotte me ha contado lo sucedido. Te ha empujado delante de un coche. Podría haberte matado.

—Sin duda, ese sería un modo de poner fin a su investigación —dijo Flannigan en tono sombrío.

Laurie se había quedado aterrada al ver ese taxi que se dirigía hacia ella, pero no se había permitido pensar en la posibilidad de que alguien hubiera tratado de matarla.

—O también —añadió Flannigan—, puede haber sido un simple robo al azar. No hay forma de saberlo a no ser que le encontremos.

Laurie comprendió que el teniente no era optimista.

42

A quince manzanas de distancia del piano bar, en un aseo de Starbucks, el asaltante de Laurie repasaba en su mente los acontecimientos de la noche.

«Sabía que no debía empezar con el whisky —pensó el hombre—. Me vuelve mala persona, tal como me decía siempre todo el mundo cuando había personas en mi vida que querían que mejorase.» Esa noche se había comportado de forma estúpida e impulsiva cuando quería ser inteligente y metódico. Había actuado sin pensar; y allí estaba ahora con una bolsa llena de pertenencias.

Ya había rebuscado entre lo que la mayoría de la gente llamaría los «regalos de broma»: una camiseta de deporte con el mensaje «Sí, quiero», una taza de café que decía «Voy a casarme» (con su dibujo de una gata vestida de novia) y unas cuantas pegatinas vagamente picantes sobre el matrimonio.

El teléfono móvil era inútil, al menos para él, ya que solicitaba una contraseña que no tenía. Lo primero que había hecho tras mezclarse con la multitud en Times Square fue meterse en un cubículo de los aseos de un McDonald's. Un rápido registro de la bolsa de deporte reveló la presencia del móvil. Lo había desconectado y tirado en un cubo de basura. Era un error de principiante dejarse atrapar con un móvil localizable.

Por fortuna, el ordenador no estaba igual de protegido.

Había repasado el calendario y los últimos correos electrónicos en busca de información interesante. La bandeja de entrada contenía varios mensajes recientes de una agente de la propiedad inmobiliaria llamada Rhoda Carmichael con fotografías y elogiosas descripciones de apartamentos de lujo. Hubo un tiempo en que él mismo habría podido permitirse una vivienda como aquellas. Los mensajes le dieron la impresión de que la agente aguardaba impaciente que Laurie y su prometido eligieran una propiedad.

Sabía que, una vez que empezaran a vivir juntos, sería aún más difícil llegar hasta Laurie. Al fin y al cabo, se casaría con un juez federal. El honorable juez Buckley había mejorado el sistema de seguridad no solo de su lugar de trabajo sino también de su casa. No obstante, Laurie tenía por ahora su propio apartamento, no tan equipado.

A continuación, se había puesto a leer las notas del cuaderno de espiral. Las más recientes se referían a Daniel y Leigh Ann Longfellow. Se preguntó brevemente cuánto dinero podría ganar vendiendo esas páginas a un tabloide, pero entonces comprendió que si llegaba a esa clase de trato pondría en peligro su anonimato. A cambio, sintió una leve satisfacción leyendo una información que pocas personas conocían.

Al parecer, Laurie tenía muchas teorías acerca de quién podía ser culpable en su último caso, pero aún no podía demostrar quién había asesinado al doctor Martin Bell.

Cerró el portátil y el cuaderno para centrar su atención en la caja de cartón azul celeste. Sacó el marco de un tirón, le dio la vuelta y extrajo la foto, que rompió en pedazos. Arrojó al inodoro los trozos de papel satinado, tiró de la cadena y contempló cómo daban vueltas y desaparecían por el desagüe, igual que lo había hecho su propia historia de amor.

Metió en la basura el contenido de la bolsa de deporte y lo cubrió con un montón de toallas de papel. La bolsa de la basura podía parecerle un poco pesada al empleado que la sacase más tarde, pero el hombre se había pegado una caminata de quince manzanas desde el piano bar por un motivo. Estaba muy lejos de cualquier radio viable para una investigación policial. Y ningún empleado de una cadena de cafeterías iba a rebuscar por curiosidad entre el contenido de un cubo de basura de Nueva York.

Sin embargo, esa bolsa de deporte era un problema. Simplemente, era demasiado grande para caber en un cubo de basura. Se la echó al hombro, metió la barbilla hacia el pecho y salió a la calle. Cuando pasó junto a un sintecho que dormía al lado de una caja de cartón con sus pertenencias, se quitó la bolsa del hombro y se la dejó como regalo, volviéndose de un lado a otro para asegurarse de que nadie hubiese visto su buena acción.

«¿Y ahora qué?», pensó. Se planteó volver a la calle Cuarenta y seis a buscar el todoterreno, pero era demasiado arriesgado. La policía podía estar vigilando la manzana. Cogería el metro hasta casa y regresaría a por el coche al día siguiente. Para entonces, la policía ya no estaría controlando la zona.

Mientras bajaba las escaleras del metro, volvió a pensar en las vagas notas de Laurie sobre su última investigación. Desaparecería antes de poder resolver el caso; de eso estaba seguro. Solo necesitaba encontrar la oportunidad adecuada. La próxima vez, no cometería un estúpido error.

43

La tarde siguiente, Laurie notaba que la tela de su pantalón de entretiempo más nuevo rozaba con la pierna raspada. La dependienta de Bloomingdale había descrito la mezcla de algodón y nailon como «lo más parecido a un pijama que se puede llevar para ir al trabajo». Sin embargo, en ese momento el pantalón negro parecía papel de lija contra una herida abierta. Aún notaba el asfalto de la calle Cuarenta y seis arañándole la piel. Ahora que lo pensaba, debería haberse puesto un vestido, pero no quería que Timmy se diera cuenta de que estaba herida. Había decidido restar importancia al incidente contándole que alguien le había robado el maletín mientras estaba por ahí con Charlotte. Siempre era sincera con su hijo, pero el niño ya había perdido a su padre por culpa de la violencia. No tenía sentido asustarle innecesariamente.

Grace y Laurie habían pasado la mañana en la tienda de Apple, donde habían comprado un móvil y un portátil. Como Grace había almacenado en la nube copias de seguridad de todos los archivos, los expertos del Genius Bar lo tenían todo listo para trabajar antes del mediodía. Laurie aún tardaría varios días en recibir las nuevas tarjetas de crédito y el permiso de conducir, pero, en general, sentía que había vuelto a la normalidad. Lo único que seguía echando de menos era ese precioso marco de cristal con la fotografía de Alex y ella.

Oyó unos golpecitos en su puerta. Jerry y Grace asomaron la cabeza. Tenían programada una reunión para dibujar el guion gráfico de la producción sobre Martin Bell. Para su sorpresa, Ryan había sugerido que tomara ella la iniciativa y le avisara solo si podía ser útil.

—¿Preparada? —preguntó Grace.

—Por supuesto.

Entraron juntos. Con sus tacones de diez centímetros, Grace tenía exactamente la misma estatura que Jerry. Cada uno llevaba un solo objeto familiar. Jerry tenía en la mano una bolsa de deporte de cuero de Ladyform y Grace sostenía una caja azul celeste con un lazo.

—Chicos, esto es demasiado —dijo Laurie.

Tras coger la caja que le tendía Grace y quitar el lazo, encontró otro marco de cristal con una fotografía idéntica a la que le habían robado la noche anterior.

—No puedo volver a aceptar estos regalos, en serio.

Jerry dejó la bolsa de deporte en una de las sillas para las visitas y tomó asiento ante la mesa de reuniones.

—No te sientas culpable. La encargada de Tiffany nos ha regalado un marco nuevo cuando le he contado lo que pasó anoche —explicó Jerry.

—En cuanto a la bolsa —dijo Grace—, ya sabes que adoro la empresa de Charlotte, pero ¿sabes el margen que dejan estas cosas? Créeme: tu amiga puede permitirse otra.

Laurie contempló la fotografía que tenía en las manos y sonrió. Se le revolvía el estómago al pensar que un ladrón o algo peor la habría mirado la noche anterior. Imaginaba a un hombre con pinta de duro y ojos malvados arrojándola a un lado de cualquier manera y revolviendo dentro de la bolsa de deporte en busca de objetos más valiosos.

Ese era el objeto que más había echado de menos, por delante del monedero, el móvil o el portátil. Lo colocó junto al ordenador, entre la fotografía de los dos con Timmy y Leo y la de ella misma con Timmy y Greg. Las tres fotos juntas quedaban muy bien.

Cuarenta minutos más tarde finalizaban de planear el siguiente episodio de la serie *Bajo sospecha*. Ryan narraría las primeras fases de la relación entre Martin y Kendra mientras mostraba imágenes de la facultad de Medicina en la que se habían conocido, la iglesia donde se habían casado y la casa en cuya puerta acabaron asesinándole a él.

Tanto Kendra como los padres de Martin habían firmado ya el acuerdo de participación. Como cabía esperar, los Bell acusarían a Kendra, mientras que Kendra se mostraría como una esposa y madre incomprendida. El programa revelaría un dato inédito hasta entonces: Ryan interrogaría a Kendra, presentándole pruebas de que Martin pensaba divorciarse de ella y hacerse con la custodia de los niños.

—No olvidéis la información de la niñera —hizo notar Jerry.

Grace estuvo a punto de saltar de la silla al oír mencionar a Caroline Radcliffe.

—¿En qué gasta Kendra todo ese dinero? ¿Y qué clase de mujer dice «¿Por fin me he librado de él?» cuando matan a su marido de un disparo? Lo siento, pero yo lo tengo muy claro. Esa señora contrató a un sicario para matar a Martin Bell y ahora sigue pagándole para que mantenga la boca cerrada. Caso resuelto.

La expresión de Jerry dejaba muy claro que él opinaba lo mismo.

Laurie intentaba concentrarse en cada escena de la producción prevista, pero no dejaba de pensar en el asalto de la noche anterior. «Kendra también puede haberle pagado al sicario para que me mate a mí», pensó. Aun así, descartó el pensamiento, recordándose a sí misma que pudo haber sido un robo al azar.

El sonido del teléfono del despacho se abrió paso a través del ruido de su cabeza. Grace se levantó de la mesa de reuniones para responder en su nombre.

—Despacho de Laurie Moran.

Al cabo de unos segundos, pulsó el botón de llamada en espera y anunció que quien telefoneaba era George Naughten. Laurie se levantó para coger el aparato.

Jerry y Grace la observaron expectantes mientras ella escuchaba las palabras de George. El hombre había hablado con su psiquiatra desde que le habían visitado en su casa el día anterior. El psiquiatra opinaba que le beneficiaría ayudar al programa con su investigación.

—Será una oportunidad para mí de hablar sobre mi madre en televisión, ante un público enorme, del accidente de tráfico y de lo que le hizo el doctor Bell con su supuesto tratamiento.

—Eso sería fantástico —dijo Laurie, fingiendo entusiasmo.

Al principio, George parecía un sospechoso de primera línea, un hombre lleno de resentimiento con antecedentes de posesión de armas. Después de reunirse con él el día anterior, aunque ya no estaba tan convencida, seguía albergando ciertas dudas. Ahora telefoneaba deseoso de salir en el programa. Daba la impresión de que pensaba aprovechar la oportunidad para airear sus quejas contra las personas a las que acusaba de la muerte de su madre.

—Entonces, contará más o menos lo que nos dijo ayer, ¿no es así?

—No —respondió él con firmeza—. Hay otra cosa, algo que nunca le he contado a nadie.

Laurie enderezó la espalda, y Grace y Jerry la miraron, intuyendo que algo había cambiado al otro lado de la línea.

—¿Puede darme alguna pista ahora?

—No. Solo puedo contárselo si me sacan del acuerdo de confidencialidad que firmé.

—Como ya le dije, George, no necesitamos conocer los detalles de su demanda contra el doctor Bell.

—Lo toma o lo deja —dijo él, insistente de pronto—. Esas son mis condiciones. Tengo algo que quiero que sepan, créame, pero no se lo diré con ese acuerdo de por medio.

Laurie cerró los párpados con fuerza. Estaba casi segura de que George quería implicarles en sus propios rencores y que sus declaraciones no tendrían nada que ver con el asesinato de Martin Bell. Sin embargo, su lema era no dejar piedra sin remover. El hombre quería quedar libre del acuerdo de confidencialidad, algo que dependía de los padres de Martin Bell. También querían resolver el asesinato de su hijo.

—Creo que podemos solucionarlo —dijo.

Una vez estuvo a solas en su despacho, telefoneó a los padres de Martin Bell y les dejó un mensaje pidiéndoles que le devolvieran la llamada.

Al contemplar las fotos de su mesa, comprendió que deseaba estar en casa, rodeada de su familia. Lo sucedido la noche anterior la había dejado más alterada de lo que quería admitir. Pero Alex estaba en Washington, Timmy estaba en la escuela y su padre tenía una reunión de todo el día con el grupo antiterrorista, cerca de Randall's Island.

«Trabajaré una hora más —pensó—. Luego saldré temprano, iré a hacer la compra como en los viejos tiempos y aún podré ir a buscar a mi hijo al colegio. Hoy cenaremos los dos solos, ahora que todavía tenemos esa oportunidad.»

44

La noche siguiente, Laurie vio a Alex a través de los cristales del Marea, de pie junto al mostrador de recepción. Parecía relajado y seguro de sí. Solo habían transcurrido cuatro días desde la última vez que le había visto, pero por algún motivo había olvidado lo guapo que era.

Sus ojos de un azul verdoso se iluminaron tras sus gafas de montura negra cuando ella entró en el restaurante.

—¡Aquí estás! —exclamó, estrechándola entre sus brazos.

Laurie se dio cuenta de lo mucho que le había echado de menos.

Una vez que se instalaron ante su mesa favorita, Laurie le preguntó a Alex si la formación había ido bien. Casi todo el tiempo que habían pasado hablando por teléfono mientras él estaba en Washington se había centrado en darle vueltas al asalto del piano bar. Laurie le había hecho prometer que esa noche no lo mencionarían siquiera.

—He aprendido más de lo que esperaba. Podría llevar un caso penal con los ojos cerrados, pero había material muy útil sobre cómo gestionar las demandas civiles y colectivas a gran escala. Ahora tengo el resto de la semana para poner en orden mi despacho antes de que la juez del Tribunal de Distrito empiece a asignarme casos la semana que viene.

Parecía sorprendentemente inquieto ante esa perspectiva,

aunque Laurie sabía que era más que competente para realizar la tarea. Su nerviosismo mostraba que sus nuevas responsabilidades le intimidaban un poco.

—Seguramente nunca pensaste que la juez del Tribunal de Distrito haría de canguro de tu futuro hijastro antes incluso de asignarte un caso.

Alex sonrió al pensar que la juez Russell había salido con Leo.

—Ya vi que había química entre ellos. Ella suele conversar con todo el mundo en ese tipo de actos, pero esa noche solo quería hablar con tu padre.

—Piénsalo bien —dijo Laurie—. Si las cosas se pusieran serias entre mi padre y la juez Russell, podría acabar siendo mi madrastra, lo que la convertiría en tu... ¿suegrastra? ¿Hay conflicto de intereses?

Alex pareció sopesar la cuestión durante unos instantes y sacudió la cabeza, confuso.

—No tengo la menor idea. ¿Crees que podrían ir tan en serio?

—¿Quién sabe? Pero, después de lo pesado que se puso con nuestra relación, va a ser muy divertido ahora que han cambiado las tornas.

El tono de Alex se hizo más serio.

—¿De verdad te parece bien que tenga otra pareja?

—Por supuesto. —La madre de Laurie, Eileen, había fallecido antes de que naciera Timmy. A Eileen le gustaba contar que se había casado con el primer chico al que había besado. Los padres de Laurie eran una de esas parejas que se cogen de la mano sin tan siquiera tener que pensarlo—. Sé que es feliz ejerciendo de padre y abuelo, pero ya es hora. No quiero que se pase el resto de la vida solo. Han quedado otra vez para el viernes por la noche, así que... ya veremos. Por ahora, solo son un par de cenas. Me alegro de que lo esté pasando bien.

—Hablando de cenas, a ver si adivinas quién me ha invitado a cenar para celebrar mi nuevo puesto.

—¿Debería estar celosa? —dijo ella, levantando una ceja.

—Para nada. Es Carl Newman —contestó él, bajando la voz.

Laurie ignoraba cuáles eran las normas por las que se regían las comunicaciones de un juez con antiguos clientes, pero ese cliente en concreto era objeto de tanto desprecio en Nueva York que su absolución había amenazado con frustrar el nombramiento de Alex.

—No pensarás ir, ¿verdad?

—Qué va, ni se me ocurriría. No sería apropiado. Y, para ser sincero, es uno de los poquísimos clientes a los que me habría gustado ver en la cárcel.

—Pero tenía un abogado demasiado bueno —dijo ella.

—No me eches la culpa a mí. Échasela a los investigadores y quizá a los miembros del jurado.

—¿Sabes qué creo? —preguntó Laurie.

—¿Qué?

—Que los distrajiste gracias a tu atractivo físico y tu irresistible encanto.

Alex se echó a reír y sacudió la cabeza.

—Tengo que salir de la ciudad más a menudo.

Acto seguido, le cogió la mano sin tan siquiera tener que pensarlo.

45

Desde el otro lado de la calle en Central Park South, el hombre observó cómo entraba Laurie en un restaurante llamado Marea. Su prometido había llegado al local solo unos momentos antes. Perfectamente sincronizados, ¿verdad? Qué repugnante.

Seguía tirándose de los pelos por el incidente que se había producido en la puerta del piano bar dos noches atrás. Menudo fracaso. La culpa era del whisky que había tomado en la barra. ¿Continuaba siendo el mismo idiota impulsivo que antes, alguien incapaz de negarse una copa estando ante una pared cubierta de botellas?

Esa clase de insensatez era justo lo que le había llevado al punto en que se hallaba. La próxima vez, no metería la pata. Continuaría vigilando y estaría listo para actuar cuando ella estuviera a solas, cuando fuese el momento oportuno.

Se sobresaltó al oír un ruido sordo y volvió la cabeza rápidamente, esperando ver a alguien golpear la ventanilla del todoterreno blanco. Nadie. Al asomarse al exterior, descubrió el origen del ruido: dos críos aporreaban unos cubos puestos bocabajo sobre la acera. Varias personas se levantaban para bailar sobre la hierba. «Si me sentara con esa gente tan feliz, puede que se me contagiara algo», pensó. Luego esbozó una sonrisa burlona. No era así como funcionaba la felicidad. Se alcanzaba la felicidad cuando cada cual recibía su merecido.

Una pareja cogida del brazo cruzó la calle delante de su coche en dirección al restaurante en el que Laurie y Alex estaban cenando. El hombre llevaba un traje a medida; la mujer, un vestido negro. El Marea era un local de apariencia modesta, pero él sabía que era la clase de sitio con tres tenedores y precios aptos para banqueros de inversión. Hubo un tiempo en el que entraba en sitios como ese sin pensárselo dos veces, se acercaba a la barra y se ponía a beber martinis hasta perder la cuenta. Echaba de menos los bares elegantes, las luces de ambiente y el servicio que reconocía tu importancia. Ahora, cuando anhelaba una copa, se metía en un antro pegajoso, normalmente situado en un sótano, y empezaba a echarse al coleto un vaso tras otro de Four Roses.

Vio salir a Laurie del restaurante más de dos horas después, en el preciso momento en que estaba a punto de dormirse. Esta vez iba de la mano de su prometido. Pese a que la acera rebosaba de gente, pudo ver la arrogancia del tipo.

«No caminará con esa clase de orgullo mucho tiempo —pensó—. Puede que, cuando ella ya no esté, sea igual que yo.»

46

Al día siguiente, en medio del tráfico de media mañana, Jerry parecía absolutamente satisfecho al volante del sedán que habían alquilado para el trayecto hasta Rosedale, en Queens. El ayudante de producción había sugerido que fuesen en un vehículo de alquiler para poder hablar del caso sin preocuparse por si el chófer los escuchaba, pero Laurie comprendió que también se estaba adelantando a la inminente compra de su propio vehículo. En efecto, nada más subir, les había contado que en el concesionario tendrían el coche preparado para que pasara a recogerlo al salir del trabajo.

Sonaba en la radio el último éxito de Adele. Jerry cantaba y Grace le hacía los coros desde el asiento trasero. «Pues no hablamos del caso», pensó Laurie.

El edificio donde vivía George Naughten estaba casi vacío. Habían acudido para recoger la información que juraba tener acerca de su demanda contra Martin Bell. Laurie había convencido a los padres de Martin para que renunciaran a hacer valer el acuerdo de confidencialidad que George había firmado a cambio del pago recibido con el dinero del patrimonio de Martin. Deseaban proteger la reputación profesional de su hijo, pero Laurie les había persuadido de que esa era la única forma de averiguar el secreto que guardaba George.

Jerry paró ante la casa de George, y la furgoneta de producción que iba detrás hizo lo propio. Un tercer vehículo se detuvo al otro lado de la calle. Leo bajó del coche y puso su autorización de aparcamiento sobre el salpicadero. Tras el incidente del lunes por la noche, no pensaba dejar que Laurie se reuniera sin su protección con un hombre condenado por acoso. Había prometido «no meterse», llegando incluso a viajar en un vehículo aparte, pero Laurie sabía que llevaba el arma en una pistolera de hombro, bajo su chaqueta deportiva.

Laurie apagó la radio y miró a Ryan.

—¿Preparado? —preguntó.

Él levantó los pulgares. Se habían pasado la mañana tratando de adelantarse a todas las posibilidades de lo que podía ocurrir allí.

—Si vives en este barrio, llegas enseguida al aeropuerto JFK —dijo Jerry al bajar del coche mientras un avión pasaba rozando los edificios.

—Así es la vida en Lakeview —comentó Grace—. Antes de que mis padres se mudaran, esto era el pan de cada día.

—Espero que nunca riñeran con la señora Naughten. Ya sabes cómo se ponía George si la contrariabas —bromeó Jerry.

—O si conocías a alguien que conocía a alguien que la contrariaba.

Laurie se pasó las puntas de los dedos por el cuello, indicándoles que dejaran los chistes ahora que se aproximaban a la casa de George.

Como ocurrió en su última visita, George asomó la cabeza por la rendija de la puerta y observó suspicaz al pequeño grupo reunido en el porche.

—Hola, George. Laurie Moran, de *Bajo sospecha* —aclaró ella, aunque estaba segura de que el hombre conocía su identidad.

—Sí, claro. —George abrió la puerta del todo para dejarles pasar—. Es que no esperaba a toda esta gente.

—Si queremos grabar lo que nos diga, esta es la gente que necesitamos.

Laurie le presentó a los miembros del equipo, que empezaron a preparar el cuarto de estar. Habían traído unos focos para compensar la oscuridad de la sala y no tardaron en transformar el espacio en un auténtico estudio. George, vestido con la misma ropa de la última vez, observaba la operación con los ojos muy abiertos.

—No hay motivo para estar nervioso, George —dijo Ryan en tono cordial.

Ryan le alargó a George un bolígrafo y un ejemplar del acuerdo de participación estándar para que lo firmase. George echó un breve vistazo a las cláusulas antes de firmar. El documento daba a Fisher Blake Studios el control exclusivo sobre el uso y la edición de las filmaciones. Esperaban que George expresara sus quejas contra Martin Bell, pero no tendrían que usar las filmaciones.

—Me gustaría sentarme allí —dijo George, dirigiéndose hacia la silla de oficina.

Leo se precipitó hacia la silla y la palpó con rapidez en busca de armas ocultas, murmurando una explicación:

—Solo quiero asegurarme de que no hay nada que pueda interferir con el equipo.

Aparentemente satisfecho, George se puso cómodo mientras un asistente de producción fijaba un micro a su camiseta.

Una vez que las cámaras estuvieron instaladas, empezaron a filmar.

—Vamos a comenzar por los hechos que dieron lugar a la demanda —dijo Ryan—. ¿Qué le pareció el tratamiento que el doctor Martin Bell administró a su madre?

—¡Ay, mi madre era una mujer muy atrevida! —dijo con nostalgia. Hizo una pausa y apareció en su rostro una sonrisa, la primera que Laurie le veía esbozar—. ¿Sabe que iba a cruzar el país en bicicleta? ¡Desde Nueva York hasta California! Se le ocurrió esa idea absurda cuando cumplió los sesenta y tres. Seguía todo un programa de entrenamiento, caminando deprisa por el barrio los lunes y los miércoles, nadando en el centro comunitario los martes y los jueves. Le prometí que le compraría una buena bicicleta, algo fiable que no se le rompiera en Tennessee o Kansas.

»Pero entonces se produjo el accidente y todo cambió. Al principio, todos los médicos dijeron: "Oh, no es más que un toque, no exageremos". Pero ese "toque" fue el principio del final. Claro, aún había días en los que estaba bien, en los que volvía a ser ella misma. Pero durante dos años mi madre me despertaba gritando de dolor desde su cama. Una vez que empezó a visitar al doctor Bell, se acabaron los gritos y el dolor desapareció, aunque las medicinas la dejaron totalmente atontada, la convirtieron en una sombra de sí misma. Como una zombi. Un día la encontré allí, en el suelo —dijo George, señalando hacia la cocina.

Laurie ya conocía las acusaciones básicas de la denuncia, pero nunca había oído a George describiendo el deterioro de su madre con sus propias palabras. «Como una zombi.» Esa frase aparecía en su demanda, y era exactamente la que había usado Caroline Radcliffe para describir a Kendra Bell hacia el final del tiempo que pasó con Martin. «Atontada.» «Una sombra de sí misma.» George podría haber estado hablando de Kendra.

¿Por qué no lo había visto antes? Se dijo que podría confirmar sus sospechas más tarde. En ese momento tenía que concentrarse en lo que diría George.

—Culpó al doctor Bell de la muerte de su madre, ¿verdad? —inquirió Ryan.

—Desde luego.

Mientras Ryan acompañaba a George durante el enfrentamiento en la consulta de Martin, Laurie observaba el rostro del hombre en la pantalla, delante de ella, preguntándose qué nueva información iba a darles.

Ryan continuó presionando a George acerca de los detalles de su encuentro con Martin:

—La policía le advirtió que no regresara a su consulta.

—Y les hice caso —dijo George—. Nunca más volví a su consulta.

Laurie vio un destello en los ojos de Ryan y comprendió inmediatamente el motivo. George había insistido en que nunca había vuelto a la consulta del doctor Bell utilizando la misma frase que la última vez que le entrevistaron: «Nunca más volví a su consulta».

—Pero no dejó exactamente en paz al doctor Bell, ¿no es así? —preguntó Ryan con intención.

—Nunca me acerqué a él, hablé con él ni nada parecido.

—Pero le vigilaba, ¿verdad?

George se apoyó la cabeza en las manos.

—No podía evitarlo. No pensaba más que en él, y, en cierto modo, verle en persona me ayudaba. No podía hacer daño a otras personas mientras yo le vigilase.

—¿Fue a vigilarle la noche en que le mataron? —quiso saber Ryan.

Un silencio invadió la sala, como si todos contuvieran el aliento en espera de la respuesta de George.

—No —dijo por fin—. Estaba en casa.

—Usted solo —añadió Ryan.

George asintió con la cabeza.

—Así que nadie puede responder por usted. No tiene coartada.

George se miró los pies.

—Estos son los hechos, George —empezó diciendo Ryan—. No tiene coartada. Tiene antecedentes de obsesionarse con personas a las que culpa del fallecimiento de su madre. Estaba acosando al doctor Bell. Y poseía el mismo modelo de arma utilizado para matar...

—Trataba de hacer lo correcto —saltó George, interrumpiendo el interrogatorio de Ryan—. Sí, culpo al doctor Bell de la muerte de mi madre, pero no soy ningún asesino. Sé que todo da mala impresión. Por eso nunca conté lo que vi.

—¿Qué vio, George?

—Fue una noche, más o menos una semana antes del asesinato, en la parte baja de Manhattan, en la zona de Greenwich Village. Estaba siguiendo al doctor Bell cuando subió a un taxi. Una mujer le esperaba en el asiento trasero y él la besó. Sé que debería haberlo declarado, pero me daba miedo convertirme en sospechoso. Me siento muy culpable.

—¿Quién era la mujer? —preguntó Ryan, haciendo caso omiso del intento de George de producir lástima.

—Estaba demasiado oscuro para verle la cara. No lo sé. —La voz aguda de George temblaba de miedo—. Simplemente di por sentado que sería su esposa, pero luego, después del asesinato, todo el mundo decía que no se llevaban bien. Así que, ya sabe, puede que fuese otra señora.

Laurie y Ryan no habían previsto esa posibilidad. Ryan continuó con las preguntas obvias, como la edad y la longitud y el color del pelo, pero George no podía dar más detalles.

—¿Por qué debería creerle después de todos estos años? —preguntó Ryan en tono escéptico.

—Porque, si estuviera mintiendo, me inventaría una respuesta para todas las preguntas que me ha hecho. La verdad, ni siquiera estoy seguro de que la persona que estaba en el taxi fuese una mujer. Solo vi un beso. Para ser sincero, me sentí irritado al ver que ese tipo tenía a alguien que se dejaba besar. —Apartó la vista con tristeza—. Sé muy bien lo patético que resulta que lo diga, y ese es otro motivo para que todo el mundo me crea. Se lo juro... Digo la verdad.

Ryan miró a Laurie, que asintió con la cabeza. Era un buen momento para finalizar la entrevista.

47

Mientras el equipo volvía a cargar el material de producción en la furgoneta, Ryan se llevó aparte a Laurie.

—¿Te importa que nos sentemos en el coche un minuto? —preguntó, echando un vistazo hacia la casa de George para indicar que quería hablar discretamente—. La verdad es que creo a ese tipo —dijo Ryan al instalarse en el asiento del pasajero.

Laurie reflexionó unos momentos.

—No podía saber de ningún modo que Kendra acusaba a Martin de engañarla. Nunca salió en los periódicos. Hablaba de lo que vio en la parte trasera de un taxi.

—¿Podría ser Kendra la persona a la que besaba? —preguntó Ryan.

—Lo dudo —dijo Laurie—. Al parecer, no se llevaban nada bien. Puede que, después de todo, Kendra estuviera en lo cierto y él le fuese infiel. Aunque sospechaba de la mujer equivocada.

—Entonces ¿vamos a buscar a otra mujer con un posible marido celoso? ¿Cómo la encontraremos?

Ryan tenía razón. Sería como salir a pescar. Además de tener al hombre misterioso de La Colmena, ahora tenían a una mujer misteriosa en un taxi.

Laurie analizó las repercusiones de la información que

acababan de obtener. Por un lado, si Martin tenía una relación con otra mujer, aumentaban los motivos de Kendra para matarle. No solo pensaba dejarla, sino que ya tenía a su sustituta esperando entre bastidores. Por otro lado, si Martin era infiel podían existir sospechosos alternativos: la amante sin identificar y, tal vez, un marido celoso.

Laurie tuvo que recordarse a sí misma que no siempre podrían resolver los casos, aunque descubrieran información nueva.

Al menos tenía una pieza más del rompecabezas para encajar.

—Estaba pensando en la descripción que ha hecho George de su madre antes de que falleciera —dijo—. Creo saber por qué estaba Kendra tan atontada la noche del asesinato.

Después de que Laurie expusiera su teoría, Ryan apuntó que añadiría varias preguntas al interrogatorio que había preparado para el momento en que Kendra se sentara ante las cámaras.

Laurie sacudió la cabeza.

—La verdad, no me parece bien tenderle una trampa en televisión con algo así.

—¿No nos dedicamos a eso? —objetó Ryan, arrugando la nariz—. Nada de andarse con chiquitas. Además, sigue siendo nuestra sospechosa número uno.

—Eso es un asunto privado de salud —dijo Laurie—. Es diferente. Hablaré con ella a solas.

Esperaba que Ryan protestara, pero este levantó las manos en señal de rendición.

Alguien dio unos golpecitos contra el cristal de la ventanilla. Laurie alzó la mirada y, al ver a su padre, abrió un poco la puerta.

—Papá, muchas gracias por estar aquí. Si sigues ayudándome en el trabajo, voy a tener que añadir una partida presupuestaria para ponerte en nómina.

—¿Y tenerte de jefa a ti? ¿O a Brett Young? —El hombre fingió un estremecimiento—. Prefiero no cobrar.

Laurie miró su reloj. Eran las cuatro.

—¿Puedo encargarte más trabajo?

Le explicó que Timmy tenía clase de trompeta hasta las cinco y que ese día tal vez no pudiera ir a recogerle.

—Dalo por hecho —dijo él.

Si tenía suerte, encontraría a Kendra en casa.

48

El comentario de Ryan acerca de «no andarse con chiquitas» con Kendra debía de haber calado hondo en el ánimo de Laurie, porque decidió presentarse en su casa sin avisar.

Estaba a punto de preguntarle a una mujer por un asunto de salud muy personal. Por otro lado, esa mujer era la principal sospechosa de la muerte de Martin Bell. Una visita por sorpresa sin cámaras parecía un compromiso justo.

Desde la acera, a través de la ventana del salón, Laurie vio a Kendra jugando con sus hijos. A otra persona, sus movimientos torpes y entrecortados quizá le habrían parecido una extraña danza de vanguardia, pero Laurie reconoció los gestos y piruetas familiares de un torneo de bolos de Wii. Había perdido muchas partidas virtuales contra Timmy.

De pronto, se cuestionó su decisión de interrumpir lo que era obviamente una noche en familia. Su conversación con Kendra podía esperar hasta el día siguiente. Después de cinco años, no era probable que pensara fugarse.

Se volvió hacia la Sexta Avenida para parar un taxi, pero entonces oyó unas voces a su espalda. Kendra estaba ahora en el porche, despidiéndose de sus hijos.

—¡Volveré a tiempo de daros un beso de buenas noches! —exclamó.

Laurie vio a Caroline en el umbral, detrás de los dos niños.

A pesar de la oscuridad, cuando Kendra bajó los peldaños de la entrada Laurie pudo distinguir la silueta de una especie de bolsa cruzada y apoyada contra su cadera. Por un momento, se preguntó si podía ser la bolsa de deporte de cuero que le habían robado el lunes por la noche.

Laurie bajó la cabeza, fingiendo mirar su móvil como otros muchos peatones. Luego ladeó la mirada despacio hacia Kendra, que caminaba a buen paso dándole la espalda, en dirección a la Quinta Avenida.

Laurie decidió seguirla.

49

A cada uno de los lados del macuto colgado sobre sus hombros, Kendra Bell hundió las manos en los bolsillos de su chaqueta de lana de color gris oscuro. Era una prenda de cachemir de Escada, con cuello de pico y cinturón. Casi le llegaba a las rodillas. Era el primer regalo de Navidad que le había hecho Martin, cuando aún era una estudiante de Medicina. Seguía siendo su prenda favorita, la más cómoda de todas. Le daba una sensación de cálida seguridad, pero sabía que nada, y menos todavía una simple chaqueta, podría protegerla del hombre con el que había quedado esa noche.

Había transcurrido más de una semana desde que le habló por primera vez del programa de televisión. Le había prometido, bajo amenazas contra sus hijos, que no les diría a los productores ni una palabra sobre él. Pero, por supuesto, eso no había sido suficiente. Por supuesto, había exigido más, porque sabía que podía hacerlo.

Hacía días que tenía apartado el dinero, preparado para entregárselo. Estaba tan agitada durante el fin de semana que había incumplido las normas para llamarle y concertar una cita, pero el último número que él le había dado estaba desconectado. Kendra se preguntó cuántos móviles de prepago debía de usar al cabo del año.

Y ese día, mientras disfrutaba de la pausa para el almuerzo, había sonado su teléfono móvil. La llamada era de un número privado. Al instante se le revolvió el estómago, a sabiendas de que era él.

—Quedamos en Greene y Houston —le ordenó—. En la esquina nordeste, bajo el andamiaje. Trae lo de siempre.

En otras palabras: trae el dinero.

Al aproximarse al cruce, entendió por qué había elegido ese sitio. Unos promotores habían derribado toda una manzana a fin de dejar espacio para un nuevo edificio que aún no habían empezado a construir. El solar estaba rodeado de una valla metálica, y un andamiaje cubría lo que antes fue la acera. Ningún peatón corriente optaría por entrar en un territorio tan oscuro y abandonado. Pero ella no podía elegir.

La estaba esperando allí, con una capucha echada sobre lo que Kendra supuso que seguiría siendo una cabeza afeitada. No podía creerse que ese fuera el mismo hombre que había sido brevemente su compañero de copas en La Colmena, aquel «Mike» que la escuchaba comprensivo.

—El programa —dijo—. ¿Qué pasa con él?

—No saben más de lo que supo la policía hace cinco años —dijo ella—. De hecho, creo que menos.

—Recuerda lo que te dije. Lo que está en juego. No me da miedo hacerles daño a Bobby y a Mindy si hace falta.

Kendra notó que temblaba dentro de su chaqueta cálida y abrigada.

—¡Por favor! —dijo con un grito ahogado—. Te prometo que no necesitas hacer eso.

Se le empezaron a agitar los hombros.

—¡Contrólate! —exclamó él, arrebatándole el macuto violentamente mientras ella se esforzaba por liberarse de la bandolera.

Una vez que estuvo libre, él le entregó un trozo de papel arrancado de una libreta con un número de diez dígitos garabateado.

—El número del nuevo móvil de prepago. Llámame cuando acabe el programa... y si te dan alguna sorpresa durante la grabación. No me ocultes nada.

—No lo haré, lo juro.

Kendra se sintió impotente mientras se alejaba. Jamás se libraría de él. Estaba en sus manos.

50

Laurie estaba esperando a Kendra en el camino de acceso a su casa cuando regresó. Había presenciado la entrega del macuto desde la acera oeste de la Greene Street, así que le llevaba a Kendra una manzana de ventaja.

—¿Qué hace usted aquí? —preguntó sobresaltada nada más verla.

—Ha surgido un detalle hoy durante una entrevista con uno de nuestros otros testigos. Quería preguntarle por él en persona.

—¿No podía llamar antes? —preguntó Kendra.

—Francamente, no quería darle tiempo de inventar una mentira. Hemos hablado de sacar el tema ante las cámaras, pero me ha parecido innecesario.

—¿De qué se trata? —preguntó Kendra, llevándose la mano a la boca.

—Su estado mental después de que nacieran sus hijos... no se debía solo a la depresión posparto, ¿verdad? Tomaba medicamentos. Los que le daba Martin. —Laurie había encajado las piezas cuando oyó a George Naughten describir la situación de su madre antes de la sobredosis—. Usted dijo que él había seguido adelante sin usted. La estaba drogando, ¿verdad?

Kendra asintió, apretando los labios para mantener la compostura.

—Pero luego dejó de darle las pastillas —dijo Laurie—. Se presentaron las demandas y él supo que los abogados analizarían sus métodos. Ya no podía repartir fármacos como si fueran caramelos.

Kendra miró hacia la puerta, pero todo estaba en silencio. Estaban solas.

—Como le dije, tuve depresión posparto, y Martin no fue nada comprensivo. No paraba de decirme que debía sobreponerme. Según él, no era natural que me sintiera tan impotente teniendo unos niños que cuidar. En vez de ayudarme a buscar un tratamiento adecuado, dijo que se ocuparía él mismo...y eso significaba darme pastillas. Yo no sabía qué eran. Confiaba en él. Al fin y al cabo, era el Doctor Milagro. Pasaban los días sin que me enterase de nada. Más tarde, Caroline me ayudó a llenar las lagunas. Dejé de tomar los fármacos de la noche a la mañana. Até cabos después de su muerte, cuando tuve conocimiento de las demandas. Él ni siquiera me había dicho por qué no podía seguir dándome esas pastillas. Solo me llamaba a gritos «drogata» y «yonqui».

—Porque eso es lo que era —dijo Laurie—. En eso la convirtió.

Kendra volvió a asentir con la cabeza, haciendo una mueca al recordarlo.

—No se lo cuente a nadie, por favor. Estoy limpia. Si los Bell se enteran...

Se puso muy pálida.

«He venido pensando que lo sabía todo», pensó Laurie.

—No se gastaba el dinero en zapatos y compras en general, pero tampoco contrató a un sicario. Compraba fármacos en la calle para alimentar su adicción.

—¿Entiende por qué no pude contarle eso a la policía? No tenía ningún modo de demostrarlo y sabía que los padres de Martin tratarían de arrebatarme a mis hijos. Desde que murió Martin, lo he hecho todo bien. Me desintoxiqué y ya no bebo. Trabajo mucho y soy una buena madre.

—Lo único que no he podido entender, Kendra, es por qué sigue acumulando grandes sumas de dinero en efectivo.

Caroline debía de haberle dicho que le había dado esa información concreta, porque la pregunta no pareció tomarla por sorpresa.

—La mayoría de mi dinero procede de un fideicomiso familiar. Aparto cantidades en efectivo para que los albaceas, incluidos mis suegros, no controlen cada céntimo que gasto.

—¿Y quién es el hombre al que ha dado una bolsa en una esquina?

Kendra se tambaleó como si le hubieran dado un puñetazo en el estómago. Se llevó las manos a la cabeza y empezó a decir:

—No, no, no, no, no.

Por un instante, Laurie se preguntó si estaba en trance.

—Kendra, creo que ha cambiado, pero también me parece que es posible que cometiera un terrible error dado el estado en el que se encontraba. Puedo intentar ayudarla, pero no puedo reservarme esta información.

Kendra la miró con ojos suplicantes, pero Laurie continuó presentándole la realidad de la situación:

—Si no me cuenta lo que pasa, voy a ponerme delante de la cámara y a decir ante la audiencia de un canal de televisión de ámbito nacional lo que he visto esta noche. También informaré a la policía. Llenarán los espacios en blanco. Contrató a un sicario para que matase a su marido. Esa será toda la historia.

—Por favor —susurró—, por favor, no me haga eso. No puedo. Los matará. Aún son unos niños inocentes.

Laurie alargó los brazos tímidamente y apoyó las manos con suavidad sobre los hombros de Kendra, tratando de calmarla.

—¿Quiénes? ¿De quiénes habla?

—Bobby y Mindy —dijo mientras las lágrimas empezaban a resbalar por sus mejillas—. Ese hombre. Ese hombre horrible. Ha dicho que... les haría daño a mis hijos si se lo contaba a alguien.

Laurie miró a su alrededor inmediatamente para comprobar si alguien les observaba, pero no vio a nadie.

—No permitiré que ocurra eso, Kendra. Contamos con recursos. Intentaré ayudarla, pero no podemos seguir en la calle.

Kendra miró frenética en todas direcciones y se dirigió hacia la puerta del garaje, en la planta baja de la casa. Introdujo seis dígitos en un teclado de seguridad y se levantó la puerta. No había ningún coche en el interior, solo unas cuantas pilas de cajas de cartón.

—Sígame.

Una vez que estuvieron dentro, miró a Laurie directamente a los ojos:

—Debe creerme. No tengo ni idea de quién mató a Martin.

51

Kendra se apretó los párpados con las palmas de las manos, tratando de no volver a llorar. No daba crédito a lo que estaba ocurriendo. Nunca debería haber accedido a participar en ese programa de televisión. Los Bell continuarían odiándola y peleándose con ella, hiciera lo que hiciese. ¿Por qué entonces se había molestado en tratar de complacerles?

Ahora se había hecho realidad su peor pesadilla. Le había prometido a ese hombre que no hablaría de él, pero Laurie acababa de verlos juntos con sus propios ojos. A Kendra no le quedaba otra opción que apelar a esa madre, viuda como ella. Tenía que confiarle una verdad que nunca le había contado a nadie.

—El otro día me preguntó si había hecho alguna amistad en los bares en aquella época —dijo Kendra—. Sabía a qué se refería.

—La Colmena —dijo Laurie—. Conocí a Deb, la camarera. La recordaba con cariño.

Kendra sonrió con nostalgia.

—Es una tía legal. Empecé a ir allí para escapar un poco de casa y, durante algún tiempo, se convirtió en una especie de costumbre. No es que gritasen «¡Norm!» como en *Cheers* cuando yo entraba, pero...

Laurie asintió con la cabeza.

—En aquel tiempo mezclaba alcohol y pastillas, y estoy segura de que parecía la típica borracha desaliñada que se pasa el día sentada en un extremo de la barra, y eso es mucho decir en un sitio como ese. Recuerdo sentirme avergonzada cuando los clientes se marchaban a una mesa con tal de apartarse de mí. —Kendra se frotó los ojos. A lo largo de los años, durante sus reuniones con el grupo de Alcohólicos Anónimos, había mencionado solo de pasada algunos de sus momentos más oscuros, pero hablar de su antiguo yo con una absoluta desconocida era más difícil de lo que esperaba—. De repente, un tipo pareció tomarme simpatía. O quizá pensé simplemente que era otro borracho dispuesto a tolerar mis historias durante una noche.

—¿Quién es? —preguntó Laurie.

Kendra sacudió la cabeza, confiando en que Laurie la creyera. Solo tenía un vago recuerdo de muchos días de aquella época. ¿Cómo podía convencer a nadie de una verdad que ella misma no acababa de entender?

—No tengo ni idea. Creo que se puso a hablar conmigo una noche que estaba sola en el bar. Cuando empecé a quejarme de Martin, ya no pude parar. Dejó que le soltara todo un rollo sobre mi marido y lo desgraciada que era con él. Hasta me animaba a seguir con frases como «menudo imbécil» y cosas parecidas. Ahora que lo pienso, se comportaba como un consejero voluntario. Es un embaucador, y yo era su víctima. Y sigo siéndolo, como ha visto esta noche.

Al ver la expresión confusa de Laurie, comprendió que esta no la seguía.

—Entonces ¿no le contrató?

—¡No! —La voz de Kendra, más fuerte de lo que esperaba, resonó contra el hormigón y el metal del garaje vacío. Había donado a una entidad benéfica el coche de Martin después de que le mataran dentro y nunca había comprado otro—. Lo siento, a mí también me costó algún tiempo entender su plan. Más o menos una semana después de que muriese Martin, cuando los titulares de los tabloides me estaban poniendo de vuelta y media, al salir con Bobby del colegio me lo encontré esperándome. Se sacó del bolsillo una pequeña grabadora digital y la puso en marcha. Al principio ni siquiera reconocí mi propia voz, pero no cabía duda de que era yo. Había unido fragmentos de nuestras conversaciones.

—Las que había grabado en La Colmena —dijo Laurie—. Sus quejas sobre Martin.

Kendra asintió con la cabeza.

—Las grabaciones no eran nada de lo que estar orgullosa, pero, después de la muerte de Martin, eran... espantosas. Me dijo que sería «una lástima» que la policía o mis suegros oyesen las grabaciones y me exigió que le pagara por su silencio.

Seguía oyendo en su cabeza sus propias palabras lentas y pronunciadas con dificultad: «¡Solo quiero estar tranquila! Mi padre murió de un infarto siendo poco más mayor que él. Puede que le pase lo mismo». Y también algo muy parecido a lo que le dijo a Caroline la noche que asesinaron a Martin: «Haría cualquier cosa con tal de librarme de él».

—¿Ha estado chantajeándola durante todo este tiempo? —preguntó Laurie.

—No de forma regular. Habría sido demasiado fácil tenderle una trampa. Una vez desapareció durante casi once meses, pero siempre acaba volviendo. Sabe que seguiré pagando. Amenazó con delatarme y hasta con hacernos daño a mí o a mis hijos si accedía a participar en su programa. Logré convencerle de que le interesaba que yo colaborase. Creo que es lo bastante listo para darse cuenta de que, si pierdo a mis hijos, pierdo acceso al fideicomiso. ¿De qué le serviría entonces? —Kendra oía la amargura y la ira en su propia voz—. Le juré que jamás revelaría su existencia, ni ante la policía, ni ante usted. Y aquí estamos.

Miró a Laurie a los ojos en busca de alguna pista que le indicase cómo iba a gestionar la información que acababa de darle.

—¿Nunca se le ocurrió que ese hombre, el chantajista, pudo ser quien matara a Martin?

—Al principio, sí. Pensaba acudir a la policía, aunque me arrestaran también a mí. Sin embargo, me dijo que hizo esas grabaciones con el plan de vendérselas a Martin. Supongo que debí de contarle que mi marido quería dejarme y quitarme a los niños, y él pensó que Martin pagaría mucho dinero para conseguir su objetivo. Pero la muerte de Martin echó por tierra sus planes, y ahora soy yo la que tiene que pagar.

—¿Y le creyó? —preguntó Laurie.

—Sí, desde luego.

Lo había dicho con voz fuerte y segura, pero ¿cuántas veces había dudado? Se había convertido temporalmente en una persona distinta, más oscura y desesperada, manejada por el aturdimiento brumoso causado por los fármacos. Al fin y al cabo, ni siquiera recordaba las conversaciones que grabó el hombre en La Colmena, y vivir con Martin la había llevado al borde de la locura. ¿Era posible que hubiese plantado la semilla en la cabeza de ese peligroso desconocido? ¿Podía incluso haberle pagado para que apretara el gatillo? Ni siquiera ahora podía jurar que tuviese las manos limpias.

Laurie tenía la mirada perdida, como si se esforzase por entretejer diversos hilos de información.

—Es posible que me haya estado siguiendo —dijo—. Alguien me robó incluso las notas sobre el caso el lunes por la noche.

Kendra negó con la cabeza.

—Supongo que es posible. Siempre va varios pasos por delante de mí, pero no ha dicho nada de eso esta noche. Sin embargo, ha mostrado mucha curiosidad por lo que usted sabía y ha insistido en que le mantenga al corriente.

—¿De verdad no tiene la menor idea de quién es realmente ese hombre?

Esta vez, Kendra pudo decir la verdad desnuda:

—Lo desconozco del todo. Me llama desde números privados y siempre acude a reunirse conmigo a pie, así que ni siquiera puedo rastrear la matrícula de ningún coche. Lo único que tengo es el número de un teléfono de prepago y esto.

Se sacó el teléfono móvil del bolsillo trasero de los tejanos y buscó una fotografía que había mirado demasiadas veces. Estaba ligeramente borrosa y no había podido usar el flash, pero había utilizado los recursos de su móvil para afinar los contornos y añadir algo de luz. No era ninguna maravilla, pero cualquier persona que hubiera visto a ese hombre debería reconocerle al verla.

—Una vez, al acudir a uno de nuestros encuentros, fingí estar comprobando mis mensajes. Está borrosa porque temblaba de miedo ante la posibilidad de que me descubriera.

Laurie miró la pantalla. Era una imagen bastante buena dadas las circunstancias.

—¿Me la puede enviar? —pidió.

—Tengo su dirección de correo electrónico —dijo Kendra, que subió la foto y pulsó la tecla de envío—. ¿Y ahora qué?

Laurie hizo una pausa, paseando la vista por el garaje como si allí pudiera encontrar la respuesta.

—No lo sé.

—Pero ¿me cree?

Laurie abrió la boca para hablar, pero se contuvo.

—Ya se nos ocurrirá algo. Mientras tanto, tenga cuidado.

Mientras observaba cómo Laurie caminaba en dirección a la Sexta Avenida, Kendra pensó que era posible que alguien creyera por fin que era inocente; no de todo, pero al menos del asesinato de Martin.

52

Cuando Laurie había llegado a casa después de ver a Kendra la noche anterior, apenas había tenido tiempo de cenar comida preparada con Timmy y su padre y luego llamar a Alex para desearle buenas noches. Solo unos meses atrás, había vacilado en mezclar su vida con la de él. Ahora estaba deseando que vivieran juntos bajo el mismo techo. Quería que fuese la última persona que viese por la noche y la primera persona que viese por la mañana.

Al día siguiente, estaba trabajando ante su mesa cuando sonó el teléfono del despacho. Vio que la llamada procedía de la línea de Grace y pulsó el botón.

—¿Qué pasa?

—No me gusta nada tener que decirte esto, pero acaba de llamar Dana. Brett Young va de camino a tu despacho. Oh... ya le veo.

Colgó y, unos segundos después, Laurie oyó que llamaban a su puerta.

—¡Pase! —dijo, tratando de evitar que su voz revelara el temor que sentía en el estómago.

Se preguntó si Brett habría visto ya la factura del ordenador y el teléfono móvil que había tenido que sustituir y se preparó para discutir sobre de si el gasto debía correr por su cuenta o por cuenta de la empresa.

Esbozó una falsa sonrisa al oír que se abría la puerta del despacho. Se quedó asombrada al ver entrar a Alex. Grace se reía ante su mesa, detrás de él.

Laurie se levantó de un salto, fue corriendo hasta él y le besó. Los brazos de Alex la estrecharon con fuerza.

—¡Qué maravillosa sorpresa! —exclamó.

—Estaba por la zona y de repente me han entrado muchas ganas de verte. He estado muy preocupado desde que te empujó ese hombre. Si te hubiera pasado algo...

—Deje de preocuparse, señoría. Estoy bien, de verdad.

Fueron hasta la mesa de reuniones. Cuando ella se sentó en una silla, Alex empezó a darle un suave masaje en los hombros.

—Para ser alguien que dice estar bien, pareces muy tensa —dijo él mientras el masaje se hacía más insistente.

—No te preocupes. Te prometo que estoy perfectamente.

Laurie movió el cuello al notar el efecto relajante del masaje.

—Es tu último día libre antes de que empiecen a asignarte casos. ¿Vas a hacer algo especial?

—Sí, vengo a visitarte. Por cierto, es mi último día «de la semana» antes de que lleguen los casos —corrigió—. La asignación de sumarios empieza el lunes, y solo estamos a viernes.

—Bueno, sé que mañana llevas a tus secretarios al partido de los Yankees.

Como juez federal, Alex contaría con la colaboración de dos secretarios judiciales graduados recientemente en Derecho. Hasta el otoño, trabajaría con los secretarios contratados por su predecesor, que había decidido jubilarse al cumplir los ochenta años. Laurie había hablado unos momentos con ambos secretarios en el acto de nombramiento. Samantha era una graduada de Yale, y Harvey había estudiado en Stanford. Los dos parecían inteligentes, entusiastas y agradablemente sorprendidos de trabajar para un jefe que les ofrecía asientos de primera categoría para ver a los Yankees como forma de comenzar su trabajo juntos.

—Acostúmbrate a que te llamen «señoría».

Laurie se dio cuenta de que le gustaba cómo sonaba.

—¿De verdad te encuentras bien? —preguntó Alex—. Sé que anoche tenías unas dudas tremendas sobre cómo gestionar esa nueva información acerca de Kendra. Tuve que dominarme para no llamar a la policía cuando me lo contaste. Tiene que ser el mismo hombre que te atacó.

—Es posible — dijo ella, volviéndose más hacia él—, pero ni siquiera sabemos quién es, así que, ¿qué sentido tiene? Es evidente que ese hombre resulta fundamental para el caso, pero no tengo manera de identificarle yo sola. Podría sacar su fotografía en pantalla y pedir pistas, pero entonces sabrá que Kendra me ha hablado de él, y esa mujer jura que les ha estado amenazando tanto a ella como a sus hijos. No puedo tener eso sobre mi conciencia.

—Claro que no —convino Alex—, pero podrías acudir a la policía. Probablemente sea lo más seguro.

Aunque su relación laboral con Ryan había dado un giro, Laurie echaba de menos poner a prueba sus ideas sobre los casos contándoselas a Alex. Cuando reflexionaban juntos, siempre se sentía mejor.

—Una parte de mí quiere hacerlo, pero ¿qué voy a contarles? No sé quién es ese hombre ni qué ha hecho. Kendra dice que nunca se le ha pasado por la cabeza la posibilidad de que sea el asesino de Martin, pero me cuesta creerlo. Por otro lado, no puedo demostrar que ella le contratase. Tampoco tengo ni idea de si es el mismo hombre que me atacó el lunes. Lo mire por donde lo mire, me encuentro en un callejón sin salida. Hay algo que no encaja. Algo se me escapa, lo sé.

El masaje improvisado que le estaba dando Alex se detuvo de pronto.

—Por favor, dime que no estás trabajando con Joe Brenner. ¿Ha logrado ese baboso meterse en los estudios? ¿Fue Brett Young quien le contrató? Me lo imagino picando como un idiota.

Laurie hizo girar la silla para mirarle de frente.

—¿De qué estás hablando?

—De él —dijo Alex, alargando el brazo hacia una fotografía que descansaba sobre la mesa de reuniones y acercándosela—. Joe Brenner. Es un tipo de la peor ralea. ¿Ha convencido a Brett para que le dé trabajo de investigador? Si es así, debéis libraros de él. Yo mismo hablaré con Brett si hace falta.

Era una impresión de la fotografía que Kendra le había enviado desde su teléfono móvil la noche anterior. El hombre de La Colmena.

—Alex, ¿conoces a este tipo? Es el tipo de anoche, el que, según Kendra, le está haciendo chantaje.

Alex se inclinó hacia delante para observar mejor la foto.

—Es él, no hay duda.

Cogió el portátil nuevo de Laurie, tecleó durante unos instantes y luego volvió la pantalla hacia ella. Laurie vio una foto del mismo hombre, en este caso vestido con camisa de cuello abierto y chaqueta holgada, ambas de color negro. El hombre, que se estaba quedando calvo, se había rapado casi al cero. Sus ojos eran estrechos y fríos. «Malvados», como los había descrito la camarera de La Colmena.

El texto que acompañaba a la imagen decía: «Joe Brenner es el propietario de New York Capital Investigations, una empresa privada de investigación con una experiencia de veinticinco años en la realización de indagaciones discretas y eficaces».

La cabeza de Laurie funcionaba a mil por hora. ¿Por qué querría un detective privado sacarle dinero a Kendra? ¿Era cierto siquiera? Al fin y al cabo, Kendra podía estar mintiendo. Quizá le hubiese pagado a Brenner para que le robase a ella las notas del caso y el portátil.

—¿De qué le conoces? —preguntó Laurie.

—No tengo tratos con él. Hace quince años estuve trabajando en un caso de conspiración con varios demandados. El abogado de uno de ellos contrató a Brenner como investigador. Cuando subió al estrado, tuve la absoluta convicción de que exageraba las pruebas exculpatorias que afirmaba haber hallado. Hubo incluso un momento en el que pensé que había cometido perjurio. No pude demostrarlo y los demandados perdieron el juicio de todos modos. Sin embargo, hablé con el abogado que le había contratado. Me dijo que algunos clientes estaban dispuestos a pagar un precio más alto por un investigador que no tuviera reparos en ir más allá.

—Así que crees que mintió en el estrado a cambio de un plus —dijo Laurie.

Los pensamientos se movían tan rápido por la mente de Laurie que le estaba costando seguirles la pista. ¿Un desconocido que se puso a hablar con Kendra en un bar de mala muerte resultó ser un detective privado con pocos escrúpulos que grabó sus conversaciones? Demasiada coincidencia. Pensó en la intención de Martin Bell de dejar a Kendra y obtener la custodia de los niños. Quizá hubiese contratado a Brenner para que hiciera hablar a su mujer y reuniera pruebas que la incriminaran. Pero, si el plan había funcionado y Brenner tenía en su poder grabaciones que dejaban en mal lugar a una Kendra muy perjudicada, ¿por qué Martin no había solicitado el divorcio? ¿Y no les habría contado a sus padres lo que pensaba hacer?

O tal vez las supuestas grabaciones no existiesen. Kendra podía haberse inventado toda la historia para ocultar que había pagado a Brenner para que matara a su marido.

Laurie sentía que estaba a punto de atar los cabos sueltos. No obstante, cada vez que se disponía a avanzar en la investigación, tenía la impresión de que la verdad se le escapaba entre los dedos.

Alex miraba fijamente la fotografía de Brenner, claramente disgustado al saber que ese hombre había entrado en la órbita de Laurie.

—Como te he dicho, no pude demostrar que mintiese, pero estaba tan seguro que hice correr entre los abogados defensores la voz de que debían evitarle y, al parecer, no fui el único. Ya no trabaja en juicios. Los letrados no quieren recurrir a sus servicios por miedo a que les salga el tiro por la culata.

Forzar la verdad bajo juramento era una cosa; asesinar por encargo era otra muy distinta. Tal vez la agencia de detectives de Brenner se hubiera hundido hasta tal punto que el propietario hubiera decidido ponerse a trabajar como asesino a sueldo.

—No obstante, su agencia mantiene el sitio web —dijo Laurie, indicando con un gesto la pantalla con la imagen del detective. El rostro, con sus ojos malvados y sombríos, le provocó un escalofrío—. Parece que todavía hay quien le contrata, ¿no?

—Querer es poder —dijo Alex secamente—. ¿La gente cree que los abogados no tienen escrúpulos? Pues, a juzgar por el origen de los ingresos de Brenner, los políticos son aún peores.

—¿Tiene clientes políticos?

—Eso me han dicho. A los abogados les preocupa que le pillen en el estrado distorsionando los hechos. Pero ¿y si necesitas a un tipo duro y dispuesto a tomar atajos para sacar a la luz los trapos sucios de tus enemigos políticos? Brenner es un hombre imprescindible en determinados círculos. Me imagino que debe de ser viajero habitual del tren que va y viene entre Nueva York y Albany.

Con solo una palabra, Laurie dio un gran paso adelante en la investigación. Albany.

Cogió el teléfono móvil que estaba sobre la mesa y marcó el número de su padre.

—Ya lo tienes, ¿verdad? —preguntó Alex.

—Casi.

Cuando su padre cogió la llamada, le contó su teoría mientras Alex iba asintiendo con la cabeza. Al acabar, le preguntó a Leo si podía hacer otra llamada a su fuente en el departamento de policía.

—Veré lo que puedo hacer.

53

Tres horas más tarde, Laurie estaba a solas con Daniel Long-fellow en el apartamento que el senador poseía en el Upper West Side. Después de que él le explicase que Leigh Ann no había regresado aún del trabajo y que los perros se encontraban en una guardería canina, se apresuró a darle las gracias por encontrar tiempo para recibirla.

—Si he de serle franco, Laurie, no he podido elegir. Creo que ya sabe hasta qué punto nos gustaría a mi esposa y a mí mantener nuestros nombres al margen de la producción. Yo suponía que a estas alturas ya habría comprobado nuestra ausencia de implicación.

Laurie optó por ir al grano y dejó caer una fotografía de Joe Brenner sobre la mesita baja del salón.

—Creo que conoce a este hombre —dijo.

El rostro del senador confirmó inmediatamente su intuición. Un hombre menos decente habría podido disimular su vínculo con lo que estuviera ocurriendo entre Joe Brenner y Kendra Bell. Sin embargo, Daniel Longfellow no sabía mentir. Laurie podría arrancarle la verdad.

—¿De dónde ha sacado esa foto?

—No es que esté muy escondida —dijo ella—. Este hombre viene a ser el centro de nuestra investigación. Y sabemos que usted tiene una conexión con él.

Laurie dejó que el silencio invadiese la sala. Al ver que su interlocutor se mordía el labio inferior, comprendió que había acertado. Longfellow conocía a Joe Brenner, y la relación entre ambos tenía algo que ver con el asesinato de Martin Bell.

Decidió hacer un intento al azar.

—Durante todos estos años, Kendra ha estado creyendo que era la mujer con peor suerte del mundo. Se desahoga hablando de su matrimonio con un desconocido y resulta que el hombre graba sus palabras y le hace chantaje cuando matan a su marido. Nunca ha atado cabos. Ni se le había pasado por la cabeza que ese hombre pudiera ser el asesino hasta que yo misma se lo sugerí.

Longfellow se esforzaba por mantener la actitud distante propia de alguien que nada tiene que ver con el tema que se está tratando.

—Señora Moran, soy un admirador de la labor que hace en su programa de televisión, pero me temo que tengo que poner fin a esta entrevista.

—Haga el favor de escucharme —dijo ella—, o tendré esta conversación con mi público. ¿Qué posibilidades hay de que Kendra Bell se sincerase por causalidad con un hombre que iba a utilizar esa información para hacerle chantaje durante años? O, aún peor, puede que incluso matara a su marido a sangre fría con la intención de chantajearla después.

Laurie hizo una pausa para observar la expresión de Longfellow. Cualquier extraño que nada tuviera que ver con el hombre de la fotografía se habría quedado completamente perplejo. Sin embargo, Longfellow no parecía un hombre descolocado.

—Este hombre es un detective privado —dijo ella—. Joe Brenner. No fue un desconocido que apareció porque sí en el bar al que acudía Kendra, ¿verdad?

Daniel se tapó la boca, como si de pronto imaginase una serie de horribles acontecimientos que jamás hubiera concebido.

—Soy, en esencia, un buen hombre —dijo con la mirada perdida.

—Pues esta es su oportunidad de demostrarlo —dijo Laurie—. Sean cuales sean los errores que haya cometido, sucedieron hace años. Necesito que me cuente lo que sepa acerca de Joe Brenner.

El senador Longfellow tragó saliva y Laurie comprendió que estaba sopesando las consecuencias de la decisión que se disponía a tomar.

—Brenner es un personaje muy conocido en Albany —murmuró—. Le contraté hace casi seis años. Leigh Ann y yo teníamos casi una relación a distancia, aunque nunca lo planeamos. Yo quería creer que ambos estábamos haciendo el trabajo que era importante para nosotros. Sin embargo, hubo un momento en que comprendí que algo se había roto. Sospechaba que se veía con otro hombre.

Laurie intuyó que Longfellow iba a confiar en ella.

—Así que contrató a un detective privado para confirmar sus sospechas.

Resultaba lógico. Kendra no era la única a quien le preocupaba la cantidad de tiempo que Martin y Leigh Ann pasaban juntos. Brenner tenía mala reputación entre los abogados de Nueva York y, si hacía falta, era muy capaz de usar métodos dudosos para descubrir sucios secretos. Esa era la clase de persona a la que había recurrido Longfellow en un momento de celos.

Él tragó saliva antes de contestar:

—Yo no lo veía así. Al menos, no al principio. Pensaba que él echaría por tierra mi teoría, que vigilaría a Leigh Ann unos días y me diría que todo eran imaginaciones mías. Corría un gran riesgo, pero habría sido fantástico que un astuto detective privado me asegurara que no tenía de qué preocuparme.

—Pero no es eso lo que ocurrió —dijo Laurie.

—¿Conoce el dicho «Ten cuidado con lo que deseas»? Había oído cosas muy cuestionables acerca de las tácticas de

Brenner, pero me devoraba el deseo de saber la verdad. Y entonces —sacudió la cabeza—, tuve lo que había deseado.

—Él obtuvo la prueba de que Leigh Ann era más que amiga de Martin Bell.

Laurie recordó que George Naughten había visto a Martin Bell besando a una mujer en un taxi. Era Leigh Ann Longfellow, exactamente como Kendra Bell había sospechado desde el principio.

Daniel se pasó las manos por la cara.

—Su trabajo confirmó mis peores sospechas. Incluso tenía fotografías. La indecisión me paralizaba.

—¿Por qué no la dejó sin más? —preguntó Laurie.

—¡No quería hacerlo! —exclamó él, como si la respuesta fuera obvia. Era amor verdadero, exactamente como ella había intuido cuando los conoció—. ¿Por qué iba a dejar a Leigh Ann? Supe que era mi pareja perfecta y mi único amor verdadero desde que nos conocimos en Columbia.

Daniel clavó la vista en el suelo y se pasó los dedos por el abundante pelo con un gesto nervioso.

Acto seguido, cerró los ojos con fuerza y sacudió la cabeza.

—Si hubiera podido dar marcha atrás en ese momento, lo habría hecho. Porque sabía que, si le mostraba las pruebas que había recogido, nuestra relación se habría roto para siempre.

—Pero ¿y el dicho «La verdad os hará libres»? —preguntó Laurie.

Longfellow soltó un bufido.

—No tiene ningún sentido. Piénselo: si le hubiese mostrado a mi esposa fotos suyas besando a otro hombre, habría sabido que la espiaba y, lo que es aún peor, que seguía queriendo estar con ella a pesar de que me hubiera sido infiel. Nunca más me habría respetado. Yo solo quería que aquello terminase.

Laurie había acudido allí sabiendo que la conexión entre Daniel Longfellow y Joe Brenner era importante. Ahora su instinto le decía que el senador era un hombre con defectos pero honrado. Trató de ponerse en su lugar y preguntarse qué habría hecho después de saber por un detective privado que su mujer se veía con otro hombre.

Vio la escena como si se desarrollara ante sus ojos.

—Le dijo a Brenner que le llevara a Kendra las fotografías de Leigh Ann y Martin.

Él se pellizcó el puente de la nariz entre el pulgar y el índice.

—En algunas de las fotografías que me enseñó Brenner no se distinguía la cara de Leigh Ann, pero se veía con claridad que el hombre era Martin Bell. Supuse que Kendra tendría más poder que yo para acabar con aquello.

Laurie intentó imaginar a Kendra cinco años atrás, sufriendo depresión posparto y abusando del alcohol y los fármacos.

—Kendra no tenía poder alguno —dijo Laurie.

—Claro que sí. Martin y ella tenían niños pequeños. Di por sentado que ella le exigiría a su marido que pusiera fin a la relación si no quería perder a toda su familia.

Laurie sacudió la cabeza.

—¿Qué forma es esa de salvar un matrimonio?

Él resopló, viendo la ironía.

—Seguramente una forma muy mala. No obstante, pensé que podría esforzarme por ser mejor marido una vez que aquello terminase. Si hacía falta, dejaría la asamblea, volvería a la ciudad y me pondría a trabajar en el sector privado. Fuese como fuese, volvería a ganarme el corazón de Leigh Ann y recuperaríamos la normalidad. Al menos, eso supuse.

—¿Y qué pasó cuando Brenner le habló a Kendra de la relación entre ellos?

La risa que siguió era amarga y completamente inesperada.

—Al principio, pensé que el plan había funcionado. Brenner me llamó diciendo que se había encontrado con Kendra en un bar y, literalmente, «se había ocupado de todo». Unos minutos después, recibí una llamada telefónica del gobernador acerca del nombramiento para el Senado. Parecía como si aquello hubiera quedado atrás. La noche siguiente, Leigh Ann me sorprendió invitándome a cenar en la misma mesa del mismo restaurante en el que tuvimos nuestra primera cita de verdad después de conocernos. De repente, había vuelto. Supuse que Kendra le habría dicho a Martin que estaba enterada de su infidelidad y que Martin habría roto con Leigh Ann. Podríamos vivir felices para siempre, como si aquello nunca hubiera ocurrido. Pero entonces mataron a Martin. ¿No lo entiende? Kendra debía de estar tan furiosa que contrató a un sicario.

—¿Por qué no se lo contó a la policía?

Inspiró hondo, esforzándose por no llorar.

—Porque amo a mi mujer y no quiero verla humillada en público. Tampoco quiero perderla. Sigue sin tener la menor idea de que me enteré de aquello.

—Aunque diga que Kendra pudo contratar a un sicario, existen las mismas probabilidades de que lo hiciera usted mismo. Al fin y al cabo, fue quien recurrió a los servicios de Joe Brenner y quien ansiaba recuperar a su esposa.

—Yo jamás haría algo así. Además, mostré a la policía nuestros registros bancarios y todo estaba en orden. A Brenner solo le pagué unos pocos cientos de dólares en metálico. ¡No lo suficiente para encargar un asesinato!

A petición de Laurie, Leo ya había confirmado esa información. Sin embargo, ella quería oírla directamente de labios de Daniel. El jefe de detectives le dijo a Leo que el senador había facilitado informes contables completos de las cuentas del matrimonio y que no había grandes sumas de efectivo sin justificar.

—Pues yo tampoco creo que fuese Kendra. Porque la cuestión es esta, senador: Brenner nunca siguió sus instrucciones. Nunca le dio a Kendra pruebas de que su marido le era infiel.

Esperó a ver si Daniel sacaba la misma conclusión que ella. El senador se puso pálido.

—Por el amor de Dios. ¿Cree que fue Brenner quien mató a Martin? —dijo él, incrédulo.

Laurie asintió con la cabeza.

—Eso creo. Indujo a Kendra a decir cosas terribles sobre Martin y grabó las conversaciones. Creo que le disparó a Martin, a sabiendas de que podría chantajear a Kendra durante el resto de su vida.

—En ese caso, fui yo quien lo puso todo en marcha —dijo Longfellow en tono ausente—. Debería haber sabido que las mentiras jamás desaparecen. Su sombra se alarga en el tiempo. Debo hacer lo correcto, aunque tenga que contarle a Leigh Ann lo que sé. Aunque ponga fin a mi carrera. Participaré en el programa. Acudiré a la policía. Estoy dispuesto a sacar mis secretos a la luz.

—Me alegra saberlo, senador. Ahora mismo, quisiera pedirle que no haga nada. Tengo una idea para atrapar a Brenner.

En cuanto estuvo en un taxi, Laurie marcó el número de teléfono de Kendra. Al cabo de cuatro timbrazos, saltó el buzón de voz.

—Kendra, soy Laurie. Llámeme. Sé quién es el hombre de La Colmena. Ha llegado el momento de volverle las tornas.

54

La tarde siguiente, Laurie y Leo se hallaban en el garaje de Kendra. Nick, el director de fotografía del programa, esperaba fuera, al volante de su furgoneta, a que llegasen Grace y Jerry en el coche nuevo de este.

El teléfono móvil de Laurie emitió un silbido. Era un mensaje de texto de Jerry: «Lo siento, el tráfico está fatal, pero ya estamos en nuestro puesto».

—Vale, todo el mundo está en su sitio —dijo Laurie.

Kendra miraba fijamente su teléfono móvil. La mano le temblaba de forma visible.

—¿Seguro que quiere hacerlo? —preguntó Laurie—. La alternativa es acudir a la policía.

Kendra abrió unos ojos como platos.

—No. Parece que ese tal Brenner tiene conexiones políticas. Vi cómo me trató la policía cuando mataron a Martin. Estoy convencida de que alguien del departamento movió algunos hilos para encubrir la relación entre Martin y Leigh Ann. Durante todos estos años he tenido razón acerca de ellos dos, pero me trataron como si estuviera loca.

Laurie miró a Leo y supo que se estaba mordiendo la lengua. Su padre, un policía de la cabeza a los pies, no soportaba a la gente que no confiaba en el Cuerpo, pero Laurie entendía las reservas de Kendra. Era muy probable que Brenner tuviese un par de amigos en el departamento. Y, si Kendra acudía a la policía ahora, no había ninguna garantía de que creyesen que Brenner actuó por su cuenta. Brenner podía usar esas cintas para decir que había matado a Martin a petición de ella y hacer un trato para salvarse testificando en su contra.

—No puedo prometerle que esto funcione —dijo Laurie.

—Lo sé —susurró Kendra—, pero nunca he tenido una oportunidad mejor para limpiar mi nombre.

Se pasó las puntas de los dedos por la cadena de plata que llevaba al cuello. El colgante contenía un grabador de audio oculto que transmitía el sonido hasta la furgoneta de producción aparcada fuera.

—¿Lista? —preguntó Laurie.

Le envió a Kendra una fotografía desde su móvil. Era el paso uno del plan. Ya tenía preparado el número de teléfono del sitio web de Joe Brenner en el móvil. Paso dos.

Kendra asintió con la cabeza. No había parecido tan segura desde la llegada de Leo y Laurie.

—Hagámoslo. Vamos a ponerlo entre la espada y la pared.

Laurie pulsó el botón de marcación.

A los tres timbrazos saltó el buzón de voz, tal como esperaba Laurie siendo sábado. Leo asintió con la cabeza, animándola a hablar con voz segura y firme.

—Señor Brenner, soy Laurie Moran. Trabajo como periodista y productora en Fisher Blake Studios —explicó—. Ha surgido su nombre en el transcurso de nuestra investigación del asesinato del doctor Martin Bell y nos gustaría darle la oportunidad de contar ante las cámaras su versión de los hechos antes de emitir el programa. Por favor, llámeme lo antes posible.

Laurie colgó el teléfono con el corazón acelerado. Tanto Alex como Leo decían que los detectives privados desviaban las llamadas a sus teléfonos móviles para poder comprobar los mensajes a cualquier hora. Si estaban en lo cierto, Joe Brenner estaba escuchando la voz de Laurie en ese preciso momento. Permanecieron en un silencio absoluto. Solo podían esperar.

Menos de dos minutos más tarde, el móvil de Kendra sonó en su mano. La mujer se encogió al oírlo como si le quemara la mano. Les mostró la pantalla para que vieran que la llamada procedía de un número privado.

Era Brenner.

Kendra respondió con voz vacilante:

—¿Diga?

Se inclinó hacia Laurie, que pudo oír las palabras de Brenner:

—Has sido una chica muy mala, Kendra. ¿Has olvidado nuestras normas? ¿Qué les has contado a esos productores?

—Nada —dijo ella—. No les he dicho ni una palabra sobre ti, pero acaba de llamarme Laurie Moran, la productora. No sé cómo, pero lo sabe todo de ti.

—¿Por qué no me has llamado inmediatamente?

—Llevaba el móvil en la mano cuando ha sonado. Tenía que bajar al garaje para que los niños no me oyeran. Entonces me has llamado.

—Acabas de decirme dónde están Bobby y Mindy. Qué detalle.

Su voz sonaba gélida, y Laurie notó que se le formaba un nudo en la garganta. Cogió la mano libre de Kendra y la apretó con ternura.

—¡Por favor! Te prometo que no les he contado nada, pero tenemos que hablar... en persona. Así te contaré todo lo que me ha dicho ella, aunque me temo que quizá haya pedido a la policía que me pinchen el teléfono.

La llamada se cortó de repente. Kendra miró la pantalla, preguntándose si se habría quedado sin cobertura. Apareció un mensaje de texto procedente de un número privado.

«Nos vemos en el Triángulo de Cooper. En cuarenta minutos.»

—¿Es un bar o algo así? —preguntó Laurie.

Kendra se apresuró a negar con la cabeza.

—Es ese pequeño triángulo de césped que está junto a Cooper Union. Hemos quedado allí otras veces.

Cooper Union era una pequeña escuela de arte del East Village. Laurie conocía el lugar exacto.

Kendra pulsó el botón para abrir la puerta del garaje, y Laurie y Leo se subieron a la furgoneta con Nick. Laurie le indicó al cámara adónde ir mientras le enviaba la ubicación a Jerry. Cooper Union estaba a solo unas manzanas de distancia. Estarían allí antes de que llegasen Kendra o Brenner. Solo así funcionaría el plan.

55

Exactamente treinta y ocho minutos más tarde, Laurie vio desde el asiento del pasajero de la furgoneta cómo Kendra caminaba hacia el este por la calle Ocho y giraba a mano derecha en Cooper Square. Kendra esperó a que cambiara el semáforo y se dirigió al pequeño parque triangular creado a partir de lo que antes era una mediana de hormigón.

—Ya casi estoy —dijo Kendra—. Espero que puedan oírme.

A una indicación de Laurie, Nick llamó al teléfono móvil de Kendra, dejó que sonara una vez y colgó. Era la señal que habían acordado para confirmar que el audio se transmitía hasta la furgoneta.

Sonó el móvil de Laurie. El mensaje de texto era de Jerry: «¡Está aquí! Tengo un buen ángulo. ¿Y vosotros?».

Laurie dio un salto y se reunió con Nick y Leo en la parte trasera de la furgoneta. Jerry estaba usando una pequeña cámara montada en el salpicadero de su vehículo, pero Laurie confiaba en Nick para conseguir las mejores imágenes. Nick captaba a Kendra en vídeo mediante un objetivo con zoom de largo alcance. La cámara estaba montada en el exterior de la furgoneta, oculta encima del techo. Laurie observó en la pantalla cómo llegaba Kendra a la mediana tal como estaba previsto.

«Todo bien también», contestó.

Nunca había hecho nada tan clandestino. El estado de

Nueva York solo exigía el consentimiento de una parte para grabar una conversación. Gracias a la colaboración de Kendra, tal vez podrían demostrar por fin el papel que Joe Brenner desempeñó en la muerte de Martin Bell.

Dos minutos después de que llegase Kendra, un hombre corpulento que llevaba una sudadera con capucha de color azul marino se aproximó desde el norte con las manos en los bolsillos. Cuando Kendra y Brenner empezaron a hablar, Laurie le hizo un gesto a Nick y se señaló la oreja. Necesitaban más volumen. Nick movió un dial y pronto pudieron oír la conversación claramente.

—Teníamos un trato —dijo Brenner—. Fuiste tú la que decidió participar en ese programa. Debías mantenerme al margen. Ahora he recibido una llamada telefónica de la productora. Creo que me debes una explicación.

—Te juro que no he sido yo. Laurie Moran me ha llamado hoy de forma inesperada. Me ha dicho que sabe quién mató a Martin. Y luego me ha enviado esta fotografía.

Kendra le mostró a Brenner la pantalla del móvil con la fotografía que Laurie le había enviado hacía unos momentos. Si decidía inspeccionarla de más cerca, la fecha y hora concordarían con la historia que Kendra le estaba contando. Sin embargo, solo le dedicó un rápido vistazo. Era la foto de Brenner que aparecía en la página de inicio del sitio web de su agencia de detectives.

—¿Te ha dado mi nombre? —preguntó Brenner.

Laurie cruzó los dedos físicamente, esperando que Kendra mintiera bien.

—No —se apresuró a decir—. Solo una fotografía. Como te he dicho, me he inventado una excusa para colgar y estaba a punto de llamarte cuando has llamado tú.

—¿Qué más ha dicho la gente de la tele? —preguntó Brenner.

—Me han preguntado si alguna vez me contactó un detective privado para contarme que Martin tenía un lío. Por supuesto, les he dicho que no. Todos me habían estado tratando como si estuviera chiflada, incluso antes de que muriera Martin. Estaban convencidos de que me había inventado que me era infiel. Pero luego, después de llamarte, he comprendido la verdad. Tú eres el detective privado del que hablaban. Puede que la persona que te contrató para que trabaras amistad conmigo les hablara de ti a los productores. Ese programa va a demostrar que mataste a Martin.

Él soltó una amarga carcajada.

—Si crees que fui yo quien mató a tu marido, puede que sigas estando tan loca como hace cinco años.

—Durante todo este tiempo, he creído que solo eras un peligroso desconocido al que conté mis problemas como una estúpida. Pero no es ninguna coincidencia que grabaras esas cintas en las que me quejaba de mi matrimonio. Alguien te envió allí. ¿Quién fue? ¿Daniel Longfellow?

Él soltó un bufido.

—Estamos los dos solos, Kendra. Después de todos estos años, me encantaría conocer la verdad. ¿Pretendes decirme que no tuviste nada que ver con la muerte de tu marido?

—Claro que no —insistió ella—. ¡Creo que lo hiciste tú!

—Estás muy equivocada, chica. Mira, me parece que los productores no saben nada de nada. Mantén la boca cerrada como acordamos. Te avisaré cuando llegue el momento de que me hagas el próximo pago.

Él le dio la espalda y echó a andar, pero Kendra exclamó:

—¡Los productores no me han dado tu nombre, pero lo he averiguado, señor Brenner!

Los labios de Brenner se movían, pero se había alejado demasiado de Kendra. No podían oírle por encima del sonido de los coches.

Kendra volvió a hablar:

—Después de que la productora me enviara esa foto tuya, la subí a una búsqueda de Google Images. Tu sitio web apareció enseguida. Te llamas Joe Brenner. Tienes una licencia de detective privado que seguramente no querrás perder. —Kendra dio tres pasos hacia él. A través de la pantalla, Laurie pudo ver el miedo en la cara de la mujer, pero debía de haber recordado que le habían dicho que mantuviera la grabadora cerca de Brenner—. Llevas años amenazándome con entregar esas grabaciones a la policía. Pero un buen poli podría sospechar que fuiste tú quien mató a mi marido para poder sacarme dinero hasta el día de mi muerte.

—Ten mucho cuidado, Kendra. No reacciono bien a las amenazas.

—Eres un matón. Siempre has sabido que yo era inocente, pero llevas cinco años haciéndome chantaje. Pues esto se acaba hoy. Dime la verdad y podremos irnos cada uno por nuestro lado. De lo contrario, acudiré a la policía para contarles todo lo que sé y que pase lo que tenga que pasar.

Brenner sonrió y sacudió la cabeza, pero no dijo nada. Le arrebató a Kendra el teléfono y lo inspeccionó.

—Justo lo que me temía —dijo Laurie con un suspiro—. Sabe que le está grabando.

Brenner empezó a palpar la pechera del vestido de Kendra, pero ella se apartó asqueada. Oyeron los sonidos de un forcejeo y un grito:

—¡Para!

De pronto, Brenner enderezó la espalda y empezó a girar en un círculo metódico. Al distinguir la furgoneta con el soporte del techo, su mirada se inmovilizó.

—Nos ha pillado —dijo Leo.

Antes de darse cuenta de lo que hacía, Laurie abrió la puerta trasera de la furgoneta.

—¡Laurie, no! —exclamó su padre.

—Papá, no me disparará delante de una cámara en funcionamiento. ¡Seguid filmando!

Un taxi que se acercaba hizo sonar el claxon mientras Laurie cruzaba la calle corriendo.

56

Brenner se volvió para marcharse, pero no tenía adónde ir. A ambos lados de él pasaban coches a toda velocidad.

—Tengo a un ex agente de policía armado en esa furgoneta, así que ni se le ocurra hacernos daño —dijo Laurie.

Él levantó ambas manos.

—No sé qué está pasando aquí, pero es un enorme malentendido. Soy detective privado. No hago daño a la gente, y mucho menos la mato.

—Sé que fue contratado por Daniel Longfellow para reunir pruebas de que su esposa y Martin Bell tenían una relación extramatrimonial. Luego Longfellow le ordenó que presentara esas pruebas a Kendra.

Él se encogió de hombros.

—Aunque sea cierto, ¿qué pasa? A eso nos dedicamos los detectives privados.

—Pero nunca se lo contó a Kendra, ¿verdad? Vio una oportunidad de sacar dinero. Después de grabarla diciendo que quería librarse de su marido, le mató y ha estado haciéndole chantaje desde entonces.

—Está loca. Soy el bueno. Nunca le di a Kendra las fotos de su marido con otra mujer porque estaba como una cabra. Vete a saber qué habría podido hacer.

Mientras daba lo que parecía una explicación inocente, el

rostro de Brenner se suavizó y su voz sonó menos gélida. Parecía una persona completamente distinta del hombre que había hablado con Kendra a solas pocos minutos antes.

—Todo el mundo sabe que Kendra pendía de un hilo —añadió.

—¡Por eso aprovechó la ocasión para chantajearla!

—Escúcheme, señora. No fue eso lo que ocurrió.

—¿Por qué la grabó mientras se desahogaba hablando de su matrimonio?

Él se sacó del bolsillo de la chaqueta una pequeña grabadora digital y se la mostró. Laurie vio una luz roja en la parte delantera.

—Porque soy detective privado. Lo grabo todo. Borro las grabaciones que no necesito. Pero entonces, cuando mataron al médico, supuse que lo había hecho Kendra. Tenía un marido que quería dejarla. El médico y sus padres querían quitarle a los críos. La habrían dejado con una mano delante y otra detrás.

—Si creía que Kendra era culpable —preguntó Laurie—, ¿por qué no presentó las cintas?

—Porque sé cómo funcionan los juicios. No iba a darle a la policía lo que necesitaban para acusarla. No pudo ser la que apretó el gatillo. Estaba dentro de la casa cuando sucedió. Eso significa que alguien lo hizo por ella. Me habrían señalado a mí, igual que hace usted ahora, y habría tenido que explicar por qué recibía pagos de Kendra. Solo trataba de ayudar. Además, habría tenido que revelar la infidelidad de Leigh Ann Longfellow y habría perdido a mis clientes de Albany. Pensaba en mí mismo, pero no soy ningún asesino.

—No, pero es un chantajista.

Miró a su alrededor, nervioso.

—No ha entendido nada de nada, señora.

—Acabamos de filmarle, Brenner. «Te avisaré cuando llegue el momento de que me hagas el próximo pago.» ¿Qué es eso, si no chantaje? Y también me ha estado siguiendo a mí.

Una vez que la policía empiece a investigarle, averiguarán dónde estuvo el lunes por la noche. Me empujó delante de un taxi y me robó. Eso son al menos otros dos delitos graves.

Cuando hubo un hueco en el tráfico, él dijo:

—No sabe de qué está hablando, señora. No pienso hablar más con usted.

Volvió la espalda a la furgoneta de producción, cruzó corriendo Bowery y echó a andar hacia el sur. Cuando llegó a la esquina, se sacó el teléfono móvil del bolsillo y se puso a hacer una llamada.

—No ha confesado —dijo Kendra.

—Sabíamos que era mucho esperar —respondió Laurie—. Créame: en conjunto, las imágenes van a ayudarla. Y le hemos pillado haciéndole chantaje.

—¿Y ahora qué?

Laurie miró a Brenner, que seguía al teléfono. No estaba dispuesta a dejarle marchar. Sacó su propio móvil y llamó a Jerry, que estaba aparcado en la calle Cinco.

—Ve hasta Bowery, gira a mano derecha y luego métete por la calle Seis. Espera a que vuelva a llamarte.

No dejaba de mirar a Brenner. Llamó a Leo.

—Se está poniendo en contacto con alguien. Quiero ver adónde va a continuación. No podemos seguirle en la furgoneta, pero no ha visto nuestro segundo coche. Voy a pedirle a Jerry que vaya detrás de él.

—No sin mí —dijo Leo.

Cruzaron corriendo Bowery y se dirigieron a la calle Seis, donde Jerry estaba parado junto a la acera. Un par de prismáticos colgaban de un cordón que le rodeaba el cuello. Al alargar el brazo para abrir la puerta de atrás, Laurie vio que los asientos traseros estaban doblados hacia delante, dejando espacio para todas las cajas y bolsas que llenaban el pequeño cinco puertas.

—Lo siento, Laurie. Pensaba llevarme algunas cosas a Fire Island una vez que acabáramos.

Laurie se daba cuenta de que Brenner se les escapaba entre los dedos. Debía tomar una decisión rápida. A Jerry no iba a gustarle, pero, si solo podía elegir a una persona para que la acompañase, sabía que era más lógico llevarse a un antiguo agente de policía armado que a su asistente de producción.

—Oye... ¿puedes prestarme tu coche? Y déjame eso —dijo, señalando los prismáticos.

57

Joe Brenner caminaba arrastrando los pies por Bowery. Durante cinco años, sus encuentros con Kendra habían supuesto un dinero fácil. En teoría, ella podría haber tratado de volverle las tornas, pero nunca lo había hecho. Ni una sola vez. Tenía demasiado miedo. Contaba con el dinero necesario y continuaría pagando. Fácil.

Pero hoy Kendra llevaba varios ases en la manga. Le había tomado el pelo, y ahora un programa de televisión con millones de espectadores había grabado sus palabras; probablemente también su imagen, a juzgar por el aspecto del techo de esa furgoneta. Repasó la conversación en su cabeza, a sabiendas de lo mal que sonaba.

Había negado haber matado a Martin Bell, por supuesto, pero le había dicho a Kendra que mantuviera la boca cerrada, un signo evidente de que ocultaba alguna cosa. Y había dicho algo acerca del próximo pago. Le acusarían de extorsión. Perdería su licencia y tendría que ir a la cárcel.

Eso no iba a suceder.

Necesitaba que alguien con poder pusiera fin a todo aquello. Sabía exactamente qué hacer. Sacó el móvil de prepago para hacer la llamada. La voz que respondió parecía nerviosa, la reacción habitual cuando llamaba.

—Soy yo —dijo Brenner—. Vas a hacer algo por mí.

—¿Cuánto esta vez?

—No se trata de dinero —replicó él—. Es un favor. Y luego no volverás a tener noticias mías nunca más.

—¿Qué clase de favor?

Más miedo en esa voz vacilante.

—Por teléfono no —dijo él, paranoico después de la encerrona que Kendra había tramado con la productora de televisión. Necesitaba despejarse. Necesitaba espacios abiertos, lejos de la ciudad—. Quedamos en Randall's Island, en el aparcamiento que está junto al Campo 9.

En ocasiones, Brenner iba hasta allí solo para estar rodeado de hierba verde.

Tras una pausa prolongada, la voz al otro lado de la línea dijo:

—Saldré ahora mismo.

58

Laurie veía pasar las familiares señales de salida a lo largo de la FDR Drive. Habían localizado a Brenner, que continuaba caminando hacia el sur por Bowery, y luego observaron que se puso al volante de un Dodge Charger negro. Ahora le estaban siguiendo a una distancia segura, sin saber cuál era su destino.

—Sigo sin creerme que esto sea eléctrico —dijo Leo—. Funciona como un coche de carreras.

—Pues manéjalo con cuidado. Es la niña de los ojos de Jerry. ¿Adónde se dirige Brenner? Más vale que no vaya a Albany. Jerry ha dicho que el coche solo tiene una autonomía de doscientos cincuenta kilómetros.

—Ha puesto el intermitente. Vamos al Triborough Bridge. Puede que se dirija al aeropuerto LaGuardia para tratar de escapar. Espera, ha vuelto a poner el intermitente. Creo que se dirige a Randall's Island.

Era una isla del East River situada entre East Harlem, el Bronx Sur y Queens. La mayor parte de la isla era un parque urbano.

—No te acerques demasiado, papá. Algunas zonas del parque pueden estar bastante vacías. No habrá muchos coches con los que mezclarse.

—¿Sabes cuántas vigilancias ha hecho tu viejo? Lo tengo controlado.

Laurie enfocó con los prismáticos la matrícula del Charger. Sacó un trozo de papel y un lápiz de la guantera y la anotó.

—Por si le perdemos.

—Buena idea, pero no pienso perderle —replicó Leo. Luego señaló el vehículo y añadió—: Se está metiendo en el aparcamiento situado junto a los campos de béisbol.

—¡Pues no le sigas! Nos verá.

Laurie había llevado allí a Timmy para unas cuantas fiestas de cumpleaños y recordaba la disposición general. El parque contenía más de sesenta campos de deporte que nunca se utilizaban al mismo tiempo.

—Confía en mí —dijo Leo en tono tajante mientras se aproximaba a la zona de aparcamiento en la que Brenner había girado. Laurie se agachó en su asiento mientras Leo seguía adelante—. Hay una arboleda al otro lado de este campo —le dijo su padre—. Podemos aparcar detrás. Tal vez pueda ver el coche, pero de ningún modo podrá vernos a nosotros.

Tras un breve trayecto, Laurie observó que el deportivo se detenía.

—Papá, quizá deberíamos pedir refuerzos.

—Aún no. Mi instinto me dice que, justo después del encuentro contigo, ha llamado a alguien para quedar aquí. No quiero ahuyentar a quien sea.

Brenner se había bajado del coche y estaba fumando un cigarrillo apoyado contra el capó. Consultó su reloj y miró a su alrededor; su mirada se demoró en la arboleda.

—No deja de mirarnos, papá.

—Tranquila, desde donde está no puede verte.

Otro vehículo, un Volvo familiar, hizo su entrada en el aparcamiento y se detuvo junto a Brenner. Mientras el coche aminoraba la velocidad hasta detenerse, Laurie ajustó los prismáticos y pudo ver al conductor.

—Es una mujer —dijo—. Creo que la conozco. ¡Dios mío, papá! No puedo creerlo. Es Leigh Ann Longfellow.

La esposa del senador bajó del coche, miró en todas direcciones y echó a andar hacia Brenner. Aunque estaba nublado, llevaba puestas un par de oscuras gafas de sol.

Ni Leo ni Laurie se fijaron en un todoterreno blanco que entró en el aparcamiento y giró hacia un campo adyacente.

59

Brenner estaba acostumbrado a controlar las situaciones. De niño, era el que mandaba en el patio de recreo, eligiendo a qué juegos jugar y aterrorizando a cualquiera que se atreviese a llevarle la contraria. En la universidad, supo exactamente qué quería estudiar: orden público. Quería hacer cumplir las normas y tener una placa que respaldara su autoridad. Cuando el trabajo en el aula se le hizo pesado, decidió tomar cartas en el asunto e incorporarse al ejército. El servicio militar le abriría las puertas del departamento de policía.

Tomó el control incluso cuando le expulsaron del servicio por atacar a su sargento dándole una paliza que, según continuaba pensando Brenner, se tenía muy merecida. Logró que la baja se quedara en «no honrosa», cuando el ejército quería someterle a un consejo de guerra y licenciarle por conducta deshonrosa. Y cuando su hoja de servicios hizo que le resultara imposible trabajar como policía, encontró otra forma de aprovechar sus habilidades: como detective privado. Cuando los abogados dejaron de contratarle para trabajar, se convirtió en un tipo imprescindible para lo que llamaban «investigación de la oposición».

En circunstancias difíciles, Brenner había encontrado una y otra vez la forma de controlar las situaciones y salir airoso.

Sin embargo, ahora le estaban fallando sus habilidades para afrontar problemas. No podía creerse que el brillante plan que había urdido cinco años atrás se estuviese desmoronando a toda prisa. Todo había empezado con el más rutinario de los encargos: un marido celoso quería saber si su esposa le estaba engañando. Pero el marido no era cualquiera. Era el niño mimado de la política, Daniel Longfellow. En todos los años que llevaba dando la mala noticia a clientes, Brenner nunca había visto a un hombre tan destrozado por la traición. Creyó que Longfellow iba a ponerse a berrear delante de él.

Todo el respeto que pudiera sentir por Longfellow quedó destruido cuando este le suplicó que «pusiera fin a aquello». Brenner le dio los nombres de algunos de los mejores abogados matrimonialistas de la ciudad, pero lo único que Longfellow quería era recuperar a su mujer. El senador le dio instrucciones para que le entregara a Kendra Bell las pruebas de la relación. «Tienen críos —dijo—. Ella le obligará a poner fin a la aventura.»

En otras palabras, quería que ella le hiciera el trabajo sucio. Pues Brenner nunca desperdiciaba una oportunidad. Empezó chantajeando a Leigh Ann, justo cuando oyó el rumor de que el gobernador estaba pensando en Longfellow para el escaño vacante en el Senado. No se lo pensó dos veces. Mintió y le dijo a ella que la esposa de Martin Bell le había contratado para que siguiera a su marido, pero que estaba dispuesto a venderle las fotos que les incriminaban si el precio era adecuado. Era ella quien ganaba el dinero en la familia, y además resultaba evidente que tenía grandes planes de ser primera dama algún día. Las futuras primeras damas no se dejan atrapar besando al marido de otra mujer. Pagó.

La situación con Kendra parecía más complicada. Cuando la abordó por primera vez en el bar, no estaba muy seguro de cómo debía actuar. No obstante, sabía que su marido estaba forrado y que se le presentaba la ocasión de ganar dinero fácil. ¿Qué posibilidades existían de que la mujer le contara su vida o de que mataran al médico a los pocos días? Fue como si el dinero le cayera del cielo. Como solía decir su abuelo: «Cuando te entra en la boca un pato al horno, no hagas preguntas. Cómetelo». Dos mujeres distintas a las que sacar dinero, y ninguna de ellas descubrió nunca que había sido el llorica de Longfellow el primero en poner en marcha el mecanismo.

Ahora tenía que apretarle las tuercas a Leigh Ann una vez más, pero no para conseguir dinero.

Aunque la mujer estaba claramente irritada cuando bajó del vehículo familiar, miró a su alrededor con gesto cauto, temiendo que alguien la reconociera. Había otros coches en el aparcamiento, pero ningún ocupante visible. Los partidos de fútbol y béisbol de la tarde se estaban disputando ya.

—¡No puedes llamarme el fin de semana y exigirme que acuda al instante a un lugar situado en mitad de la nada! Suerte que Daniel estaba en el despacho, porque si no...

—Tu marido tiene que llamar a sus amigos del departamento de policía, a la fiscalía o a quien sea para conseguirme una tarjeta para salir de la cárcel como las del Monopoly.

Ella le miró con desdén.

—¿Has perdido el juicio? Debes de haber leído muchas novelas negras de tres al cuarto. No es así como funciona la vida real.

Si Brenner hubiera sido el de siempre, el hombre que controlaba las situaciones, quizá se habría dado cuenta de que la voz de la mujer no sonaba vacilante y nerviosa como siempre que hablaba con ella. Tal vez habría comprendido que existía un motivo para la seguridad en sí misma que mostraba ese día.

—Es exactamente así como funciona. Ocurre todos los días. Al chaval del senador Fulano le acusan de conducir bajo los efectos del alcohol y, de repente, se pierde el papeleo. Pillan al congresista Mengano llevando drogas en el coche, y la bolsita de marras desaparece de la sala de decomisos. Alguien mueve unos hilos, y ahora el pez gordo de tu marido y tú tenéis que moverlos por mí.

—No puedo hacer eso —dijo ella—. Daniel ni siquiera sabe lo de Martin. Sigue creyendo que solo era un conocido. ¿Cómo demonios voy a explicarle mi conexión contigo?

Él estuvo a punto de echarse a reír. Qué lista era y, al mismo tiempo, qué estúpida.

—Créeme, Leigh Ann, sabe quién soy. Fue él quien me contrató, no Kendra. Sabe qué hubo entre Martin y tú. Lo ha sabido durante todo este tiempo.

Brenner vio que la información la descolocaba.

—Pues nunca haría lo que estás pidiendo, aunque fuera posible. Tiene demasiados principios.

—Exacto, y por eso necesito que se lo pidas tú. Lo hará por ti porque te quiere y haría lo que fuese por evitarte problemas. Le conozco. Recibiría una bala por ti.

Leigh Ann bajó la vista y él vio que sopesaba sus opciones. La mujer miró a su alrededor, observando a los jugadores de los cercanos campos de fútbol y softball. Se quedó mirando el coche parcialmente oculto por la arboleda.

—Me preocupa que alguien me reconozca. Hablemos en tu coche.

Él abrió el vehículo con el mando a distancia y subió al asiento del conductor. Leigh Ann se instaló a su lado, en el asiento del pasajero, y dijo:

—Tenías razón en lo que has dicho. Danny me quiere. Y por eso no puedo dejar que lo estropees todo.

Se metió la mano en el bolsillo y sacó una pistola.

60

Laurie observó a través de los prismáticos cómo Leigh Ann abría la puerta y se deslizaba en el asiento del pasajero mientras Brenner se sentaba al volante. El coche estaba frente a ella. Una barrera de traviesas de madera de un metro de alto separaba la zona del aparcamiento del campo de deporte.

Piezas de la investigación daban vueltas por su mente a toda velocidad. Llevaba veinticuatro horas, desde que Alex reconoció la fotografía de Joe Brenner, convencida de que Brenner había matado a Martin Bell para chantajear a Kendra. Pero ahora recordaba las palabras que él había pronunciado hacía un rato:

«Después de todos estos años, me encantaría conocer la verdad. ¿Pretendes decirme que no tuviste nada que ver con la muerte de tu marido?»

Laurie debería haberlo entendido entonces. Brenner no mató a Martin, ni por encargo ni por su cuenta.

—Papá, tenemos que hacer algo —dijo sin dejar de mirar por los prismáticos—. El asesino no es Brenner, sino Leigh Ann.

Lo había encasillado como el tipo malo de cabeza afeitada y ojos malvados. No era ningún santo, pero eso no le convertía en un asesino.

Por otro lado, Leigh Ann Longfellow había interpretado el papel de la espectadora inocente, denostada como «la otra» por una esposa paranoica. Y Laurie, como todos los demás, se lo había creído.

Pensaba tan deprisa que apenas pudo pronunciar las palabras:

—Papá, cuando la policía verificó la coartada de Leigh Ann, todo se basó en Daniel. Era él quien se estaba reuniendo con senadores. Era él quien tenía la reserva de hotel. Era él la persona cuya foto salió en los periódicos. Y era él quien confirmó que su mujer había viajado con él.

Laurie lo vio con tanta claridad como si los acontecimientos se desarrollaran delante de ella en tiempo real. Una relación extramatrimonial entre dos cónyuges infelices: Martin por la depresión de su mujer; Leigh Ann porque la carrera de su marido se había estancado en Albany. Imaginó la reacción de Leigh Ann al oír el nombre de su marido en labios del gobernador. Podrían dejar atrás la capital del estado. Él ocuparía un puesto en el Senado. Pasarían mucho tiempo en Washington. Daniel sería un firme candidato a ocupar la Casa Blanca.

Pero Martin Bell no quería nada de eso. Quería una esposa que se quedara en casa y una futura madrastra para sus hijos.

Leigh Ann... ¿Bell? No. Nunca sucedería. Los hijos de Leigh Ann eran sus perros. Para ella, Martin fue una distracción cuando su matrimonio de postal se estancó temporalmente.

Y Martin no habría aceptado un no por respuesta. Era el hombre que apartó a su mujer de una carrera médica. Que les dijo a otros que había perdido el juicio. Que la atiborró de fármacos en lugar de buscarle la atención que necesitaba cuando tuvo un problema de salud mental.

Laurie lo había dicho inicialmente acerca de la idea de Martin y Leigh Ann como pareja: eran como el agua y el aceite.

Todo estaba muy claro.

—Papá, hay que hacer algo. Creo que Leigh Ann va a matar a Joe Brenner.

61

Brenner supo la verdad en cuanto vio el arma en la mano de Leigh Ann Longfellow.

—Fuiste tú, claro —afirmó fríamente—. Siempre pensé que lo hizo Kendra.

—Arranca.

—¿Adónde vamos?

—Ya te lo diré.

El detective arrancó, puso marcha atrás y empezó a retroceder despacio. Buscaba un modo de pedir ayuda. Pero ¿de dónde vendría esa ayuda? Sospechaba que el coche aparcado detrás de los árboles le estaba siguiendo, pero de nada le serviría si Leigh Ann disparaba. Si debía ir a juicio por extorsión, que así fuera. En ese momento, lo principal era sobrevivir. Debía encontrar una forma de distraerla.

—Os vi juntos —dijo—. A ti y a Martin. Parecía que estabais... locos el uno por el otro. Y él no representaba ninguna amenaza. ¿Por qué le mataste?

Leigh Ann estaba menos tensa. Se mostraba tan segura de sí como solía hacer él, y daba la impresión de que el pánico que su expresión delataba al sacar el arma había quedado atrás. Estaba recobrando el control. El detective ignoraba por completo si eso le beneficiaba o no. Solo sabía que debía ganar tiempo. Leigh Ann no parecía percatarse de que el coche se había detenido.

—Yo también pensé que era inofensivo. Supongo que eso explica por qué me lie con él. Me moría de aburrimiento y Martin era una agradable compañía en ausencia de Danny. Pero ¿enamorada? ¿De él? —Estaba claro que la idea le resultaba absurda—. Cuando hablaba de sus grandes planes de dejar a Kendra y a Danny para estar juntos, yo le seguía la corriente, pero nunca pensé que lo creyera realmente. Lo último que quería era ser la esposa de un médico, y menos aún una madrastra. Ni siquiera me gustan los niños. Cuando Danny se enteró de que iba a ocupar un escaño en el Senado, supe que los dos volveríamos a estar bien. Le dije a Martin que se había acabado, pero no quiso aceptarlo. Amenazó con contarle lo nuestro a Danny si cortaba con él. Le dije: «Haz lo que quieras. Daniel me adora». Jamás me dejaría. En todo caso, se esforzaría más por ganarse mi afecto. Pero entonces Martin amenazó con contárselo a los medios de comunicación, justo cuando la carrera de Danny volvía a despegar. Yo no podía permitirlo.

Brenner supo en ese momento que estaba mirando a los ojos de una mujer capaz de justificarlo todo. Para Ann Leigh, Kendra y Daniel habían provocado la aventura entre Martin y ella, Martin era el culpable de su propia muerte y, sin duda, Brenner tendría la culpa de la bala que pensaba dispararle.

—¿Sabe tu marido lo que hiciste? —preguntó.

—¿Danny? Por supuesto que no. Ni siquiera sabe que poseo una pistola. Me la compré para protegerme cuando empezó a pasar tanto tiempo en Albany. Tuve que comprarla en la calle para que los votantes de Nueva York no descubrieran que su representante electo tenía un arma en su casa. De hecho, estaba tan convencido de mi inocencia que no dudó en declarar ante la policía que me encontraba con él en Washington aquella noche. Le dije que sería el modo más fácil de asegurarnos de que la investigación se centrara en encontrar al verdadero asesino.

Brenner poseía cuatro armas distintas, y todas estaban en casa. Eso demostraba lo seguro que estaba de tener el control.

Durante cinco años, creyó tener en sus manos tanto a Kendra como a Leigh Ann. Le habían demostrado que se equivocaba, y de qué manera.

—No te he dicho que pares —dijo Leigh Ann con voz glacial.

Brenner giró hacia la carretera por la que saldrían del parque.

Se imaginó a sí mismo en un remoto polígono industrial. Leigh Ann le dejaría con una bala en la cabeza. Aparentaría un suicidio, colocándole el arma sin registrar en la mano. Le echarían la culpa del asesinato de Martin Bell y le enterrarían en Potter's Field.

—Creo que a uno de los dos nos han seguido hasta aquí —dijo, indicando con un gesto la arboleda situada a la izquierda. Era la distracción que necesitaba. Durante un instante, Leigh Ann apartó la vista de él. El detective aprovechó para pisar a fondo el acelerador y giró el volante bruscamente hacia la izquierda. El motor de 707 caballos respondió con un fuerte rugido y el deportivo patinó hacia la barrera de traviesas de madera. Mientras Leigh Ann recuperaba el equilibrio y le apuntaba con la pistola, las ruedas delanteras del coche de Brenner chocaron contra la barrera. El vehículo saltó por los aires. Leigh Ann apretó el gatillo, pero el disparo eludió a Brenner e hizo añicos parte del parabrisas, delante de él.

Brenner agarró a Leigh Ann por el brazo, tratando de arrebatarle la pistola. Se hizo con ella durante un segundo, pero se le escapó cuando el coche botó al chocar contra el suelo. Agarró la muñeca de Leigh Ann y trató de mantener el arma apuntando hacia el salpicadero. Sonó otro disparo que destrozó la pantalla de navegación.

Brenner se abalanzó sobre Leigh Ann. Sujetándole la muñeca con una mano, pudo agarrar el cañón de la pistola con la otra. Con una rápida sacudida, confió en quitársela de la mano. Pero entonces oyó un fuerte estrépito mientras era proyectado hacia el salpicadero y luego hacia atrás, seguido de lo que tomó por un disparo. El coche se había detenido después de impactar contra el soporte de hormigón de la valla, detrás de la base meta. Saltaron los dos airbags, dejando aturdidos a Brenner y a Leigh Ann.

Leigh Ann abrió los ojos y vio a Brenner caído hacia un lado en su asiento, con la cabeza sobre el pecho. Cuando movió el pie, notó que chocaba contra un objeto, en el suelo del asiento del pasajero. Tras apartar el airbag desinflado, alargó el brazo y cogió la pistola.

62

Laurie estaba en mitad de una frase cuando su padre y ella oyeron el rugido del motor de Brenner. El sedán negro saltó por encima de la barrera y cayó en el campo.

—¡Llama a emergencias! —gritó Leo mientras arrancaba y circulaba entre los árboles a toda velocidad en dirección al campo.

Observaron impotentes cómo aceleraba el coche de Brenner hacia la valla situada detrás de la base meta.

«Aún puedo salir de esta —pensó Leigh Ann. Le dolían los hombros por el esfuerzo de recuperar el arma. Trató de pensar con claridad—. Tengo mi coche. Quizá pueda marcharme antes de que llegue alguien. Nadie sabe que estoy aquí. Si se enteran, todo el mundo me creerá cuando diga que lo hice en defensa propia.»

Brenner lanzó un gemido al abrir los ojos y tratar de cambiar de posición. Apuntándole al corazón, Leigh Ann dijo:

—Dale recuerdos a Martin.

Mientras su dedo empezaba a presionar el gatillo, una voz procedente de atrás gritó:

—¡Policía de Nueva York! ¡Quédese quieta! ¡Tire el arma! ¡Muéstreme las manos!

Leigh Ann se volvió y vio a Leo en posición de disparar, con la pistola apuntando a su cabeza.

—Soy Leigh Ann Longfellow... —dijo mientras dejaba que el arma se deslizara al suelo.

—¡No me importa quién sea! —vociferó Leo—. ¡Ponga las manos donde pueda verlas!

Leo le hizo un gesto a Laurie, que abrió la puerta del pasajero y cogió la pistola.

Sin dejar de apuntar a Leigh Ann, Leo dijo:

—Salga del coche y siéntese en el suelo con las manos arriba.

Mientras Leigh Ann obedecía, Leo los miraba alternativamente a ella y a Brenner, que estaba recuperando la conciencia.

—No voy armado —dijo Brenner.

—¡Ponga las manos donde pueda verlas! —ordenó Leo mientras Laurie abría la puerta del conductor.

Brenner se bajó del vehículo y echó a andar con paso inseguro hacia Leo. Se sentó en el césped, a poca distancia de Leigh Ann.

Leigh Ann empezó a gritarles a Leo y a Laurie:

—¿Quién puñetas sois vosotros? ¿Sabéis quién soy yo? ¿Tenéis idea de quién es mi marido? Es el senador Daniel Longfellow. Cuando mi marido, el senador, se entere de lo que me estáis haciendo ahora mismo, os quedaréis sin trabajo. —Señaló a Brenner con un gesto—. Ha tratado de matarme. Me estaba apuntando con una pistola. Mató a Martin Bell y ha estado haciéndome chantaje. Ha intentado secuestrarme. No os quedéis ahí como unos idiotas. ¡Haced algo!

Brenner metió la mano en el bolsillo de su chaqueta y Leo se apresuró a apuntarle con su arma.

—He dicho que levante las manos. ¿Qué iba a coger? —exigió saber Leo.

—Ya lo verá. Sáquelo usted mismo si no me cree.

Con la mano aún levantada, Brenner usó el dedo índice para señalar el bolsillo de su chaqueta.

Laurie miró a Leo, que asintió en señal de aprobación. La productora se aproximó a Brenner con prudencia y deslizó la mano en el bolsillo que él había indicado. Sacó la misma pequeña grabadora digital que llevaba en Cooper Union. La luz roja estaba encendida.

—Tengo toda tu historia grabada —dijo Brenner con una sonrisa maliciosa—. Tiene que valer algo para el fiscal del distrito, ¿no crees?

Brenner se volvió hacia Leigh Ann, que lo fulminaba con la mirada desde el suelo. Sonriendo, el detective dijo:

—Nos veremos dentro de treinta años, si es que has salido de la cárcel. Ah, y saluda de mi parte al senador.

Al oír la primera sirena, el conductor del todoterreno blanco arrancó el motor y empezó a circular. Encontraría un lugar para esperar cerca de la salida del parque, lejos de la actividad policial que sin duda sucedería a los sonidos de disparos en Randall's Island.

Dio por sentado que ella se marcharía en el pequeño BMW. No podría abandonar la isla sin pasar junto a él.

63

Unos minutos más tarde, la pista que rodeaba el Campo 9 de Randall's Island se llenó de vehículos de emergencias. Leigh Ann Longfellow y Joe Brenner estaban esposados, sentados en la parte trasera de sendos coches de policía, y pronto serían trasladados a la comisaría de Manhattan.

El teléfono móvil de Laurie sonó por tercera vez consecutiva. Su agente de la propiedad inmobiliaria, Rhoda Carmichael, no paraba de telefonearla. Laurie rechazó la llamada.

—Va a volver a marcar —dijo Leo. Y así fue. El móvil volvió a sonar solo unos segundos después—. Ahórrate el dolor de cabeza y contesta.

Lo último que quería Laurie era hablar de viviendas en ese momento, pero siguió el consejo de Leo.

—Rhoda —dijo—. Ahora mismo no puedo hablar.

La agente se apresuró a interrumpirla:

—Laurie, escúchame. De ningún modo puedes dejar pasar esta ocasión. Es un edificio nuevo de la calle Ochenta y cinco, entre la Dos y la Tres. Los propietarios actuales tienen toda la planta dieciséis. Cuenta con cuatro dormitorios de buen tamaño, cada uno con su baño privado. Iban a mudarse allí cuando él ha aceptado un puesto para dirigir uno de los grandes bancos de Inglaterra. Quieren vender deprisa. Su agente es amiga mía. Ha accedido a dejar que entréis a verlo los primeros antes de poner los anuncios mañana. El precio es muy razonable, y sé que habrá mucha gente interesada. Os conviene evitar una guerra de ofertas si podéis. Alex y tú tenéis que ir a verlo hoy. Seguramente llegaréis antes que yo, así que ya le he dado al portero tu nombre y el de Alex. El apartamento está vacío y va a dejar la puerta abierta para vosotros.

Leo se reía a su lado, imaginando la otra parte de la conversación. Laurie puso los ojos en blanco.

—Iremos a verlo mañana, ¿vale?

—No, te digo que tenéis que verlo ahora mismo. Mañana es domingo y estamos en temporada alta. Cualquier agente medio espabilado tendrá una larga cola de posibles compradores durante todo el día.

—Ahora no es el mejor momento —dijo Laurie, sintiendo que estaba cediendo a la presión de Rhoda.

—Tiene que ser ahora —insistió Rhoda—. Es la mejor zona del Upper East Side. Estarías a dos pasos del parque y del Met. Seguirías estando cerca de tu padre y del colegio. El apartamento es exactamente lo que estabas buscando y está sin estrenar.

—Suena muy bien.

Leo le indicó con un gesto que tenía algo que decir.

—Si tienes que marcharte, hazlo. Todavía vamos a estar aquí una eternidad, y de todos modos querrán que acudas a la comisaría para hablar con los detectives.

—¿Estás seguro?

—Soy Leo Farley. Claro que estoy seguro. Te enviaré al móvil la dirección de la comisaría una vez que estén preparados para recibirnos, y puedes ir allí. Volveré con uno de los agentes.

—De acuerdo. Estoy segura de que Jerry se alegrará de ver su coche de una pieza.

Volviendo a su llamada, Laurie le dijo a Rhoda que estaba en Randall's Island y que iba hacia allí.

—Genial. Yo también salgo ahora, pero estoy en los Hamptons, así que ya te puedes imaginar lo segura que estoy de ese piso. Llama a Alex y dile que acuda allí. Si llegáis antes que yo, el portero os dejará subir.

Una vez que Laurie confirmó sus planes con el jefe de detectives, subió al coche de Jerry y pasó junto a la fila de vehículos de la policía en dirección a la salida del parque. Buscó el número de Alex en su lista de favoritos y pulsó la tecla de llamada. Al cuarto timbrazo, comprendió que seguramente seguiría en el partido de los Yankees con sus secretarios. Cuando saltó el buzón de voz, dejó un mensaje:

—Hola. Hoy ha ido todo mejor de lo esperado. Tengo muchas cosas que contarte, pero me voy a ver un piso con Rhoda. Ven tú también si puedes —dijo, y añadió la dirección que le había dado la agente.

Puso la radio mientras se aproximaba a la salida del parque. Los Yankees iban ganando en la primera parte del noveno turno de bateo. Con un poco de suerte, el partido acabaría justo a tiempo. Al salir, no se fijó en el todoterreno blanco que la esperaba.

64

Al volante del todoterreno blanco, Willie Hayes se alegró mucho cuando vio que el pequeño BMW se acercaba a la salida del parque con un solo ocupante: Laurie, por fin sola.

Willie había contemplado frustrado la escena que se desarrollaba en Randall's Island. Lo que creyó un golpe de suerte —que Laurie fuera a una zona aislada— resultó ser todo lo contrario. Había investigado. Sabía que su padre era un mando de la policía. Su sospecha de que papá Leo seguía llevando pistola se confirmó al ver que arrestaba a las dos personas que habían estrellado el coche en el que viajaban. Justo cuando pensaba que había perdido la oportunidad, Laurie subió sola al coche y se marchó.

Una vez que empezó a seguirla desde Randall's Island, se planteó la posibilidad de echarla de la carretera al pasar por Triborough Bridge, pero haría falta un accidente grave para causar la clase de heridas que tenía en mente, y no había ninguna garantía en la vida; eso lo sabía con certeza. Cuando Laurie tomó la salida de la calle Noventa y seis, dio por sentado que se dirigía de vuelta a su apartamento. Nunca la había visto conducir un coche ella sola. ¿Aparcaba en la calle o en un garaje? ¿Tendría la oportunidad de meterla a la fuerza en el todoterreno? Solo necesitaba tenerla a solas en la acera y aproximarse desde atrás. Tenía una pistola nueva en el bolsillo de su chaqueta que le vendría muy bien. Ojalá la hubiera llevado esa noche en la puerta del piano bar. Todo aquello habría terminado ya.

Se le cayó el alma a los pies cuando ella se detuvo junto a una boca de incendios y un tipo alto y larguirucho que la estaba esperando la saludó con un gesto. Willie lo reconoció como el amigo que había cantado aquella canción empalagosa sobre el matrimonio en su irritante fiestecita de compromiso. ¿Iba a perder su oportunidad una vez más, después de tanto esperar?

Iba a marcharse cuando Laurie le arrojó las llaves del BMW a su amigo, que ocupó su lugar al volante y se despidió tocando el claxon alegremente antes de marcharse. Willie avanzó poco a poco con su todoterreno, dispuesto a actuar, pero entonces ella volvió a dejarle fuera de juego cruzando la acera hasta la entrada de un edificio de apartamentos. ¿Ya se habían mudado? Por los correos electrónicos que había leído en el portátil robado, creía que seguían buscando.

Una furgoneta de reparto salió de su aparcamiento en mitad de la manzana. Willie avanzó poco a poco para hacerse con él, vigilando por el retrovisor a Laurie, que se paró a hablar con el portero. Willie vaciló unos momentos en la acera y llegó cuando ella desaparecía dentro del ascensor. Dio por sentado que iba a mirar un apartamento más. Su instinto le dijo que había llegado el momento de actuar.

Se acercó al portero, que estaba al teléfono.

—Disculpe, la mujer que acaba de pasar...

—¿Es usted el marido? —preguntó el portero.

—Mmm, sí.

—Planta dieciséis. Utilice la puerta que está enfrente del ascensor —dijo, y volvió a su llamada telefónica.

—¿Mi mujer está sola?

—De momento, sí. La agente inmobiliaria viene de camino. Me ha dicho que les dejase subir a usted y a su mujer si llegaban antes.

Willie asintió con la cabeza y se fue directo al ascensor. Esperó a que se cerrara la puerta y pulsó el botón de la planta dieciséis. Se rio en voz alta mientras el ascensor empezaba a subir.

65

«Por una vez Rhoda tenía razón», se maravilló Laurie al poner los pies dentro del apartamento. La luz entraba a raudales por el techo abovedado del vestíbulo. A la izquierda, vio el espacioso salón con chimenea. Entró en él y se detuvo a admirar las vistas.

—Hola, Laurie.

Dio un bote al oír la voz.

—Hola. Creía que no había nadie aquí —dijo, nerviosa—. ¿Es usted el propietario?

—Para nada.

El hombre se sintió muy complacido cuando ella abrió unos ojos como platos al ver el arma.

Laurie sabía que estaba mirando a un absoluto desconocido, pero estuvo totalmente segura, a nivel instintivo, de que el hombre que estaba ante ella era la misma persona que la había empujado delante de un taxi después de la fiesta de compromiso. Le calculaba unos cincuenta años. Tenía la constitución de alguien que había estado en forma pero se había abandonado, cuyos músculos se habían convertido en grasa.

Sus instintos de supervivencia le aconsejaron hablar en voz baja mientras levantaba las manos.

—Sea lo que sea lo que sucede, podemos hablarlo —dijo, esforzándose por eliminar el temblor de su voz—. El lunes estaba en la puerta del piano bar, ¿no es así? ¿Era usted? —Intentaba agarrarse a un clavo ardiendo y entender la conexión de ese hombre con el caso de Martin Bell—. ¿Trabaja con Joe Brenner? Está detenido, pero se encuentra en buena posición para hacer un trato con la Fiscalía. Usted también podría formar parte del acuerdo. O, si le ha contratado Leigh Ann Longfellow, debe saber que también está arrestada. Podría conseguir inmunidad absoluta si testificara contra ella.

—No sé de qué está hablando —dijo él, mirando pasmado a su alrededor—. ¿Ha comprado esto? Tiene que costar una fortuna.

—No —se apresuró a contestar ella—. He quedado con una agente inmobiliaria. Por favor, tengo un hijo pequeño. No tengo nada que ver con este apartamento. Es la primera vez que vengo. Deje que me vaya y puede llevarse lo que quiera.

La mirada del hombre oscilaba entre la cocina y el salón. Laurie comprendió que nunca había estado en ese piso. Parecía impresionado por su entorno. Estaba claro que aquel encuentro no era fortuito. Aquel tipo la había llamado por su nombre. Había acudido allí por ella, y no por la propiedad. Alex y Rhoda llegarían pronto. Tenía que hacerle hablar.

—¿Es que mi programa de televisión ha abordado algún caso con el que está relacionado? —preguntó, buscando a ciegas un motivo por el que alguien pudiera perseguirla.

—Una productora de televisión no puede permitirse un casoplón como este —comentó él—. Esto es gracias a Alex Buckley, el pez gordo, el que vuelve a vivir como un rey con su buena reputación, su honorable cargo, su foto en la portada del *New York Times* cuando fue al Senado. Y la guinda del pastel, la novia hermosa con la que piensa casarse. Lástima que eso no vaya a suceder.

Oír el nombre de Alex en su boca fue como ver caer del cielo un yunque. «¿Qué tiene que ver Alex con todo esto?» Laurie sabía que la naturaleza misma de su propio trabajo la ponía en contacto con personas con peligrosos secretos que estaban decididas a ocultar a toda costa, pero esto era distinto. No tenía la menor idea de quién era ese hombre, pero su deseo de hacerle daño resultaba palpable.

Ramon aminoró la velocidad hasta detenerse delante del edificio. El portero se hallaba de pie en el interior. Alex se acercó a su mostrador.

—Soy Alex Buckley. Creo que nuestra agente inmobiliaria, Rhoda Carmichael, ha hablado con usted. He quedado con ella y mi prometida para ver el apartamento de la planta dieciséis.

La expresión del portero cambió.

—Ya ha subido una señora joven y muy guapa, y su marido lo ha hecho pocos minutos después.

—¿Su marido? —preguntó Alex—. ¿Le ha dicho la señora cómo se llamaba?

El portero cogió una tarjeta de visita de su mesa.

—Me ha dado esto. Se llama Laurie Moran.

—¿Y otro hombre ha subido al apartamento? —preguntó Alex en tono inquieto.

—Sí, ha dicho que era su marido. Me ha extrañado, la verdad, porque no pegaba mucho con ella.

Alex ya había echado a correr hacia el ascensor. Tras pulsar el botón de la planta dieciséis, marcó el número de Leo confiando en no quedarse sin cobertura.

—Un tipo que se ha hecho pasar por mí ha seguido a Laurie al interior del apartamento. Está en el número 230 de la Ochenta y cinco Este, en la planta dieciséis. Estoy subiendo. Envía ayuda.

Leo cortó la comunicación sin contestar.

El ascensor se detuvo en la planta dieciséis. Al salir, Alex comprobó aliviado que la puerta del apartamento no estaba cerrada del todo y la acabó de abrir muy despacio. Vio el interior del salón, donde Laurie, con las manos levantadas, hablaba con un hombre que estaba de espaldas a él. Pudo oír la conversación:

—Se te acaba el tiempo, Laurie. Empieza a rezar.

En un segundo, Laurie vio fragmentos de un futuro que no experimentaría. Las imágenes eran tan reales como si ya las hubiera vivido. Alex o Rhoda encontrarían su cadáver al llegar. Probablemente, Leo y Alex se lo dirían a Timmy juntos. Su hijo se iría corriendo a su habitación y lloraría sobre la cama, enterrando la cara en la almohada para que nadie pudiera oírle.

Su testamento vigente nombraba a Leo tutor legal de Timmy en caso de que ella muriera. ¿Seguiría presente Alex cuando ella hubiera desaparecido? Quería creer que sí. Se convertiría en tío honorario de su hijo en lugar de ser su padrastro.

¿Se resolvería alguna vez su asesinato? Imaginó a Ryan Nichols haciéndose cargo de *Bajo sospecha*, tal vez con Jerry a su lado. Quizá su propio caso fuese la prioridad del programa. Pero quizá no.

Visualizó a Timmy graduándose en la universidad. Casándose. Teniendo una niña y tal vez llamándola Laurie.

Todo lo vio en un instante. Y solo entonces cayó en la cuenta de que ya había visto una versión de esa historia. Greg había sido asesinado en pleno día de un disparo en la cabeza por un criminal al que solo conocían como Ojos Azules, de acuerdo con la mejor descripción que Timmy pudo dar siendo muy pequeño. Durante años, Laurie creyó que el asesino era algún hombre peligroso con el que Greg se había topado trabajando como médico de urgencias en Mount Sinai.

Sin embargo, Ojos Azules resultó ser un sociópata que ni siquiera conocía al doctor Greg Moran. El rencor que sentía desde hacía mucho tiempo se dirigía contra otra persona: el primer comisario adjunto Leo Farley. Para arruinar la vida de Leo, planeó matar a todos sus allegados, comenzando por Greg. Los siguientes iban a ser Laurie y Timmy.

Miró directamente a los ojos del hombre que le apuntaba con un arma y supo que su intuición era acertada. No tenía nada personal contra ella. Aquello era por Alex.

Conocía a Alex desde hacía menos de dos años, pero no había secretos entre ellos. Laurie intentó adivinar la fuente del agravio.

—Esto es por Carl Newman, ¿no? —preguntó, refiriéndose al banquero de inversión que había urdido una estafa piramidal, robando a sus clientes centenares de millones de dólares—. El propio Alex se sorprendió de la absolución. Otros abogados defensores se habrían pavoneado en todos los canales de televisión por cable, pero Alex no es así.

—¡Deja de pronunciar su nombre! —exclamó el hombre, extendiendo el brazo que sostenía la pistola para acercársela más.

—Por favor —dijo ella—. Tengo un hijo pequeño. Su padre murió. Me necesita.

—¡Yo también tenía familia y la perdí! —gritó el hombre—. Tenía mucho dinero y lo perdí. Y el culpable salió bien parado gracias a tu querido Alex Buckley.

Laurie vio que la puerta del apartamento se abría despacio detrás de él. Era Alex.

—¿Newman se quedó con su dinero? —preguntó ella, esforzándose por recordar a las víctimas que más se opusieron al nombramiento judicial de Alex.

Recordó que Alex le había dicho que, a pesar de las grandes sumas implicadas, la mayoría de las víctimas habían perdido una combinación de dinero heredado y porcentajes relativamente pequeños de su riqueza total. Solo unas pocas personas se habían visto despojadas de todo aquello por lo que habían trabajado. Al mirar al hombre que se encontraba ante ella, acudió a su mente un nombre: Willie Hayes, hijo de un peón y una lavandera, un constructor hecho a sí mismo que entregó todo su activo a Carl Newman tras el nacimiento de su hijo para descubrir que lo había perdido todo seis años después.

—¿Es usted Willie Hayes?

El rostro del hombre le indicó que había acertado.

—Cuénteme su historia, por favor. Tengo un programa de televisión. Carl Newman fue absuelto en un tribunal federal, pero el estado aún podría presentar cargos. Podríamos lograrlo. Y también una demanda civil.

—Nada de eso hará que retroceda el tiempo —dijo—. Yo lo tenía todo, y ahora ha desaparecido. Un loft en Tribeca, una casa de campo en el norte. Una mujer. Un hijo. ¡Amor! Tuve que declararme en quiebra. Las propiedades, las cuentas bancarias, los coches... Me lo quitaron todo. También perdí a mi mujer y a mi hijo. Alex Buckley no merece ser feliz.

Laurie imaginó a ese hombre observando su fiesta de compromiso en el piano bar. Nunca le interesaron las notas del caso ni el portátil. Estaba furioso porque sus amigos y ella celebraban la vida que iba a compartir con Alex.

—Por favor —dijo, oyendo que su propia voz empezaba a temblar—. No tengo nada que ver con eso. Me dedico a buscar justicia para personas tratadas injustamente. Yo también tengo un hijo. ¿Qué edad tiene el suyo? He criado a Timmy yo sola desde que asesinaron a su padre.

A Laurie le repugnaba hablar de su pasado con ese psicópata, pero estaba dispuesta a hacer todo lo posible para sobrevivir.

Mientras hablaba, Alex avanzaba sin hacer ruido hacia ellos. La sirena distante de un coche de policía ayudó a sofocar el leve sonido de sus zapatos contra el suelo de madera.

—¡Cállate! —vociferó Hayes—. Tú... no significas nada para mí. Si quieres echarle la culpa a alguien, échasela a Alex Buckley. Él es quien ha conseguido su trabajo de ensueño con guardias de seguridad en el palacio de Justicia y alarmas de alta tecnología en su apartamento. Solo puedo atacarle a través de ti.

Laurie abrió la boca para decir algo sin saber qué palabras emplear. Le habría gustado que hubiese algún mueble, un sofá para echarse detrás si el hombre empezaba a disparar. Nada se interponía entre ellos dos mientras Hayes comenzaba a acercarse, apuntándole al pecho.

66

—Ahora, Laurie Moran, vas a pagar por lo que hizo tu novio.

Aterrada, Lauric podía oír el sonido de su propia respiración. Vio que el dedo de Hayes se movía levemente sobre el gatillo de la pistola. El silencio fue roto por un ruido procedente de atrás.

—¡Eh, Willie, es a mí a quien quieres! —gritó Alex.

Sobresaltado, Willie se volvió en dirección a la voz de Alex. Al hacerlo, el arma se movió ligeramente hacia la izquierda y dejó de apuntarle a ella. Laurie reconoció su oportunidad y dio un salto.

Se abalanzó hacia Willie y agarró la mano y la muñeca que sostenían la pistola. El hombre se esforzó por volverla hacia ella. Mientras forcejeaban por el control del arma, sonó un disparo que se alojó en el techo. Laurie oyó que Willie jadeaba mientras Alex le sujetaba desde atrás, inmovilizándole los brazos contra los costados. Sin soltar la mano que sostenía la pistola, Laurie deslizó cuatro dedos en torno al índice de Willie y se lo dobló hacia atrás. El hombre aulló de dolor y soltó el arma, que cayó al suelo. Laurie la cogió como pudo. Adoptó la clásica postura triangular para apuntar hacia el torso de Willie, tal como le había enseñado su padre cuando estaba en secundaria.

Alex mantenía los brazos de Willie pegados a sus costados como una camisa de fuerza humana.

—¿Por qué? ¿Por qué, Willie? —exigió saber—. Esto no iba a devolverte tu antigua vida. Ahora tu hijo tendrá que visitarte entre rejas.

El momento de compasión hacia la víctima de su cliente fue solo temporal. Alex corrió hacia Laurie y la abrazó por la cintura desde atrás mientras ella continuaba apuntando a Willie con la pistola.

Laurie soltó por fin el arma cuando una fila de agentes de policía cruzó a toda prisa la puerta del apartamento. Alex la estrechó con fuerza entre sus brazos apartando su cara de Willie Hayes, que les observaba con odio mientras le esposaban.

Cuando la soltó, Alex la miró a los ojos con tristeza.

—Sé cuánto te costó aceptarme en tu mundo, y ahora mi trabajo te ha puesto en peligro. Si tus sentimientos cambiaran, lo entendería.

Ella notó que las lágrimas acudían a sus ojos mientras negaba firmemente con la cabeza.

—No, jamás. Cuando le he visto ahí con esa pistola en la mano, solo podía pensar en la maravillosa vida que íbamos a tener juntos. Mi amor por ti es aún más fuerte, si es que eso es posible.

—¡Dios, qué alivio! ¡Oh, Laurie! —Alex le dio un abrazo—. Nunca te dejaré marchar.

Ella murmuró:

—Me casaría contigo aquí mismo si pudiera.

Laurie empezó a acusar la conmoción causada por lo sucedido y se acercó más a Alex en busca de apoyo.

Oyeron un alboroto en el vestíbulo, detrás de ellos. Se asomaron a la puerta de la cocina y vieron a Rhoda Carmichael tratando de esquivar a un agente que estaba colocando una cinta de policía a través del umbral.

Al verlos dentro, Rhoda gritó:

—¿Qué pasa? Siento llegar tarde. ¡El tráfico en la autovía LIE era brutal! Pero eso da igual. ¿Qué pasa? ¿Qué ha ocurrido?

Alex, que aún estrechaba a Laurie entre sus brazos, exclamó:

—¡Lo que ha ocurrido es que quiero sacar a Laurie de aquí! ¡Mañana te llamo!

Laurie miró a su alrededor, pero no se movió. Por lo poco que había visto, el apartamento era precioso. Si lo compraban, ¿les perseguiría para siempre el recuerdo de Willie Hayes apuntándole con una pistola? Tal vez sí y tal vez no.

La policía había dejado entrar a Rhoda, que corrió hacia ellos y trató de bromear:

—¡No sabía que alguien estuviera dispuesto a matar para hacerse con este piso!

Ni Laurie ni Alex sonrieron.

67

Dos semanas más tarde

Laurie contempló a Ryan Nichols, que miraba a la cámara con expresión sombría.

—Se ha llamado a Daniel y a Leigh Ann Longfellow los reyes de un Nuevo Camelot estadounidense, una pareja atractiva y admirada con el potencial necesario para unir a una nación dividida con su popular visión política , sus magníficas credenciales y su encanto personal. Sin embargo, esta noche analizaremos de cerca los sorprendentes acontecimientos que han llevado a la detención de Leigh Ann por asesinato, y tal vez a una condena de cadena perpetua, y han hecho que la carrera política de Daniel penda de un hilo.

Como cabía esperar, Brett Young había empezado a anunciar la fecha de emisión del siguiente episodio a las veinticuatro horas del arresto de Leigh Ann. Cuando Laurie le hizo notar que ni siquiera habían empezado a recopilar imágenes, el propietario de los estudios guiñó el ojo y dijo:

—No hay nada como un plazo límite para motivar al equipo.

Después de trabajar sin descanso durante dos semanas seguidas, estaban a punto de finalizar la producción. Habían dejado para el final la introducción y los últimos comentarios de Ryan para asegurarse de que incluyesen los datos nuevos que continuaban llegando con cuentagotas cada día.

No habría para Brenner ninguna tarjeta para salir de la cárcel. Se enfrentaba a una multitud de cargos por extorsionar y amenazar tanto a Leigh Ann Longfellow como a Kendra Bell durante un largo período. Kendra estaba dispuesta a testificar que había efectuado sus muchas y cuantiosas retiradas de sumas en efectivo y todos aquellos pagos en un intento desesperado de protegerse y proteger a sus hijos. Irónicamente, la grabación que el detective había hecho de las palabras de Leigh Ann en Randall's Island para continuar chantajeándola sería ahora una poderosa prueba en contra de él. Al arrestarle, la policía decomisó su grabadora, que ahora estaba guardada en la caja fuerte destinada a las pruebas. Era muy probable que pasara muchos años en prisión.

Las acusaciones contra Leigh Ann resultaban igual de sólidas. Tenían la grabación de Brenner, más las pruebas de balística que revelaban que la pistola de 9 mm que ella había llevado a Randall's Island era la misma arma usada para matar a Martin Bell. Estaba tan segura de haber salido bien parada que ni siquiera se había molestado en librarse de ella. Leigh Ann pasaría en la cárcel el resto de sus días o la mayor parte de los años que le quedaban por vivir. Además, la policía estaba estudiando la función que su bufete había desempeñado en la canalización de los pagos a Brenner.

Pese a la gran cantidad de trabajo que tenía, Laurie había encontrado tiempo para testificar ante el gran jurado la semana anterior en apoyo de las acusaciones contra Willie Hayes por robo e intento de asesinato. Hayes declaró ante la policía que solo intentaba conseguir que Laurie oyese su versión de la historia con la esperanza de que pusiera fin a su relación con Alex. Sin embargo, el orificio de bala del techo del apartamento contaba otra historia. Tal vez no pudieran demostrar nunca que fue él quien la atacó en la puerta del piano bar, pero iría a la cárcel durante años.

Ryan miró irritado la puerta del estudio cuando oyó que llamaban. La luz de grabación del pasillo estaba encendida, indicando que nadie debía molestarles. Al cabo de un segundo, se abrió la puerta.

—Lo siento, pero vamos a tener que reescribir el guion de todos modos. Daniel Longfellow hará una declaración a la prensa dentro de cinco minutos.

Grace, Jerry, Ryan y Laurie se sentaron ante la mesa de reuniones del despacho de esta para ver cómo el senador Longfellow se ponía ante las cámaras. Durante catorce días, se las había arreglado para no decir nada acerca del arresto de su esposa salvo banalidades como «continúo centrándome en mi trabajo para el pueblo americano», «coopero con las fuerzas del orden» y «confío en el mejor sistema judicial del mundo». Los politólogos se mostraban disconformes con el hecho de que, en aquellas circunstancias, no hubiera sido arrestado todavía y siguiera acudiendo a trabajar.

Laurie no había visto a Longfellow desde el arresto de Leigh Ann. El senador parecía haber perdido cinco kilos y envejecido una década.

—Hace cinco años, declaré ante la policía que mi esposa había viajado conmigo a Washington cuando me reuní con varios líderes políticos antes de ocupar una vacante temporal en el Senado. Era mentira. Podría explicarles por qué creí en ese momento que no tenía importancia, pero, en definitiva, nada de eso importa. Era pura y simplemente mentira, y estuvo mal. Nunca sospeché que mi esposa estuviera implicada en el asesinato del doctor Martin Bell. En realidad, cuando la policía se puso en contacto con nosotros, di por sentado que era yo el sospechoso al que estaban investigando. La policía habló primero con Leigh Ann, quien dijo que había estado conmigo en Washington. En ese momento tuve que tomar una decisión: repetir su versión de los hechos o declarar que la mujer a la que amaba acababa de hacer una declaración falsa para defenderme. Como estaba seguro de mi propia inocencia y tenía una coartada a toda prueba, no vi nada malo en proteger a mi esposa. Juro ante ustedes, el pueblo americano, que jamás se me pasó por la cabeza que ella pudiera mentir para tener su propia coartada. Pero repito que nada de eso importa. Somos una nación de leyes y no estuve a la altura de una de las responsabilidades básicas que todos compartimos como ciudadanos. Ahora trabajaré para escuchar a mis amigos, a mis asesores de confianza y, sobre todo, a ustedes, mis electores, para decidir mis próximos pasos. Pero, ocurra lo que ocurra, prometo cooperar con la acusación contra mi esposa, Leigh Ann —se le quebró la voz— y nunca volveré a traicionar la confianza del público. Por último, quiero expresar mis más sinceras disculpas a los padres de Martin Bell, Cynthia y Robert; a sus hijos, Bobby y Mindy; y a su viuda, Kendra Bell, que ha vivido durante años bajo una sombra de sospecha del todo inmerecida. Me doy cuenta de que mi falsedad y cobardía les impidió conocer la verdad acerca de lo que le ocurrió a Martin, y esa vergüenza me acompañará toda la vida.

Cuando se alejó de los micrófonos sin aceptar preguntas, Jerry apagó el televisor.

—Parece que le faltan días, o quizá horas, para dimitir —dijo el ayudante de producción.

—O no —comentó Laurie—. Esta mañana he oído a un grupo de politólogos decir que podría aguantar. Muchos de sus partidarios quieren que mantenga su escaño.

Una vez que Laurie estuvo a solas, llamó al teléfono móvil de Kendra Bell. Empezó disculpándose por interrumpirla en el trabajo.

—Quería preguntarle si ha visto la rueda de prensa de Longfellow.

—¿Está de broma? Steven ha encendido el televisor de la sala de espera. He pasado un par de semanas difíciles tratando de explicarles a mis hijos por qué quiso la mujer del senador hacerle daño a su padre, pero no sabe lo bien que sienta estar por fin libre de toda sospecha. —Kendra bajó la voz—. Una de las viejas que suele mirarme mal me ha dado un abrazo y se ha disculpado por tener dudas sobre mí. Siento que al fin he recuperado mi vida. Steven viene a casa esta noche para celebrarlo. Siempre le he estado muy agradecida por su amistad, pero empiezo a darme cuenta de que fue la única persona que nunca dudó de mi inocencia.

—No habrá tenido noticias de Robert y Cynthia, ¿verdad?

Laurie había hablado con los padres de Martin la semana anterior. Notó que estaban avergonzados por haber denigrado a Kendra durante años, pero admitir errores no era uno de los puntos fuertes de la pareja.

—De hecho, hemos ido a visitarles este fin de semana a su casa de campo. Yo era reacia a aceptar la invitación, pero Caroline me convenció de que les diera la oportunidad de ser unos abuelos normales en lugar de mis adversarios. La verdad es que se mostraron amables conmigo, aunque cueste creerlo. Y, lo que es más importante, por fin veo lo mucho que quieren a Bobby y a Mindy. A su propio estilo estirado —añadió con una risita—. Hasta Caroline parece... más ligera. No he sido la única en llevar la carga del asesinato de Martin durante todos estos años. En fin, han cambiado muchas cosas para toda la familia, y he de agradecérselo a usted.

La voz de Kendra tenía un matiz más cálido. Más feliz. Laurie había tardado seis años desde la muerte de Greg en poder imaginarse compartiendo su vida con otra persona. Kendra Bell se estaba aproximando a esa misma marca.

Laurie volvió a felicitar a Kendra y le dijo que la llamaría una vez que finalizara la producción. Acababa de colgar cuando sonó su móvil. Era un mensaje de texto de Alex: «Estamos abajo».

Fuera la esperaba un coche negro. Timmy salió del asiento trasero dando botes, le dio un gran abrazo y subió delante junto a Ramon mientras Laurie se instalaba atrás al lado de Alex.

—Tiene que haber una forma más fácil de hacer esto —dijo Laurie.

Ramon había recogido a Timmy en el colegio, había acudido al palacio de Justicia a buscar a Alex y ahora estaba en el centro para recoger a Laurie.

Timmy le sonrió desde el asiento delantero.

—No pasa nada, mamá. A Ramon le gusta llevarme en el coche. Escuchamos jazz y le hablo de los distintos músicos.

—Y algunas veces le hago escuchar los canales de hip-hop que me gustan a mí —dijo Ramon con una sonrisa—. Podríamos salir en una de esas películas en las que un joven y un viejo se intercambian los cuerpos. Bueno, ¿adónde vamos ahora?

Ramon y Timmy sabían solamente que irían todos juntos a algún sitio. Entonces Alex le dio a Ramon la dirección de un edificio de la calle Ochenta y cinco entre la Dos y la Tres.

Cuando bajaron del coche, Timmy y Ramon subieron con Rhoda y con ellos en el ascensor hasta la planta dieciséis. Laurie se sintió aliviada al ver que habían retirado la cinta de policía de la entrada del apartamento, tal como le habían prometido.

—El propietario aceptará nuestra oferta —dijo Alex, contento —, pero, antes de hacerlo oficial, queremos asegurarnos de que os sentís cómodos aquí. Si no, seguiremos buscando.

Cinco minutos más tarde, era oficial. Aquel sería su hogar.

—Desde luego, tendremos la mejor anécdota para contar sobre cómo encontramos nuestro apartamento —dijo Alex mientras firmaban los últimos papeles de la oferta en la isla de la cocina.

Cuando Ramon y Timmy se dirigieron al coche, Laurie y Alex se detuvieron para echar un último vistazo, alzando la vista hasta la moldura decorativa de los techos de cuatro metros del vestíbulo. Laurie tomó la mano de su prometido.

—Piensa en todos los recuerdos que vamos a crear aquí juntos.

Ya estaba pensando en la personita que podía crecer en el bonito dormitorio de esquina situado junto al de Timmy.

megustaleer

Descubre tu próxima lectura

Apúntate y recibirás recomendaciones de lecturas personalizadas.

www.megustaleer.club

 megustaleerES

 @megustaleer

 @megustaleer